相愛或是相守

Hateship, Friendship, Courtship, Loveship, Marriage

艾莉絲・孟若
Alice Munro
王敏雯——譯

感謝

Sarah Skinner

目次

相愛或是相守

多年前，那時候許多鐵路支線仍有火車行駛，一天一位額頭高高，上面還長了雀斑，一頭毛躁紅髮的女人走進火車站，詢問是否可以託運家具。

站長總愛與女人微微調笑，看到容貌平凡的就更不肯放過，她們似乎對此特別感激。

「家具？」他的口氣像是過去從來沒人運過。「這個嘛，什麼樣的家具？」

一張餐桌外加六把椅子、一整套寢室家具、一張沙發、一盞立燈、幾張小茶几、瓷器櫃和餐檯各一。

「厲害，整個家都搬過來了。」

「其實也沒那麼多，沒有廚房用品，只能算是一間套房的家具。」

她的牙齒爭先恐後地冒到前排，彷彿隨時打算來場激辯。

「妳需要一輛貨車吧。」站長說。

「不，我想用火車寄運，要送到西部，到薩斯喀徹溫。」

她提高音量說話，像是把他當聾子或笨蛋。她的咬字怪怪的，帶有一種口音，讓他想起荷蘭人，先前有不少荷蘭人移居到這一帶。但她沒有荷蘭女人強壯，也沒有她們好看的粉紅肌膚或淺金髮色。她應該還不到四十歲，但有何差別？長得不好看，到了幾歲都不會是美女。

他收起玩笑態度，一本正經起來。

「首先妳需要一輛貨車把這批家具送到這裡，不管東西目前在哪裡。我們也得先確定火車會不會經過妳寄送的目的地，要是不會，妳就得事先規畫送到其他站，比方說里迦納。」

「送到格丁尼亞，火車會經過。」她說。

他把掛在牆上的髒兮兮地名簿拿下來，問她怎麼寫。她拿起吊在細繩上的一支鉛筆，又從皮包裡拿出一張紙，寫下「格、丁、尼、亞」。

「那裡都住些什麼人？」

她說不知道。

他取回鉛筆，在本子上一行行地對照。

「那地區很多都是捷克人、匈牙利人，要不就是烏克蘭人。」他說完才想起搞不好她也是其中一種人，不過那又怎樣，他只不過陳述事實。

「喏，找到了，沒錯，火車會經過。」

「嗯，我想這星期五送，可以嗎？」

「我們可以送，但不能保證什麼時間抵達，要看送貨的順序。貨送到時，會有人等著收件嗎？」

「有。」

「星期五那個車次是客貨混合的火車，下午兩點十八分發車。貨車當天早上會去收貨。妳住在鎮上？」

她點點頭，寫下地址：博覽會路一〇六號。

鎮上的房子不久前才開始有各自的門牌號碼，因此他雖然知道在博覽會路上，但不清楚是哪一戶。假如她那時就報上麥考利的大名，他或許會比較感興趣，事情的發展也會不同。戰事開始後，那條路上蓋起不少新房子，通稱為「戰時房屋」，他猜想是其中一間。

他告訴她：「託運時要先付費。」

「我還要買一張火車票，同一班車。星期五下午那班。」

「同一個目的地？」

「對。」

「那妳可以搭同一班車去多倫多，再轉洲際列車，晚上十點半發車。妳要臥鋪還是硬座車廂？臥鋪有鋪位可以躺，硬座車廂就只能坐著。」

她選擇了硬座車廂。

「那就在薩德伯里等開往蒙特婁的車，但不是在那裡出站。到了那裡，他們會讓妳先下車，妳再轉搭往蒙特婁的車班，先經過亞瑟港，然後是凱諾拉。等到了里迦納妳再下車，改搭支線火車。」

她點頭，像是在等他說下去，把票給她。

他緩過一口氣慢慢說：「不過我不能保證妳的家具會一起到站。我想至少要一、兩天後才會抵達，總要按照寄送順序。有人會去接妳嗎？」

「有。」

「那就好。因為那個站滿小的，那邊的城鎮可不像這裡，大多還沒完全開發。」

她付了車票錢，用皮包裡小袋子裹著的一捲鈔票付。她還像個老太太般數了找回的零錢。不過數法與老太太不一樣，她把銅板握在手掌心，只用眼光瞄了瞄，但你感覺得出她一塊硬幣也不會漏掉。她一個魯莽地轉身便離開了，連句再見也沒說。

「星期五見。」他對著她背影喊。

那時節還是溫暖的九月，她卻穿了件土黃色長大衣，腳上是一雙笨重的繫帶鞋，腳踝處露出一截短襪。

他從熱水瓶裡倒咖啡時，發現她轉身回來，敲敲站長室的小門。

「我託運的這些家具，都是好家具，幾乎就像新的。我不希望出現刮傷、撞擊，還是任何損壞，也不要有牲口的味道。」她說。

「這個嘛，火車還滿常載運東西的，不會把家具和豬隻放在同一節車廂。」

「我希望東西送達時，能夠保持跟出發時一樣良好的狀態。」

「這麼說好了，妳買家具是向家具店買的，對不對？妳想過這些東西是怎麼送到店裡的？總不會在店裡當場製作吧，一定是在某個工廠製造，再運到店裡，很有可能就是火車送的。既然這樣，若說鐵路公司知道怎麼安全運送，這話應該沒錯吧？」

她盯著他好一會，神情木然，也沒自認單純是她身為女性而瞎操心。

「希望如此，最好真能是這樣。」她回道。

換作是以前，站長毫不思索便會說，鎮上沒有他不認識的人。意思是他認得大概半數的鎮民。而且他認識的都是核心要角，真正的當地人，並非初來乍到、暫時不打算搬走的人。他不認得要去薩斯喀徹溫的女人，因為她沒和他上同一個教堂，也不是他小孩學校的老師，也不在他平常去的商店、餐廳或公司工作。他在麋鹿兄弟會、共濟會、國際獅子會、加拿大皇家軍團裡都認識一些人，而她也不是他們當中任何人的妻子。他趁她掏錢時，瞄了一眼她的左手，發現她未婚——坦白說他一點也不驚訝，瞧她鞋子的樣式，不穿絲襪穿短襪，正值午後卻沒戴帽子和手套，她應該是從鄉下來的。但她也沒有鄉村婦女慣有的遲疑或羞赧，態度也不像鄉下人，事實上她毫無態度可言，她對他講話時，好像把他當機器，只管提問。何況她寫下的地址在鎮上：博覽會路。她倒讓他想起曾在電視上看過的一位便服修女，談她在叢林裡某處傳教的經歷——換下修女袍可能是為了方便她們爬上爬下吧。那位修女不時會露出一抹微笑，以表示她信仰的宗教能帶給別人快樂，但大多時候她朝觀眾望去的眼神，都彷彿在說她覺得其他人活在世上不過是為了供她差遣。

喬漢娜還要完成一件她延挨許久的事。她得去一家名為米拉蒂的服飾店，買件外出服給自己。她從沒去過那家店，平常若想買什麼，像是襪子，她會去卡拉漢買，那家店什麼都賣，男、女裝甚至童裝都有。她從維列特太太那邊接收了不少衣服，每件都像身上這件大衣一樣耐穿。她在麥考利先生家照看的女孩薩比莎，也從她表姊那兒拿到好些舊衣服，當初應該都不便宜。

米拉蒂櫥窗裡展示的兩個假人穿著套裝，極短的裙身及方正的上衣。一套是褐金色，另一套是柔和的墨綠色。紙片裁成的楓葉紛紛撒在假人腳邊，也錯落有致地貼在櫥窗上。在這種人們忙著掃淨和焚燒落葉的時節，這家店卻刻意拿來當裝飾。一面小告示牌斜斜地掛在玻璃櫥窗上，以圓熟的黑色字體寫著：**秋季時尚，簡約優雅**。

她開門走進店裡。

迎面是一面能夠照出全身的大鏡子，鏡中的她穿著維列特太太料子雖好但沒有個性的長大衣，短襪與大衣下襬間露出一小截粗笨的腿。

他們是故意的，絕對沒錯，刻意把鏡子裝在那裡，讓你一進門就看到自己的缺點，然後（他們應該是這麼希望的）你會馬上覺得自己該買些什麼改變鏡中所見。這麼明顯的伎倆，要是在以前，她肯定二話不說離開，但今天不一樣，她決心要買東西，才會來這一趟。

沿著其中一面牆，滿滿一架都是晚禮服，以塔夫綢或網綢製成，充滿夢幻般色彩，專門設計給舞會皇后。晚禮服後方掛著五、六件新娘禮服，以玻璃櫃隔開，以免被顧客的手指褻瀆；純白綴飾、淡黃緞面、象牙白的蕾絲，全都綴以銀珠或小珍珠。窄小的胸衣、扇形似的領圈、設計繁複的裙身。即使在她年輕一些時，也從沒想過穿得這麼奢華，不光是錢的問題，而是她從不曾抱持這麼荒謬的期望，以為穿上華服便能翻身，進入無上的幸福境界。

足足過了兩、三分鐘，才有人出來招呼。也許他們透過裡面的貓眼打量她，覺得她不是那種會消費的顧客，等她自行離開。

但她不打算離開。她不再看鏡中的自己，從門口鋪設的合成地毯慢慢走到中央的豪華地毯，等了好一會，終於有人掀開店後的簾子，出來的是米拉蒂本人，身穿黑色套裝，上面綴著閃閃發光的鈕釦。穿著高跟鞋、纖細的足踝，腰帶緊到尼龍絲襪窸窣作響，一頭金髮朝後攏，露出妝容精緻的臉龐。

「我想試一下櫥窗裡那件套裝，綠色那件。」喬漢娜用一種練習過的口吻說。

「噢，那件挺好看的。櫥窗裡那件是十號，不過我看妳，應該是十四號？」女人說。

她快步經過喬漢娜身邊，又是一陣窸窣，回頭往店鋪後方掛著家常衣著、套裝、洋裝的地方翻找。

「妳運氣真好，這是十四號。」

喬漢娜第一件事就是先看價格標籤，果然比預期中貴上一倍，她不打算拐彎抹角。

「太貴了。」

「這是上等羊毛。」這女人翻了大半天，總算找到吊牌，念出上頭關於材質的敘述。不過喬漢娜沒仔細聽，她專心檢查縫邊的手藝。

「這摸起來跟絲綢一樣輕，但穿上身就像鐵一樣嚴密穩妥。妳看整件都有襯裡，是純絲和縈混紡的，多漂亮。坐下來時，臀部這裡不會鼓起一塊，也不會像便宜套裝，動不動就走樣。妳看，衣領和袖口都是天鵝絨做的，連袖子上的鈕釦也是。」

「我看到了。」

「貴就貴在這些細節，不可能更便宜了。我喜歡這天鵝絨的觸感，綠色這件才有，杏色那件就沒有，雖然兩件價錢一樣。」

是沒錯，喬漢娜就是看上這套衣服的衣領和袖口，她也覺得天鵝絨為這件套裝增添一種細緻微妙的奢華感，讓她想要買下，不過她不打算坦白。

「我先試穿一下再說吧。」

這不就是她此行的目的嗎？她準備好了，換上乾淨的內衣褲，腋下也不忘搽點爽身粉。女人機敏，留下她在燈光明亮的隔間裡試穿。喬漢娜更衣時，死都不肯朝鏡子瞧上一眼。最後她把裙子拉正，穿好外套，才抬眼看鏡中的自己。

她先端詳整件套裝，還算可以，剪裁合身，裙子比她習慣的長度要短，不過畢竟她過去也沒嘗試過這種風格。套裝本身沒問題，問題在於露在外面的身體，她的脖子、臉、頭髮、一雙大手、粗厚的腿。

「好了嗎，可以讓我看看嗎？」

愛瞧就瞧個夠吧，喬漢娜心想，穿上這身衣服還是一隻母豬，妳看了便知道。

女人仔細地先看一邊，再瞧另一邊。

「當然，妳還需要尼龍絲襪和高跟鞋。穿起來感覺如何，還舒服嗎？」

「套裝是不錯，套裝本身沒問題。」喬漢娜說。

鏡子裡女人的臉色變了，斂起笑容，看起來疲倦而失望，不過倒是更加和善。

「有時候就是這樣，妳得真的穿上，才知道是否合適。」她的聲音多了一些令人感到穩健的信心。「其實妳的身材不錯，只是比較壯。妳骨架比較大，那又有什麼關係？軟絨的小鈕釦不適合妳，不用管那件衣服了，脫下來吧。」

喬漢娜一件件脫下，身上只剩內衣褲時，更衣室的簾子擺動了一下，一隻手伸進簾內。

「還有這件，順便試試。」

那是一件淺棕色羊毛滾邊洋裝，七分袖，常見的圓領口，優雅的打摺長裙襬，樣式普通，唯一吸引目光的是一條窄版金色腰帶，應該沒有剛才那件貴，不過肯定也不便宜，看看上下的配件就知道了。

至少這裙子的長度比較端莊，穩妥地覆在小腿上，感覺十分高雅。她挺起胸膛，筆直注視鏡中的自己。

看起來不像方才那套可笑。

女人走進來，站在她旁邊如釋重負地露出笑容。

「這件很搭妳眼珠的顏色。妳不需要穿天鵝絨，因為妳已經有一雙像天鵝絨的眼睛。」平常喬漢娜聽到這種阿諛奉承，總會嗤之以鼻，不過此時聽起來挺舒心。她眼睛不算大，以前若有人問她眼珠是什麼顏色，她會說棕色吧。但現在眼珠呈現深棕色澤，閃著柔軟的光芒。

她並非突然覺得自身變得漂亮，只是驟然發現眼珠色澤很好看，像新裁好的布料。

「我敢說妳不常穿晚禮服鞋，不過只要套上絲襪，再加上一雙簡單的低跟鞋也可以。妳也不戴首飾吧？其實妳真的不需要，有這條腰帶就夠了。」

喬漢娜不想聽她繼續推銷，連忙說：「我還是先脫下來，妳可以替我包起來。」但她脫得很捨不得，裙子的輕柔感、美麗卻不刺目的金色腰帶，無一不讓她依戀。原來身上的衣著可以讓一個人信心倍增，她以前從沒有過這種體會。

「是特殊場合要穿的對吧？」女人在外面大聲問道。喬漢娜急匆匆地穿回原來的衣服，突然覺得這身日常服裝十分黯淡。

「可能結婚那天會穿。」喬漢娜說。

她脫口而出這句話，自己也吃了一驚。其實沒什麼大不了，反正這女人不曉得她是誰，不大可能向認識她的人提起。她原本不打算回答，肯定是因為她覺得欠這女人一點人情，她們一起撐過綠套裝的災難，還一起發現了這件棕衣裳，這不就是一種共同連結嗎。但這樣想真荒唐。這女人是在做生意，她不過又成功賣出一件衣服而已。

「哇，真的太棒了。」女人大聲說。

喬漢娜心想，對，可能真的很棒，但也可能不怎麼樣。或許她嫁的是一個慘兮兮的苦悶農夫，想給家裡找個吃苦耐勞的女人，或半殘的老人想找個女人照顧自己。反正這女人不會知道她將來的丈夫，況且也不關她的事。

「我感覺得出你們是相愛才結婚。」女人又說，彷彿她聽到了喬漢娜心裡的嘀咕。「妳的眼睛才會在鏡中發出那樣的光芒。我會用包裝紙包好整件，妳回家後只要拿出來掛好，整身衣服便會柔順地很漂亮。妳想要的話也可以稍微熨一下，不過可能根本不需要。」

接著就是一手交錢一手交貨，兩人都假裝不看金額是否正確，但又忍不住瞄了一眼。

女人說：「妳買了這件絕不會後悔，畢竟結婚一生一次。當然，也不一定啦……」

「對我來說，是這樣沒錯。」喬漢娜回答時，一面感到臉頰發燙，畢竟對方還沒提過結婚的事，前一封信也沒提。她居然向這女人透露心願，會不會反而壞了事？

「妳在哪認識他的？」她繼續用開心又期待的口吻說話。「你們第一次約會去了哪？」

「家人介紹的。」喬漢娜照實說，她不想再深入這個話題，卻發現停不下來。「西方博覽會，在倫敦市[1]。」

「哦，西方博覽會，在倫敦市。」女人重複了一遍她的話，像在說明一款益智遊戲。

---

1 指的是加拿大安大略省西南部的倫敦市。

「跟他女兒一起，他女兒還帶了朋友。」喬漢娜說。但是她心想，或許說他、薩比莎、伊笛絲三人帶上她，還比較真確。

「這樣啊，那我真的可以說我的時間沒有白費。人家穿上我賣的衣服，成為開心的新娘，我的工作都有價值了。」她一面為放入衣服的禮盒綁上粉紅緞帶，打了個多餘的大蝴蝶結，拿起剪刀喀擦一下俐落剪掉過長的部分。

「我整天都在這裡，有時我會想知不知道自己在做什麼。我自問妳覺得自己在這裡做的是什麼？我布置櫥窗，搞東弄西，吸引客人上門，但有些日子，有時**好幾天**，沒有半個顧客進門。我知道，很多人覺得店裡的衣服太貴，但這些都是**好衣服**，一分錢一分貨。」

「她們若想買這種衣服，一定會進來的。」喬漢娜眼光掃向一排晚禮服說。「不然還能去哪買？」

「反正就是這樣。她們就是不來，而是專程到大都市買。開車開上五十英里、甚至一百英里，不管會浪費多少汽油，對自己說去那裡買到的東西比我這裡更好。其實沒有。論品質論款式，都沒有比較好。她們只是覺得，在鎮上買結婚禮服，說出來有點沒面子。有時候她們入店試穿，又說要考慮一下，會再回來的。我心裡就想，噢，我知道這意思，意思就是她們會去倫敦市或基奇納看看有沒有一樣的、會不會比較便宜。就算沒有比較便宜，她們還是會在那裡買，既然都開那麼久的車去一趟，也不想再浪費時間找了。」

女人繼續說：「不曉得，如果我是本地人，情況或許會不一樣。我發現這裡的人很排——

外。妳不是本地人吧？」

喬漢娜回答不是。

「妳不覺得這裡排——外嗎？」

排外？

「我的意思是，外人很難融入。」

「我習慣自己一個人了。」喬漢娜說。

「但妳找到對象了，再也不必萬事都靠自己，不是很好嗎？有時我會想，找個人結婚，就待在家裡多好。當然我先前還有丈夫時，也一樣出來工作。哈，說不定哪天真有個男人走進店裡愛上了我，我就什麼問題都解決了！」

喬漢娜必須加緊腳步，那女人太需要找人講話，耽擱不少時間。她得趕忙回到屋裡，在薩比莎放學回到家前藏好買來的東西。

接著她突然想到，薩比莎今天不會回來，被她母親的表妹洛克珊阿姨接去度過週末了，她像一般多倫多有錢人家的女孩，就讀於女子貴族學校。不過她沒有因此慢下腳步，經過藥房時，一個男人背靠著外牆，自作聰明地對她喊：「哪裡失火啦？」她這才稍稍放慢速度，不想再引人注目。

這盒子著實教人尷尬，她哪知道店家會有自己的粉紅紙盒，印著**米拉蒂**字樣，紫色的手寫字體。盒子洩漏了一切。

她何必對人說什麼婚禮，自覺愚蠢，對方從沒提過，她該記住這一點。他對她說了（或說寫了）好多其他的話，在在表示對她的喜愛和渴望，彷彿只是不小心忘了提及婚嫁，好比你提到起床而沒提到早餐，但你的確打算吃早餐。

不管如何，她都該緘默一些。

她看到麥考利先生走在對街，朝她的方向走來。沒關係，就算他迎面看到她，也不會注意到她拿著盒子。他只會舉起手指碰一下帽簷，跟她擦身而過，像是注意到她是他家裡的管家，但又不大確定的樣子。他總是在思考，誰都注意到了，他的眼睛像是老望著別的城鎮，而不是眼前的鎮。每個上班日，有時連假日或星期天也一樣，他必定穿著三件式西裝，外加一件薄大衣或厚大衣，頭戴灰色軟呢帽，腳上的皮鞋擦得發亮，從位於博覽會路的家裡往市中心方向前進，抵達他的辦公室，那裡原本是賣鞍具和皮箱的店。之前這裡被稱為保險辦公室，儘管他許久沒積極拉保險了，三不五時還是有人上樓詢問，可能是保險政策，更多是問房屋地產的事，鎮上某棟房產的歷史，或鄉間某座農場的情況等等。辦公室裡擺滿了地圖，新舊都有，他最愛把地圖攤開暢談，即使討論早已離題。一天裡有三、四次，他會離開辦公室，在街上漫步，就像現在這樣。戰事期間，他把自己開的高級房車停入穀倉，徒步前往各處，一心要為大家立下榜樣。十五年後的今天，他還在努力成為典範，雙手揹在身後，像個好心的地主四處巡視產業，又像個傳道牧師，愉快地凝視面前的群眾。當然街上碰到的人，大半不知道他是誰。

鎮上改變不少，即使在喬漢娜還住在這裡的期間。商店多半遷移至大路上，那一帶新開了一家折價商店、一家加拿大輪胎公司，還有一家附設酒吧的汽車旅館，請來上空的舞者表演。市區裡有些商店試圖重整旗鼓，曾把內部刷成粉紅、淺紫、橄欖綠，然而連曾經的新漆都已從老舊磚牆剝離，店裡也漸漸空蕩。米拉蒂顯然也逃不過同樣的命運。

假如喬漢娜是那位女店主，她會怎麼做？首先她根本不會進那麼多精緻的晚禮服。但該賣什麼？如果賣便宜衣服，就得與卡拉漢這類商店及折價商店競爭，而這塊市場可能沒那麼大。也可以賣漂亮的嬰兒服和童裝，吸引手上有錢又願意花在這上面的姑婆姨媽。別想打母親的主意，她們手頭不寬裕又懂得精打細算，只會去卡拉漢購物。

不過如果那家店由她負責，她應該沒辦法招攬顧客。她知道該做什麼、怎麼做，也能夠督導其他員工執行，但她就是沒法自己討好客人，慫恿她們買東西。買不買隨你，是她的態度，當然客人只會掉頭離去。

鎮上幾乎沒人喜歡她，她早有自覺。薩比莎向她別離時，自然是一滴淚也不流，儘管你可以說，她身邊最接近母親角色的就是喬漢娜，因為她母親過世了。若她離開他們家，麥考利先生肯定不高興，因為她做得很好，很難找到足以取代的人，不過他所想的也僅止於此，他和他孫女都被寵壞了，自我中心。左鄰右舍若知道她離開，應該很高興。喬漢娜和左右兩邊的鄰居都處不來。一家的狗老來挖她的花園，把啃過的骨頭埋進土裡又挖出來，這種事不是應該在自己家裡做嗎？一家是因為黑櫻桃樹，樹種在麥考利先生的園裡，但結滿纍纍果實的樹枝跨過界線，懸垂在隔壁庭院裡。這兩件事她都出面爭執，而且都吵贏了。一家把狗拴了起來，另一家不再理會櫻桃樹。她若站在梯凳上，輕易就能伸手到鄰家庭院裡；但他們也不再驅趕樹上的群鳥，影響了果物的收成。

若是麥考利先生就會任他們採摘櫻桃，也會任狗掘土。他不在意別人占他便宜。一部分原因是那些鄰居剛搬來，住在嶄新的房屋裡，他寧可不加理會。曾有段時間，博覽會路上只有三、四幢大房子，對面就是博覽會的場地，舉辦過秋季展，官方名稱叫做農業博覽會，這條路名由此而來。大房子與大房子之間則種著各色樹木和小草坪。約莫十二、三年前，這片土地被均分成數塊賣出，蓋起了幾棟小房屋，每棟風格各異，有的不只有一層樓，也有只有單層的，其中幾棟現在看來相當破敗。

麥考利先生只認識其中幾戶人家，交情不錯的兩戶，是在學校教書的琥德小姐和她母親，以及開補鞋店的舒齊茲一家。舒齊茲先生的女兒伊笛絲，有段時間和薩比莎非常要好。這也很自然，兩人在校同年級，至少最後一年是如此，當時麥考利已把薩比莎接回家，住得又離伊笛絲很近。麥考利先生看來並不在意，可能料到薩比莎不久會離開這裡，在多倫多展開不同的生活。換作喬漢娜，就不會選中伊笛絲，雖說這女孩來家裡玩時表現不算太差，從不惹麻煩，也不笨。也許這一點才是問題，她很伶俐，而薩比莎沒她聰明。她帶壞薩比莎了。

不過都過去了。如今表妹洛克珊（現在是哈柏太太）出現了，那個舒齊茲家的女孩只是薩比莎淘氣童年的一部分。

我目前正在安排火車寄送你全部的家具，等他們通知我時間及費用就會寄出，貨運的錢我會先付。我一直在想，你現在應該需要家具吧。如果我告訴你，我打算前去幫你的忙（我希望自己真能幫上忙），你應該不會介意，也不致太驚訝吧。

她先去郵局寄了這封信，才到火車站安排運送家具。這是第一封她直接寄給他的信。以前的信都是與她叫薩比莎寫的信一起寄出。他給她的信也是一樣，整齊摺好，信紙背面打上她的名字，免得搞混。如此一來郵局人員也不會知道，還能省下一枚郵票。當然，薩比莎可能會告訴爺爺，或打開給喬漢娜的信來讀，然而不管是和老人說話，還是寫信、收信，薩比莎都沒興趣。

家具暫時先存放在穀倉。不是農家裡養牲口、堆放糧食的穀倉，是鎮上常見的一般倉庫。約莫一年多前，喬漢娜第一次來到穀倉，發現裡頭每件家具都髒兮兮的，布滿灰塵，處處都有鴿糞，隨便擺放，也沒用布蓋起。搬得動的東西她統統搬到院內，剩下的空間就留給她搬不動的大型物件，像是沙發、餐檯、瓷器櫃、餐桌等。床頭櫃可以拆開，她用軟布和檸檬油擦拭木質部分，擦完閃閃發亮如糖果，而且是楓糖糖果，因為是鳥眼紋楓木，讓她覺得耀目，像緞面床罩或金色頭髮，華麗又現代，與她目前在屋內打理的黑沉木頭家具（上頭還刻著礙眼的雕紋）形成強烈對比。她想著這是**他的**家具，星期三搬出來時也是這麼想。她之前便在最下層鋪妥舊被子，以免被堆在上面的東西磨損；最上頭也罩上床單，以免被鳥弄髒，因此搬出來時上面只有薄薄的一層灰。不過她仍舊擦了一遍，上檸檬油，照先前的方式鋪上被子和床單保護才放回穀倉，等著貨車在星期五前來。

親愛的麥考利先生：

我搭今天（星期五）下午的火車離開。我知道自己沒能先知會你，所以最後一次的薪水就不拿了，到下星期一為止總共是三個星期。爐子上的雙層蒸鍋裡有燉牛肉，只需熱一熱就行，足夠吃三、四頓。熱過以後，盛好想吃的分量，蓋上鍋蓋，放回冰箱。記得一定要馬上蓋鍋蓋，不然可能會餿掉。希望你和薩比莎都好，或許等我安頓好再和你們聯絡。

喬漢娜・派芮筆

另外，我已將布德羅先生的家具寄回給他，因為他可能需要。記得熱食物時，蒸鍋下層要放足夠的水。

麥考利豪不費力便查出喬漢娜買的火車票，是往薩斯喀徹溫省一個叫格丁尼亞的地方。他打電話給火車站站長，打算問個清楚，但他不知道怎麼形容喬漢娜，是上了年紀的婦女或是年輕女子，苗條還是微胖，穿什麼顏色的外套之類，後來他提到家具，就無須多說了。

電話接通時，車站裡有幾名乘客在等傍晚的車次。站長本來打算壓低聲音講話，一聽到對方提到失竊的家具，不由得激動起來。（麥考利先生的原話是：「而且我想她還帶走了幾件家具。」）站長發誓他不知道她是誰，也不知她旅程的目的，否則絕不會讓她踏上火車一步。這話他反覆說了幾遍，大家都信了，也沒人問他如何能阻止付錢買票的成年女人上車，除非當下他能證明她是小偷。後來轉述他話的人們都相信，他必定會、也能夠阻止她；大家都對站長以及麥考利先生這類西裝紳士所具備的權威深信不疑。

燉牛肉真的很不錯，喬漢娜的廚藝向來令人滿意，不過麥考利先生嚥不下去。他不理會有關鍋蓋的指示，沒蓋鍋蓋就在爐上熱著雙層鍋，也忘記關爐火，直到下層水都燒乾了，他聞到一股金屬燒焦的氣味。

背叛的氣味。

他告訴自己，值得慶幸的是至少薩比莎有人照顧了，他可以不必為此煩惱。他接到外甥女、他妻子的表妹洛克珊的信，提到薩比莎這個夏天到錫姆科湖去找她的事，還說她觀察到這女孩需要好好管教。

坦白說，等到男孩子一窩蜂上門，我不覺得你和你聘用的那個女人有足夠能力處理。

她不算太過分，沒問他是否想讓她變成另一個米榭兒，不過意思差不多。她說打算送她進一所好學校，至少可以學點待人的禮貌。

他打開電視想排遣煩悶，不過沒用。

讓他惱怒的是那批家具，是肯·布德羅。

事實是，三天前（也就是喬漢娜買票的那天，後來站長告訴他的）麥考利先生收到肯·布德羅寄來的信，要求他：一、把屬於他和過世妻子米榭兒的家具（目前放在麥考利家中穀倉）折現，匯一筆錢給他；二、若他不願這麼做，就盡量把那批家具賣個好價錢，盡快將這筆錢寄到薩斯喀徹溫。關於岳父借過幾次錢給女婿，信上隻字未提，就算賣掉全部家具也無法清償。難道肯全忘了，還是他希望（這個比較有可能）岳父最好忘掉？

他目前似乎經營著一家旅館。不過信上寫滿了針對前任經營者的壞話，那人蓄意在許多事情上誤導他。

信上寫道：「如果我能挺過目前的難關，我相信生意還大有可為。」到底是哪方面的難關，急需現金嗎？但他沒說是欠旅館的前任經營者，還是銀行、私營借貸公司，或是什麼人。永遠是這一套，口吻急切，半哄半騙，摻雜著傲慢，還有被虧欠的意味，這一切都是因為米榭兒帶給他的傷害與屈辱。

儘管心中十分煩惱，他想肯．布德羅畢竟是他女婿，出去打過仗，忍受婚姻裡種種天曉得是什麼的苦惱，於是他坐了下來回信給他。信上說他對賣家具毫無概念，也實在不知道該如何賣出好價錢，所以他附上一張支票，就當是他個人借他的。他希望女婿別忘了借過這筆錢；還有他之前也借過幾次，加起來的金額早就超過全部家具能夠變賣的價值。信裡附上前幾回借貸的日期與金額，除了兩年前還過的五十元（本來承諾之後會分期償還），他半毛錢也沒收到。他深信女婿一定知道，老丈人因為他不肯還清這幾筆無息借款，白白蒙受損失。這些錢他本來可以拿來投資的。

他本想補上一句：「我不像你所想的笨。」但最後還是決定不寫，寫了就暴露他內心的惱怒與軟弱。

現在好了，顯然這個人急了，居然把喬漢娜扯進來（他一向對女人有辦法），如今支票和家具他都到手了。運費是喬漢娜自己付的，站長告訴他。之前找人估過，那套亮晶晶的現代楓木家具被高估了，根本賣不了多少錢，更別提還得扣掉這筆鐵路運送的費用。他們要是夠聰明，就會知道從主屋拿家具還比較划算，像是幾座老櫃子，或客廳裡非常難坐的那組沙發，都是上個世紀的老骨董。當然那樣就真的是偷了。不過他們現在這麼做也沒有多大差別。

他上床時打定主意要告他們。

醒來時屋裡只有他一人，沒聞到廚房裡傳來的早餐味或咖啡香，空氣只有鍋子燒乾的焦味。高曠空蕩的房裡瀰漫著秋日的沁寒，昨日傍晚以及在那之前的夜裡，都不覺得冷，原來暖爐沒開。麥考利先生打開暖爐，伴隨暖氣而來的是地下室的潮溼，混合著一股霉溼、泥土與腐敗的氣味。他慢慢盥洗穿衣，幾次停頓，彷彿忘了什麼，然後拿起一片麵包，抹上花生醬當作早餐。他來自一個很多男人連燒開水都不會的世代，而他就是其中之一。他從客廳的窗戶看出去，發現賽馬場另一側的樹木沒入晨霧之中，平日此時應逐漸散去的霧氣竟遮蔽了整座馬場。透過重重濃霧，他彷彿看見許久以前博覽會的建築，樣式平凡卻寬敞，像一座巨大穀倉。年復一年，當中經歷了一次戰爭，大樓就那樣荒廢著，他也忘了最後到底是如何處置這幾棟建築，是拆除還是倒塌了？他滿心厭惡賽馬，每到夏天，星期日只見一波波的人潮、擴音器、違法飲酒、高聲喧譁。每念及此，他便再次想起他可憐的女兒米榭兒，坐在門廊階梯上，看到舊日同學停好車匆匆下車，趕著去看比賽，朝他們大聲呼喊。看她引發的騷動，她回到鎮上的喜悅，到處擁抱人，攔著人連珠炮地說話，喋喋說著童年往事，說她多麼想念每個人。她說唯一美中不足的是她的丈夫肯，因為工作得留在西部，沒辦法回來。

她穿著絲質睡衣，染成金色的頭髮凌亂地披散著。她的手臂和腿都纖瘦，臉上卻有些浮腫。棕色肌膚據她說是曬了日光浴的結果，但看起來比較像病容，不像曬出來的。可能是黃疸。

這孩子待在屋裡看電視，她已經長大到不適合看星期天播的卡通了。

他說不上來當時哪裡不對勁，或是否有不對勁之處。米榭兒去倫敦處理某個婦科問題，死在醫院裡。他打電話給她丈夫，告知死訊；肯．布德羅說：「她做了什麼？」

假如米榭兒的母親還在世，一切會不一樣嗎？不過事實上她母親還在世時，也和他一樣不知該拿她怎麼辦。他們的女兒反鎖房門，爬窗出去，滑下通往門廊的屋頂，迎向底下一車子的男孩。而她就坐在廚房裡哭泣。

家裡的氣氛冷漠疏離，充斥欺騙的氣息。他和妻子向來是好父母，卻被米榭兒逼到忍無可忍。她跟一位空軍私奔，做父母的至少只希望她沒事就好。他和妻子對他們兩人夠寬容了，只盼他們像一般年輕夫妻生活，結果還是不行。他對喬漢娜也很好，她照樣背叛了他。

他一路步行來到鎮上，進一家飯店用早餐。服務生對他說：「你今天來得好早，氣色很好。」趁她倒咖啡時，他打開話匣子，告訴她家裡的管家一聲招呼也不打就離開，擅自離職沒給他時間找人，還帶走他女兒的一堆家具；雖說理論上那批家具如今是他女婿的，但也不盡然，因為都是他女兒的嫁妝。他告訴她，他女兒嫁了個空軍士兵，很英俊，舌粲蓮花，不過他的話一句都不能信。

女服務生說：「不好意思，我很樂意聊天，不過其他人在等著我上早餐，失陪了……」

他上樓來到自己的辦公室，幾份舊地圖攤開在桌上，他昨天一直在研究，想找出本郡第一個墓園的位置（他推測已於一八三九年荒廢）。他扭開燈坐了下來，卻發現無法專心。被女服務生一斥責（他覺得是斥責），他吃早餐的胃口全沒了，也不想再喝咖啡。他決定出去散散步，讓心情平靜下來。

不過他發現自己今天話特別多。平常碰到人，他只會打聲招呼說上一、兩句，但今天不論誰向他問好，他便開始滔滔傾訴他的痛苦，用一種異常、甚至丟臉的語調說下去。而就像女服務生，這些人各自有事要忙，向他點點頭、喃喃說著藉口，裝作不經意地挪動腳步走開。這個早晨不同於平日多霧的秋日早晨，怎麼也暖不起來；他的外套不夠暖和，於是他到商店裡尋求慰藉。

認識他最久的人最是驚慌錯愕。他一向罕言寡語，溫文有禮，有點心神不寧，每當覺得自己正享受某種特權時，總是立即致歉（這有點像在開玩笑，因為所謂的特權只存在於他的回憶，別人是看不大出來的）。他不是會向人傾訴委屈或博取同情的人，就連妻子過世、甚至女兒死了，他也一句話沒說。但他現在拿出一封不知什麼的信，說這傢伙一而再、再而三向他要錢，難道不可恥嗎；而他出於同情再次幫助他，這傢伙居然還串通他的管家偷走家具。當中幾個人還以為他說的是自己的家具，想說這老人連一張床或椅子也讓人搬走了，紛紛勸他報警。

「沒有用的，沒有用的，石頭裡哪能榨出血來[2]？太難了。」他說。

他走進補鞋店，向赫曼．舒齊茲打招呼。

「你還記得替我補過靴底嗎？我在英國買的那雙，四、五年前拿來給你補過。」

這間店像個洞穴，好幾處都懸著覆有燈罩的電燈泡，方便工作。店內通風良好，但充斥種種粗獷的氣味，包括膠、皮革、黑鞋油、新裁割的氈製鞋底，以及舊鞋底，麥考利先生覺得聞起來挺舒服。他多年的鄰居，赫曼．舒齊茲，總是蠟黃著臉、戴著眼鏡、嫻熟地彎身幹活，沒有一天例外。把鐵釘敲進去，夾住釘子，再用附鉤的小彎刀在皮革上切出想要的形狀，氈布則用小圓鋸切割。工具在板子上發出沙沙聲，砂布輪嘰嘎作響，金剛石磨著工具的聲音聽起來像隻機械昆蟲在噗噗振翅；縫紉機一下一下車著皮革，一板一眼的工業節奏。對麥考利先生來說，這兒的聲音、氣味、精準的動作是如此熟悉，但這麼多年來，他從沒認真思考過。此時圍著髒黑皮圍裙的赫曼先生站起身，手上拿著一隻靴子，點頭笑笑，麥考利先生看到這男人的一生，就在這洞穴裡。他很想表示同情、讚賞，還是他自己也說不清的一點什麼。

「我記得，很好的靴子。」赫曼說。

「極好的靴子。你知道那是蜜月旅行時買的。在英國買的，記不得在哪裡買的了，不過不是倫敦。」

「我記得你說過。」

「你補得很好，現在還很好穿。補得好極了，赫曼，手藝很好，做工很實在。」

「那很好。」赫曼快速瞄了一眼手上的皮靴，麥考利先生知道他想繼續幹活，但不行，他還沒說完呢。

「我昨天大開了眼界，應該說受到驚嚇吧。」

「是嗎？」

老人抽出那封信，挑其中幾段大聲念出，不時冷笑幾聲。

「支氣管炎，他說他得了支氣管炎，不知怎麼辦才好。『我不知道該找誰求助。』哼，他怎麼會不知道找誰幫忙，他只要一闖禍，想不出辦法就會來找我。『幾百元就好，等我康復就行了。』不停苦苦哀求，原來他早就和我的管家串通好了。你聽說了嗎？她偷走一批家具，人也跟著去了西部。這兩個人合作無間。這個人，我一次又一次地幫他，他一毛錢也沒還過。不，我得公平一點說，他還了五十元。幾百幾百地借，借了上千，他還我五十。戰時他加入空軍，你知道嗎。這些矮個兒多半加入空軍，自以為神氣地走來走去，以為自己是英雄。我知道不該這麼說，不過我覺得這場戰爭把這些傢伙慣壞了，他們以後再也無法適應正常生活。不過這不能當作藉口，是吧？我總不能老想著他打過仗，一輩子替他找藉口。」

2 原文為「How can you get blood from a stone?」意指非常困難、根本不可能的事情。（編註）

「是的，不行。」

「我第一次見到他，就知道這人不能信任。這真的很反常，我明明知道，卻一次又一次上當。世上就有這種人。正因他們是騙子，你同情他們。我介紹工作給他，做保險的，我有人脈。當然他搞砸了。壞蛋，有些人就這麼壞。」

「說得沒錯。」

舒齊茲太太那天不在店裡。通常她會負責顧櫃檯，把鞋子拿進來給丈夫瞧，再轉述丈夫的話，把話講得好聽些，將補好的鞋交給客人時順便收錢。麥考利先生想起不久前在夏季她似乎動了個手術。

「你妻子今天不在？她還好嗎？」

「她今天想休息一下，我叫女兒進來幫忙。」

赫曼朝櫃檯右側的鞋架擺擺頭，上面放著一排排補好的鞋。麥考利先生轉過頭看見伊笛絲，方才進來時沒注意到她。她瘦瘦的，孩子氣，黑色直髮，正背對著他整理鞋子。她以薩比莎朋友的身分來家裡玩時，也是像這樣悄悄溜進屋又溜出去，你根本沒機會細瞧她的臉。

「妳現在可以幫妳父親忙了，不用上學了？」麥考利先生說。

「今天是星期六。」伊笛絲微微地笑，半轉過身回答。

「噢，對。不管怎樣，可以幫忙父親總是好事。妳要好好照顧父母，他們這麼認真工作，都是好人。」彷彿察覺到自己像在說教，他露出抱歉的神色說道：「榮耀令尊令堂，讓他們長命……」

伊笛絲自言自語了一句：「補鞋店。」

「我占用妳太多時間了，打擾了。」麥考利先生悲傷地說。「妳還有工作要做。」

「妳沒必要話中帶刺。」老人走後，伊笛絲的父親說。

晚餐時，他向妻子說起麥考利先生。

「他跟平常很不一樣，好像發生了什麼事。」

「也許有點中風。」她說。她自從接受膽結石手術以後，談到別人的病就一副見多識廣、處之泰然的樣子。

現在薩比莎離開了，去過一直在等著她的另一種生活，伊笛絲又恢復成老樣子。**很老成**，孜孜不倦，吹毛求疵。高中開學才三個星期，她便知道沒有一門新學科能夠難倒她，不論是拉丁文、代數或是英國文學。她相信自己的聰明才智一定能得到認可與讚賞，無限光明的未來在等著她。過去一年跟薩比莎一起幹的蠢事，也逐漸淡忘了。

但當她思及喬漢娜跑去西部，彷彿來自過去的寒風吹向她，她猛然一陣驚慌。她試著像砰一聲蓋上蓋子那樣壓下祕密，但底下一陣騷動不肯止息。

她洗完碗盤以後，直接拿著書回房間，那是文學課的指定小說：《塊肉餘生記》。

父母難得罵她，頂多輕聲斥責。她父母一把年紀了才生下她，據說這是她個性老成的原因。

但現在她卻覺得和書中主人翁大衛極有共鳴，她能體會大衛的處境與痛苦。她覺得自己跟他很像，像個孤兒，因為一旦真相大白，她美好的未來會被過去一刀斬斷，她可能得離開這裡，到處躲藏，養活自己。

事情是這樣開始的。一天和薩比莎一起上學時，她說：「我們先去一下郵局，我要寄信給我爸。」

她們每天結伴上下學。有時兩人閉起眼睛走路，有時倒退著走，有時在路上遇到認識的人，她們會故意亂編語言，讓對方一頭霧水。大部分有趣的主意都來自伊笛絲。薩比莎唯一想出來的點子，是寫下自己和一個男孩的名字，先劃掉重複的字母，再數剩下的，看看總共還剩幾個字母。接著她們按順序念著「仇敵、朋友、追求、相愛、相守」，一邊扳手指數，就能算出你和那個男孩的結局。

「好厚的一封信。」伊笛絲說。什麼都逃不過她的注意，什麼都記得，不費多少力氣就能背完整本課本，其他孩子都覺得她很變態。「妳有這麼多話要對妳爸說？」她很訝異，不可置信，她不信薩比莎這麼能寫。

「我只寫了一頁。」薩比莎掂掂信的重量說。

「哇嗚。」伊笛絲說。

「哇嗚什麼？」

「我敢說喬漢娜一定放了別的東西。」

結果兩人沒有先去郵局寄信，放學後偷偷回伊笛絲家，用熱氣蒸開封緘。在伊笛絲家什麼都可以做，因為她母親整天都在補鞋店裡忙。

親愛的肯・布德羅先生：

我想我應該寫封信給你，向你道謝，謝謝你上次在給你女兒的信裡那麼誇我。你不需要擔心我會離開。你說你可以信任我，我把這話放在心上，而且我知道你說的是真話。我很感激你這麼說，有些人會因為不清楚我的背景就排斥我。所以我想向你說說我自己。我在格拉斯哥出生，但我生母結婚時只得扔下我。我五歲時被送到孤兒院。我等她回來，但她一直沒回來，慢慢地我接受了這個事實，也習慣那裡的生活。那裡的人不壞。十一歲時，因為一個計畫，我被帶往加拿大，住在狄克森家，在他們的市場花園裡工作。原本這個計畫也包括就學，但其實我不常能去。冬天時我就在屋裡幫太太的忙，但這種情況讓我開始考慮離開。跟同齡的人比起來，我算高壯，後來就被挑中去養老院照顧老人。我不介意照顧老人，但因為想多賺點錢，我去了一家掃帚工廠工作。老闆是維列特先生。有一天他年邁的母親到工廠探班，結果我們兩人算是一見如故。工廠的空氣讓我難以呼吸，她說不如我去替她工作吧。我去了，和她住在北邊一個叫晨鴿湖的地方，一起生活了十二年。就我們兩個，不過我裡裡外外的事都會做，連駕汽艇、開車都會。我也學會識字，因為她的眼睛漸漸不行了，她喜歡我讀書給她聽。她過世時九十六歲。你可能會說，對年輕人來說這算是什麼生活，不過我很快樂。我們每頓飯都一起吃，最後的一年半，我就睡在她房間裡。但她死後，她的家人給我一星期收拾東西。她留了一些錢給我，我想他們不太高興。她希望我拿這筆錢多受點教育，但那樣我就得和小孩子一起上課。所以當我看到麥考利先生在《環球郵報》刊登的廣告，我就來看看情況。我需要工作，這樣才不會整天思念維列特太太。我想關於我的過去，說這麼多也夠了，不如談談現在（你應該覺得鬆一口氣吧）。謝謝你給我那麼好的建議，也謝謝你帶我去博覽會。我不是愛兜風吃美食的人，不過有人肯邀我，還是覺得很榮幸。

你的朋友，喬漢娜・派芮

伊笛絲大聲讀出喬漢娜的信，刻意用一種哀怨的語調，表情十分愁苦。

「我在格拉斯哥出生，但母親看到我長這樣，只得扔下我……」

「別說了，我笑到快吐出來。」薩比莎說。

「她把自己的信和妳的放在一起，妳怎麼沒發現？」

「她把我的信拿走，放進信封，信封是她寫的，因為她覺得我的字不好看。」

伊笛絲只得在封口處貼上透明膠帶，信封上的膠水已經不黏了。「她愛上他了。」她說。

「噢，真噁。」薩比莎抱著肚子喊。「怎麼可能，那老女人。」

「他到底誇她什麼了？」

「沒什麼啊，叫我要尊重她，要是她離開我們家就糟了，能有她幫忙算我們好運，因為他無法給我一個家，爺爺也沒辦法獨力照顧一個女孩，就這些廢話。他說她是個淑女，他看得出她是。」

「然後她就愛上他了。」

當晚信留在伊笛絲手邊，以免喬漢娜發現信沒寄出，還貼著透明膠帶。隔天早上她們到郵局寄信。

「現在就看他怎麼回，等著看吧。」伊笛絲說。

很長一段時間沒有來信。信終於寄到時卻令人失望。她們在伊笛絲家用蒸氣蒸開了信，沒有給喬漢娜的信。

親愛的薩比莎：

今年聖誕節手頭不大寬裕，抱歉我只能寄給妳兩元鈔票。不過我還是希望妳身體健康，聖誕快樂，學校課業都跟得上。這一陣子身體不好，犯了支氣管炎，似乎每年冬天我都會有這毛病，然而這是第一次我在聖誕節前病得這麼厲害，只能躺在床上。妳看到新地址，就知道我換了個地方。現在的公寓地點很吵，常有人來這裡找人閒聊聚會。這是一間寄宿公寓，還滿適合我的，我本來就不大會採買，也不會自己下廚。

「可憐的喬漢娜，她要心碎了。」伊笛絲說。

「誰理她。」薩比莎說。

「除非我們自己來。」伊笛絲說。

「什麼？」

「**回信**給她。」

她們只能打字，因為喬漢娜一定會注意到這不是薩比莎父親的字跡。打字不難，伊笛絲家裡的客廳牌桌上有臺打字機。她母親婚前曾有工作，現在她有時替人寫語氣較為正式的信，賺點外快。她教過伊笛絲基本打字技巧，希望她以後也能找個辦公室的工作。

薩比莎說：「親愛的喬漢娜，很抱歉我不愛妳，因為妳臉上長滿了醜斑點。」

伊笛絲說：「妳閉嘴，我要寫得像真的。」

她開始打字：「很高興接到來信……」一面大聲念出她構思的句子，不時停下斟酌字句，她的語調愈來愈認真而溫柔。薩比莎在沙發上躺成大字形，咯咯笑個不停，中途還打開電視。伊笛絲說：「拜託，妳看這些狗屎節目，我要怎麼專心醞釀感情？」

旁邊沒人時，她們會講「狗屎」、「賤貨」、「老天爺」這類字眼。

親愛的喬漢娜：

看到妳的信和薩比莎寫的放在一起，我真是高興，也很高興能了解妳的人生。妳一定常覺得悲傷寂寞，不過聽起來維列特太太很幸運，有妳在她身旁。妳總是如此勤勉，從不抱怨，我得說我真的非常欽佩妳。我自己的人生起伏不定，從沒真的定下來。我不明白自己內心何以騷動不安，常感孤單，似乎這就是我的命運。我總是在認識人，跟各種人談話，但有時我會自問，誰是我的朋友？然後妳的信來了，妳在信末寫著：「你的朋友」，我就想，她是認真的嗎？如果喬漢娜能夠告訴我，她是我的朋友，對我是多棒的聖誕禮物。也許對妳來說，這不過是一句好聽的結語，畢竟妳對我還不夠了解。無論如何，祝妳聖誕快樂。

妳的朋友，肯．布德羅

回家後把這封信給了喬漢娜。給薩比莎的那封也重打了一遍，不然怎麼解釋一封是打字，另一封是手寫？她們這次開信非常小心，只用了一點點蒸氣，這樣就不必再拿透明膠帶貼回去。

「為什麼我們不重打一次信封？如果信是打字的，信封也會是打字的吧。」薩比莎說，覺得自己很聰明。

「因為新的**信封**就沒有**郵戳**了，笨笨的。」

「如果她回信怎麼辦？」

「我們會看啊。」

「也是，如果她直接把回信寄給他怎麼辦？」

伊笛絲不願承認自己沒想到這一層。

「她不會，她那麼狡猾。反正妳馬上寫一封回信給妳爸，讓她覺得有機會可以把信混在裡面。」

「我討厭寫信，蠢死了。」

「寫吧，沒什麼大不了的。難道妳不想看她怎麼回？」

親愛的朋友：

你問我對你的了解是否足夠成為你的朋友，我的答案是肯定的。我這一生只交過一個朋友，那就是我深愛的維列特太太，她對我那麼好，但她已經不在了。她大我很多歲，跟年紀比較大的人做朋友有個麻煩，他們會先死，留下你一人。後來她因為太老了，有時還叫錯我名字，不過我不介意。

我要告訴你一件有趣的事。你在博覽會不是讓攝影師替你、薩比莎、她的朋友伊笛絲、我四人照了一張合照嗎？我把那張照片放大裱了框，掛在客廳裡。照得不是很好，而且他的要價未免太高，不過好過沒有。前天我在照片附近撢塵時，我覺得好像可以聽到你向我打招呼。你說哈囉，而我看著照片中你的臉，彷彿裡面的你也看見了這一刻，我就想，我一定是瘋了。還是這表示快有信來了？我只是隨便說說，並不是真的相信那一類事情。不過昨天真的接到信了。所以你知道我很願意當你的朋友。我總能找到事做，但像我說的，交上真正的朋友意義不同。

你的朋友，喬漢娜・派芮

當然喬漢娜的信不能放進去，薩比莎的父親看到信中提到他根本沒寫過的信，一定會起疑。

伊笛絲只得撕碎喬漢娜的信，沖進馬桶。

當那封提到旅館的信寄達時，已經是好幾個月後的事。時值夏天，薩比莎剛度假回來，正巧讓她擱下這封信。過去三個星期她去探訪洛克珊阿姨和姨丈克拉克，待在他們在錫姆科湖邊的避暑小屋裡。

薩比莎來到伊笛絲家，一開口便嚷：「噁爛斃了，這裡好臭。」

「噁爛斃了」這形容她是向表姊妹學來的。

伊笛絲嗅了一嗅說：「我沒聞到什麼味道。」

「就像妳爸店裡的味道，只是沒那麼重。一定是他們的衣服還是什麼染上味道帶回家裡。」

伊笛絲開始用蒸氣蒸開信封。從郵局回來的路上，薩比莎在烘焙店裡買了兩條巧克力口味的閃電泡芙，正躺在沙發上吃自己的那條。

「就一封，給妳的。可憐的老喬。當然他沒真的**收到**她的信。」伊笛絲說。

「念給我聽。」薩比莎對此沒什麼意見。「我滿手黏答答。」

伊笛絲正經八百地讀信，幾乎是一口氣念完。

薩比莎，我的運氣似乎開始好轉了，妳應該看得出我已經離開布蘭登，現在到了格丁尼亞。我也不再替原來的老闆做事了。去年冬天實在難熬，胸腔出了狀況，這些人（也就是我那幾位老闆）覺得應該讓我流落街頭，即使我可能會得肺炎也一樣；然後我們吵了一架，雙方都覺得該是說再見的時候。但運氣真是奇妙，就在這時候，一間旅館落到我手上。這當中的原委很難一一解釋，不過要是妳爺爺想知道的話，就告訴他是一個欠錢還不出來的人，把這間旅館抵押給我。所以我算是從寄宿公寓的一間房，換到了總共有十二間房的屋子，本來連一張自己的床也沒有，現在一個人擁有好幾張床。早上醒來時，想到自己的老闆就是自己，真是太美妙了。房子還有些修繕工作得做，應該說滿多的，等天氣放晴就會動工。我需要雇人幫忙，過段時間再請個手藝好的廚子來，負責餐廳和酒吧。肯定會大受歡迎，鎮上只有這間旅館。希望妳過得好，要做功課，培養好習慣。

愛妳的爸爸

薩比莎問：「妳家有咖啡嗎？」

伊笛絲說：「即溶的，幹麼？」

薩比莎說那間避暑小屋裡每個人都喝冰咖啡，大家愛死了，她也很著迷。她晨起便在廚房裡東摸西摸，煮開熱水，加入牛奶和冰塊攪拌咖啡。「其實我們真正需要的是香草冰淇淋。」她又說：「噢老天[3]，想到就覺得棒。妳不吃泡芙嗎？」

噢老天。

「要，整條都要。」伊笛絲故意不友好地說。

不過才三星期，薩比莎簡直變了個人似的。而這段時間，伊笛絲只是在店裡幫忙，她母親開完刀在家休養。薩比莎的皮膚曬成美妙的古銅色，頭髮剪短了些，髮絲蓬蓬軟軟的散落在臉頰旁。她的幾個表姊妹替她剪的，還替她燙了頭髮。她穿著一襲藍色運動裝，短褲剪裁得很像裙子，前面密密的一排鈕釦，肩上綴著藍色漸層摺邊。她比先前豐腴了些，彎下腰拿地板上的冰咖啡時微微露出乳溝。

乳房。一定是在她離開前開始變大的，伊笛絲現在才注意到。也許某天早上起床，妳赫然發現胸部一下子變大了；也可能那一天永遠不會來。

不管如何，發育的乳房似乎代表著不公平，不勞而獲天上掉下來的好處。

薩比莎講來講去都是表姊妹和湖邊別墅的事。她會說：「欸，我告訴妳，她開始尖叫……」然後劈哩啪啦講起阿姨和姨丈吵架時說了什麼；瑪莉喬開史丹的敞篷車（史丹是誰？）載大家出

---

3 薩比莎說的是「Oh, my Gad」。原先她與伊笛絲通常會講的是「Jesus Christ」，薩比莎度假回來後語氣有些微改變。（編註）

門兜風，重點是她沒駕照；至於故事的重點是什麼，或到底為何尖叫，從沒清楚闡明。

一段時日過去，有些事情變得清晰。夏日裡真正的冒險。年紀比較大的女孩，也包括薩比莎，都睡在船屋的樓上。有時候她們會給對方呵癢，幾個人聯合起來對付某一個，不斷撓胳肢窩直到她討饒。求饒的人必須拉下自己的睡褲，讓大家看是否已經長毛。她們還繪聲繪影地說，有些寄宿學校的女生會用梳子或牙刷的柄做某件事，**噁爛斃了**。一次兩個表姊當場表演，其中一個趴在另一個身上，假裝自己是男生，兩個人把腿纏在對方身上，不斷呻吟喘氣。

姨丈的妹妹和丈夫剛新婚不久，恰好也去阿姨家度蜜月。她們看到他把手伸進她的泳衣裡。

「他們兩人超愛對方，從早到晚都要那個。」薩比莎抓起一個抱枕放在胸前說。「如果兩個人真的彼此相愛，就會控制不了。」

其中一位表姊已經和男孩做過那件事了。那個男孩在附近度假區的花園打工，暑期工讀。他把她帶到船上，警告她若不從就把她推下水，她只得同意。所以不是她的錯。

「她不會游泳嗎？」伊笛絲問。

薩比莎把抱枕放在兩腿中間夾擠著，口裡說：「噢……真舒服。」

這種混合痛苦的歡愉，伊笛絲不是不明白，但看到薩比莎這麼露骨的表演，她只覺驚駭莫名。她自己則非常害怕那種感覺。幾年前，在她對這事還懵懵懂懂的時候，她會在睡覺時兩腿偷偷夾住毯子，被母親發現了。母親告訴她，她以前認識一個女孩，因為常常這樣做，最後被迫開刀一勞永逸。

「他們先是在她身上倒冷水，但還是沒用，最後只得割掉那裡。」母親告訴她。不這樣做，她體內的器官就會堵塞致死。

「夠了沒？」她對薩比莎說，但她不理，故意大聲呻吟著說：「這又沒什麼，我們都這樣玩。妳沒有抱枕嗎？」

伊笛絲起身走到廚房，在方才裝冰咖啡的玻璃杯裡倒滿冷開水。她回到房間時發現薩比莎懶洋洋地躺在沙發上，哈哈笑著，抱枕隨意扔在地上。

「妳以為我在幹麼？妳看不出我在開玩笑嗎？」她說。

「我口渴。」伊笛絲說。

「妳才剛喝光一整杯冰咖啡。」

「我只想喝水。」

「妳真的很無趣。」薩比莎坐起身來。「既然這麼渴幹麼又不喝？」

兩人默默坐著，都不想講話，最後還是薩比莎先示好，不大起勁地問道：「不是說要寫信給喬漢娜嗎？寫一封肉麻死了的信給她。」

伊笛絲早已對那些信失去興趣，但看到薩比莎還很感興趣，心中升起一股滿足感。她又奪回對薩比莎的控制權，即使去過錫姆柯湖，胸部變大也一樣。她嘆了口氣，一副不情願的樣子，走過去掀開打字機上的罩子。

「我最最心愛的喬漢娜——」薩比莎開始念。

「不要，太噁心了。」

「她不會覺得。」

「她會。」伊笛絲說。

她考慮著要不要告訴薩比莎器官會塞住的危險事，還是決定不要。首先，這個資訊算是母親的警告，母親這類警告她都不曉得該全然相信，還是該嗤之以鼻；畢竟比起「在屋裡穿橡膠鞋眼睛會瞎掉」，這聽起來沒那麼可笑。不過也難說，搞不好哪天真瞎掉也說不定。

再來就是薩比莎一定會笑出來。不論警告她什麼事情，她都只是笑；就算妳對她說吃巧克力泡芙會胖，她也會笑。

「妳上一封信令我非常高興……」

「妳上一封信讓我狂喜不已……」薩比莎說。

「……讓我非常高興，知道自己在這世上有個真正的朋友，也就是妳……」

「我整晚都睡不著，因為我只想緊緊抱住妳……」薩比莎雙臂環抱著自己，來來回回地搖。

「**不要**。雖然我生活多采多姿，內心卻常感到寂寞，不知向誰訴說……」

「『多采多姿』是什麼意思？她不知道這個詞啦。」

「**她**知道。」

薩比莎不再說話，或許多少有點受傷吧。最後伊笛絲念道：「我得停筆了，而唯一能讓我道再見的方式是想像妳讀信時臉紅的樣子……還有什麼要加的嗎？」

「想著妳穿著睡袍在床上讀信，」薩比莎若無其事地說，她情緒一向恢復得很快，「我雙手用力緊抱妳，親吻妳小小的乳頭……」

我親愛的喬漢娜：

妳上一封信讓我非常高興，知道自己在這世上有位真正的朋友，妳。雖然我的生活多采多姿，內心卻常感到寂寞，不知向誰訴說。

我已在信上向薩比莎提到最近發生的好事，我就要開始經營旅館事業了。我沒告訴她去年冬天時我病得多嚴重，因為不想讓她擔心。親愛的喬漢娜，我也不想讓妳擔心，只想對妳說，我常常想著妳，多希望能看到妳甜蜜的臉龐。我發燒的時候，彷彿真的看到妳俯下身看我，聽到妳的聲音說我很快就會康復，感受妳親切的手照料著我。我住在寄宿公寓裡，當我退燒醒來，很多人都開我玩笑，故意問我誰是喬漢娜啊？但我醒來卻看不到妳，妳不知道我多麼難過。我總想如果妳可以飛到我身邊就好了，當然我也知道這是不可能的。請相信我，請妳相信，對我來說，全世界最漂亮的電影明星也比不上妳可愛。我不知道該不該告訴妳，在我恍恍惚惚時聽見妳對我說的話，有多麼甜美親暱，但我怕妳會感到難為情。我真不想結束這封信，現在我感覺像是雙手環抱著妳，漆黑的房裡只有我們兩人悄悄地說話。不過我得停筆了，而唯一能讓我道再見的方式，是想像妳讀信時臉紅的樣子。如果妳能穿著睡袍在床上讀這封信，知道我多想把妳緊緊抱在懷裡，就最好不過了。

愛妳的肯·布德羅

令人訝異的是，喬漢娜沒回這封信。等薩比莎寫完半頁的信，喬漢娜將信紙放入信封，寫上地址，就這樣。

喬漢娜下了火車，沒人來接她，不過她不擔心，因為她一直在想說不定她會在信寄達前就先到。（信其實已經在郵局了，只是肯．布德羅沒去領。他冬天時沒真的病得那麼厲害，但現在的確得了支氣管炎，一連好幾天沒能來郵局收信。今天又有一封信寄到，裡面是一張支票，不過麥考利先生已經辦了止付。）

她比較擔心的是，這裡看起來不像個城鎮。車站只是一個獨立的屋子，長椅沿著牆擺，票亭窗口拉下了木製的百葉窗。還有一個她覺得是貨倉的棚子，但棚外的拉門推不動。她從木板間的縫隙往裡面瞧，直到眼睛習慣了黑暗，發現裡頭空蕩，只有積滿灰塵的地板。沒看到那一批家具。她高聲喊：「有人在嗎？有人嗎？」喊了幾回，但她不抱期望。

她站在月臺上，努力平靜下來。

約莫半英里以外的地方有座小丘，滿山樹冠，一眼可見。她在火車上看到的赭紅色軌跡，迤邐著深入農田，應該就是道路了。現在她看到群樹掩映間，分布著幾棟低矮的樓房，還有一座水塔，從她的位置看過去像個玩具，猶如長著長腿的小錫兵。

她拿起行李，其實沒什麼不便，她可是獨自從博覽會路拉著行李到車站出發上路的。

風吹過來，不過今天真熱，比她原先所在的安大略省要熱得多，連風都帶著暑氣。她在新洋裝外面套上那件舊大衣，不然放在箱子裡太占空間。她十分期待地望著前方鎮上的樹蔭，但等她走近時才發現，這些樹木有一半是雲杉，窄細的針葉難以遮蔭，另一半是沒精打采的枯細白楊，風一吹便來回搖晃，陽光照樣灑落。

這個地方感覺似乎毫無章法，缺乏規畫，既沒有人行道，也沒有鋪設的街道或高樓，只有一座像是磚造穀倉的大教堂。門上刻著聖母瑪利亞、聖若瑟與襁褓中耶穌的畫，畫中人物臉色土灰，瞪著一雙藍眼珠。教堂的名字是按一個沒聽過的聖人起的：聖道博。

街上房子無論是地點或屋況，都不像經過事先規畫，蓋在路邊或街上的房屋座向各自不同，牆上隨意鑿出小窗，看起來十分寒酸，沿著門框加了擋雪的雪簷。院子裡一個人影也沒有。何必出來呢？庭院根本不需要照料，家家都只有土棕色的草地，間或長了一大叢結了籽的大黃。

主街上（假如它真的是）只有一邊蓋著木造人行道，錯落著幾間各自獨立的房子，當中一家雜貨鋪（裡頭設有郵局）和一間修車廠看起來是少數兩個營業中的店家。還有一幢兩層樓建築物，她想會不會就是旅館，結果是銀行，而且已經關門了。

她看到的第一位人類（在那之前倒是有兩隻狗對她狂吠），是修車廠前的一個男人，忙著在貨車後方繫上鏈條。

「旅館？妳已經過頭了。」他說。

他告訴她旅館是在火車站附近，沿著鐵軌另一側稍微往前走就會看到，漆成藍色，不可能會錯過。

她放下行李，並非感到氣餒，而是她必須休息一下。

他說他可以載她過去，但她得等一分鐘。儘管她過去從未接受陌生人這類好意，過沒幾分鐘，她已坐在他卡車裡燙熱而油膩的座位。卡車一顛一顛地行駛在她方才走過的土路，車後鏈條發出刺耳的噪音。

「那麼，妳從哪裡來的？」他問。

她說安大略，語氣暗示她不想繼續談話。

「安大略。」他有些遺憾似地重複。「啊，到了，妳的旅館。」他一隻手鬆開方向盤，指指屋頂扁平的兩層樓房，卡車順勢往旁邊傾側了一下。火車開進站時她注意過這棟房子，當時以為是幢久無人居的廢棄大民宅。如今她看過這鎮上的房子，自知不該隨便把它排除在外。旅館的外牆鋪著壓到極薄的白鐵，模擬磚造的效果，再漆成淡藍色。門上有霓虹燈管排成的「旅館」字樣，燈看起來久未亮過。

「我真笨。」她說，拿出一塊錢給男人，算是這一趟的車錢。

他笑了。「把錢收起來，妳永遠不知道什麼時候會用到。」

旅館外頭停了一輛看起來頗有派頭的普利茅斯，車身很髒，不過這裡的路都這樣了，能怎麼辦？

旅館大門貼著廣告，推銷一種牌子的香菸和啤酒。她等到卡車駛過轉角才敲門；敲門是因為這地方看起來不像營業中。她試著推開門，發現沒鎖，接著走進一間布著灰塵、有座樓梯的小房間，再進入一間黑漆漆的大房間，裡頭放著撞球檯，空氣中有股難聞的啤酒味，地板也沒掃。一旁有間側室，她看見一面鏡子微微反光，一些空層架和一座櫃檯。每個房間都拉上百葉窗，關得嚴密。唯一的光線來自兩扇小圓窗，原來雙層旋轉門上嵌著小窗。她繼續走，來到廚房，算是明亮了些，才發現對面牆上有一排開得很高（也很髒）的窗戶。這裡總算看到有人在此生活的跡象：桌上有吃過東西的痕跡，盤上沾著乾掉的番茄醬，還有半杯冷掉的黑咖啡。

廚房外有扇門通往外面，不過鎖上了；另一扇門打開是食品儲藏室，放著許多罐頭；一道門後是掃具間，另一道門後是狹窄的樓梯間。她走上樓，因為空間十分有限，雙手提著的行李一路不斷撞擊地面。走上二樓，一個蓋子掀起的馬桶赫然出現在眼前。

走道盡頭的臥房門開著，她看到了肯．布德羅。

她是先看到他的衣服才看到他。他的夾克掛在門後方，長褲吊在門把上，都拖到了地板。她第一個念頭就是不能這樣對待好衣服，所以她把行李先留在走廊上，大膽走進房內，心想得把衣服掛好才行。

他躺在床上，只蓋著一件棉被，毯子和襯衫都扔在地上。他彷彿就要醒來的樣子，呼吸時快時慢，於是她說：「早安。午安。」

明亮的陽光從窗戶映入，幾乎直射他的臉。窗戶是關上的，空氣窒悶不堪，只聞到菸味，塞滿菸蒂的菸灰缸擱在一張椅子上，椅子被他拿來充當床邊茶几。

他習慣很差，會在床上抽菸。

他聽到她的聲音卻沒醒來，或者只是半醒，然後他開始咳嗽。

她馬上聽出這是嚴重的咳嗽聲，病人才會這樣咳。他閉著眼勉力想起身，於是她走過去扶他坐起，想找條手帕或一盒面紙給他，但一無所獲，只得拿地上的襯衫給他；晚一點她可以拿去洗。她想好好看他吐的是什麼。

他咳了好一陣才停住，喃喃不知說了什麼，又倒回床上，大口喘著氣。印象中那張好看自負的臉如今皺縮成一團，露出厭惡的神情。她看他的樣子應該是發燒了。

他咳出的東西帶著黃綠色，倒沒有血絲。她把襯衫拿到浴室的洗手臺，意外發現一塊肥皂，洗淨後便掛在門鉤上，然後徹底清潔雙手。她只能在棕色洋裝的裙子上擦乾雙手；她可是幾個小時前才在火車上狹小的女廁換上這身新衣，當時她還想是不是該化點妝。

她在走廊的櫥櫃裡找到一捲衛生紙，拿進他房間，他下次再咳時可以用。她撿起毯子，替他蓋好，把百葉窗整個拉下來，再把緊緊卡住的窗戶推開幾公分，用已經倒乾淨的菸灰缸頂住窗子。她在走廊上褪下棕色洋裝，從行李箱裡拿出舊衣服換上。現在可不是一件好衣服或化妝品派得上用場的地方。

她不確定他到底病得多重，不過先前維列特太太（也是個老菸槍）好幾次支氣管炎復發，都是她在照料，她想她應該可以獨自撐一陣子，不必急著請醫生。她還在走廊的櫥櫃裡找到一疊毛巾，儘管已經褪色起毛球，倒還相當乾淨。她沾溼毛巾，替他擦拭手臂和雙腿，看能不能讓他退燒。替他擦身時，他似乎略微醒著，又開始咳嗽。她扶他坐直，讓他吐在衛生紙上，再檢查了一次，把衛生紙扔進馬桶沖掉，然後洗手，並拿了一條毛巾擦手。她下樓，在廚房裡找到一個玻璃杯，還找到薑汁汽水的空瓶，她拿來注滿水，試著讓他喝一點。他喝了一點點，有點抗拒，於是她讓他躺下。過了五分鐘左右，她再試一次。就這樣反覆幾遍，直到她確定他已經嚥下足夠的水，不會吐出來。

他又開始咳嗽，於是她扶他起身，一隻手撐著他身體，另外一隻手替他拍背，希望能讓他胸口放鬆一些。他幾次睜眼，看到她似乎一點也不驚慌訝異，對她的照顧也未顯感激。她又替他擦了一次身體降溫，擦過後立刻小心翼翼地覆上毛毯。

她發現天快黑了，於是下樓到廚房，找到電燈開關。電燈和舊電爐都可以用。她打開電爐，熱了一罐雞米湯，端上樓叫醒他。他就著湯匙吞了幾口，趁他暫時清醒時，她抓住機會問他有沒有阿斯匹靈。他點點頭，但問到放在哪裡，他又說不清楚：「在垃圾桶裡。」

「不不，應該不是垃圾桶。」她說。

「唔……應該是在……」

他伸手想比劃形狀，眼裡湧上淚水。

「算了沒關係，沒關係。」喬漢娜說。

他的高燒總算是退了，接著睡了一個多小時都沒再咳嗽。然而之後他的身體又開始發燙，那時她已找到阿斯匹靈，在廚房一個抽屜裡，與螺絲起子、燈泡、一綑麻線放在一起。她塞了兩顆到他嘴裡。吞下沒多久他開始用力咳嗽，但她想藥應該沒有吐出來。他躺下時，她俯身，耳朵靠著他胸膛聽裡頭的喘鳴聲。她想找芥末子做膏藥，但顯然這裡沒有。她又下樓燒熱水，倒進臉盆裡端上樓，試著讓他身體往前傾，用毛巾罩住他，讓他吸點蒸氣。幾分鐘後他不肯再配合，不過似乎已經見效，他咳出大量的痰。

他的燒又退了，睡得比較平穩。她在另外一個房間找到了扶手椅，拖進房間後也趕緊小睡一下，中間醒來一時搞不清楚自己身在何處。想起來以後，她起身摸摸他前額，燒似乎真的退了，然後替他蓋好毯子。至於她自己，幸好一直有維列特太太送的粗呢大衣可以拿來當被子蓋。

他醒了，一大早就醒來。「妳怎麼會在這裡？」他用虛弱粗啞的聲音問道。

「我昨天到的，替你帶家具過來。還沒送到，但在路上了。我到這裡發現你生病了，你整晚都很不舒服。現在覺得怎樣？」

他說：「好點了。」又咳起來。他自己坐起身，不需要她扶，但她走近床邊替他拍背。他咳完說：「謝謝妳。」

現在他的皮膚跟她的一樣涼，而且柔滑，沒有突起的痣，也沒有半點脂肪。她摸得到他的肋骨，覺得他就像一個負了傷的纖細男孩，聞起來有玉米的味道。

「你把痰吞下去了。別吞，對身體不好。這裡有衛生紙，把痰吐出來。吞下去的話，你的腎臟可能會出問題。」

「我不知道這點。妳能找到咖啡嗎？」

咖啡濾壓壺內側都是黑垢，她盡可能洗乾淨，倒入咖啡粉。然後她自己梳洗了一番，思考該弄什麼食物給他。她看到儲藏室裡有一盒餅乾預拌粉，本來想加點開水攪拌，之後又找到一罐奶粉。咖啡沖泡好時，她已經把一盤餅乾放進烤箱。

當他聽到她在廚房裡忙碌的聲音，便起身如廁。他不知道自己原來這麼虛弱，身體得略往前傾，用一隻手撐住洗手臺，接著在走道上放乾淨衣物的櫥櫃裡找到內衣褲。他總算想起這個女人是誰了。她說她替他帶家具過來，但他根本沒要求過她或任何人這麼做，他從來沒說過要家具，他只要錢。他應該知道她的名字，但想不起來。他看到錢包和行李都放在門廳地上，便打開她的錢包，發現內層縫著名牌。

喬漢娜．派芮，地址是他岳父的，博覽會路。

另外有些別的東西。一只小布袋裡放著幾張鈔票，一共二十七加幣。另一個袋子放的是零錢，他懶得數。再來是一本藍色封皮的銀行存摺，他不自覺地翻開，不抱什麼期待。

兩星期前，喬漢娜才剛把維列特太太留給她的那筆錢轉入她的銀行戶頭，她原本的積蓄又添了一筆。她還向銀行經理解釋，不知道自己什麼時候會需要用錢。

金額不龐大，但算得上一筆不小的財富。她是有資產的女人。在肯．布德羅心裡，喬漢娜．派芮這名字像是上了一層釉閃閃發亮。

「妳本來穿棕色洋裝嗎？」她把咖啡端上來時，他這麼問她。

「對，剛到這裡的時候。」

「我以為是個夢，原來是妳。」

「跟你之前做的夢一樣。」喬漢娜說，滿是雀斑的額頭灼熱起來。他不知道她在說什麼，但也沒力氣問。或許是前一晚她在這裡時，他從夢中醒來吧，只是記不得夢境了。他開始咳嗽，不太劇烈，接起她遞給他的衛生紙。

「咖啡你想要放哪裡？」她把搬過來方便照顧他的椅子往前推。「來——」她撐起他的上半身，扶他坐好，在腰際墊了個枕頭。枕頭很髒，也沒套上枕頭套，不過她昨晚在上面披了條毛巾。

「可以幫我看看樓下還有沒有菸嗎？」

她搖搖頭，但仍說：「我會找一下。我烤了些餅乾，應該快好了。」

肯．布德羅常借錢給別人，也常向人借錢。降臨在他身上的麻煩，或換個說法，他經常捲入的麻煩，都是因為他無法拒絕朋友。義氣。嚴格來說他不是被空軍踢出來的，而是出於對朋友的義氣主動離開，那位朋友一次在食堂派對上說了些侮辱長官的話，被抓起來審判。在軍中的食堂派對上，一切都是玩笑，何必認真，這不公平。至於被肥料公司解雇，是因為某個星期天，他未經允許逕自開公司的貨車跨越美國邊境，去接一個好哥兒們，對方捲入一場鬥毆，害怕被判刑關入牢裡。

有時他對朋友太講義氣的行為，讓上司難以容忍。他承認自己無法學會讓步。「是，長官」、「不，長官」這種話不容易從他口中說出。他沒被保險公司開除，但因為一直未獲升遷，好像大家在等著看他敢不敢辭職，而他終究離開了。

當然跟喝酒脫不了關係，這點你得承認。還有他老覺得生命不應僅止於此，應當大膽勇敢闖一番事業才對。

他喜歡對人說，這家旅館是他玩撲克牌贏來的。他其實沒那麼愛賭，只不過女人愛聽這種說詞。他不得不承認，當那人把旅館抵押給他時，他沒有先來瞧上一眼；就算後來看到了，他還是告訴自己一切總能補救。他深受能自己做主的想法吸引。他並非把這裡看作人們暫時過夜的地方，那樣的話，可能只有秋天狩獵的獵人才會上門。他覺得如果他請得到好廚子，這裡可以弄成餐酒館。不過在看到一點成果之前得先砸錢。該做的事很多，他不可能獨力完成，即便他手腳尚且算是靈巧。假如這個冬季他可以先完成能獨自完成的工作，證明他有心，他應該可以向銀行貸到一筆款項。不過在這之前，他需要一些錢度過這個冬天，於是他想到了岳父。他其實很想找別人借，只是手頭有現金的人不多。

他提議先賣掉家具，覺得這是個好辦法，因為老人不大可能真的願意花力氣處理。他知道自己借過數次了，儘管實際金額不大清楚，但他認為這些錢是岳父該還他的，因為有段時間，他在米榭兒身上花了不少錢（都是因為她的壞習慣，那時他還沒沾染惡習），何況他儘管不無懷疑，依然把薩比莎當作親骨肉。當然，麥考利也是他認識的人裡面最富裕的人。

我把你的家具帶來了。

目前他不曉得該怎麼處置。他太疲憊，無法思考。看到她拿著餅乾上來（沒拿香菸），他只想睡，沒什麼胃口。為了讓她能安靜下來，他最後吃了半片，然後他沉沉睡去。她翻轉他一側身子，然後換一側，替他換下髒汙的床單，再鋪上乾淨的，接著幫他翻身躺好，整個過程完全不需要他下床，也沒真的完全吵醒他。

「我找到一條乾淨的床單，不過像舊衣服一樣薄。聞起來有點味道，我在曬衣繩上晾了一會。」

後來他才知道，他在夢裡一直聽見的聲音，原來是洗衣機的聲響。他想怎麼可能，熱水槽早就壞了。她一定裝了幾盆水，用爐子燒熱。又過了一段時間，他聽到自己車子發動駛離的聲音。錯不了，她一定是從他長褲口袋裡拿走鑰匙。

她把他唯一值錢的財產開走，扔下他。他甚至沒辦法報警抓她，就算他能夠走到電話機旁，也早被停話了。

偷竊、遺棄，都有可能，但當他在乾淨的床單上翻過身，聞到如同青草地的清新氣味，他繼續睡，心知她只是出門去買牛奶、雞蛋、奶油、麵包、日用品（甚至香菸）等過個像樣生活會用到的東西；他知道她回來後會在樓下忙碌，她做事時發出的聲音會如同一張網將他接住，是上天的恩賜，無須懷疑。

眼下他有個女人方面的麻煩，應該說是兩個，一個年輕，一個年長些（跟他差不多歲數），兩人都知道對方的存在，恨不能互抓頭髮來場廝殺。這陣子兩人不斷對著他咆哮、抱怨，怒氣沖沖地表示她們有多愛他。

或許她的來到，也給這問題解了套。

喬漢娜在店裡購物時，聽到火車駛近的聲音。她開車回旅館時，看見火車站前停著一輛車。她還沒來得及停妥肯的車，便看到裝家具的箱子一個個堆在月臺上。她前去與站長交談（那輛車原來是他的），突然看到這麼多大箱子送到，站長驚訝又惱怒。她從站長口中套出先前那位開著卡車的男人的姓名（她強調是輛很乾淨的卡車），得知他住在二十英里外，有時會替人搬東西，她便用車站的電話打給他，半賄賂半命令，要他立刻來一趟。然後她叮囑站長守著家具，等卡車到了他才能離開。卡車在晚餐時間之前開到車站，男人和他兒子卸下所有家具，合力抬進旅館大廳。

第二天她四處巡視了一番，暗暗下定決心。

又過了一天，她看肯已經可以坐起身聽她說話，她告訴他：「這地方只會燒錢，整個鎮上死氣沉沉。現在該做的事是拿出所有值錢的東西，統統賣掉。我不是指剛送到的那批家具，我指的是撞球桌和廚房爐灶。然後我們得把這屋子賣給回收白鐵的人。看起來再怎麼沒價值的東西，都可以賣一點錢。再來，這間旅館歸你所有之前，你本來想做什麼？」

他說他原本想去英屬哥倫比亞，去鮭魚灣，他在那裡有位朋友，曾向他提過請他去管理果園。不過他沒辦法去，因為他的車需要換輪胎，還得維修一番才能長途行駛。他身上的錢僅夠維持生活；突然這間旅館落在他手上。

她聽了說：「就像蓋房子需要磚塊，買輪胎、修車都是比較值得的投資，不像這個地方只會白白燒錢。我想在第一場雪落下前離開這裡比較好。接著再用火車託運一次家具，這樣我們到了以後就有家具可用。布置一個家，這些足夠了。」

「不過他可能只是說說，去了不見得真的有工作。」

她說：「我了解，沒問題的。」

他知道她的確了解，而且一切真的都會迎刃而解。你可以說，她最拿手的就是解決他這種狀況。

他並非不覺得感激。他的人生至此，感激已不再是負擔，而是油然而生，尤其是對方並不求你感激。

洗心革面的念頭開始生根，**這正是我需要的改變**。他以前也說過類似的話，但凡事總得遇上對的時機。溫和的冬天，常綠林的氣味，熟透的蘋果。**組織一個家**，這些便已足夠。

他有他的自尊，她想。這點也得考慮，也許不要再提他那些完全開誠相待的信比較好。早在她離開前，她便銷毀所有的信。應該說她在讀熟每封信以後（花不了多久時間就會背），便立刻毀去信件。她絕不希望這些信落入薩比莎和她詭計多端的朋友手裡。尤其最後一封，提到她穿睡袍躺在床上之類的。不是說這事不可能，但寫成文字，人家看到會覺得太纏綿，甚至粗鄙，搞不好會變成笑柄。

她不知道他們以後會不會常見到薩比莎。不過他若想見，她絕不阻攔。對她來說，這不算什麼新體驗，面對生命的擴張與責任、感到活潑的生命力。她對維列特太太也有相同的感覺，不過是另一個模樣好看、性情不定、需要他人照看的人。肯．布德羅比她原先預想更誇張一點，而且畢竟是個男人，總有點不同，不過她相信他這人沒有什麼事是她處理不來的。

維列特太太走了以後，她的心乾涸，她以為這輩子就這樣了。如今她心中充滿溫暖的騷動，忙碌地愛著。

喬漢娜離開約兩年之後，麥考利先生過世了。他的葬禮是在當地聖公會教堂舉行的最後一場葬禮，很多人出席。薩比莎和阿姨（住在多倫多那個）一道前來。她變得沉穩、漂亮，驚人地苗條，出乎眾人意料。她戴著雅致的黑帽，不主動與任何人交談，除非對方先開口。即便進入談話，她似乎都已忘了對方是誰。

報上訃告寫著，麥考利先生身後留下外孫女薩比莎，以及住在卑詩省鮭魚灣的女婿肯．布德羅、其妻喬漢娜，以及兩人剛出生的孩子奧瑪。

伊笛絲的母親念了出來。伊笛絲從不看當地報紙。當然他們結婚的消息早就不是新聞，連伊笛絲的父親都知曉，他現在在客廳裡看電視。消息總會傳回來，唯一稱得上新聞的是奧瑪。

「她有了**小孩**。」伊笛絲的母親說。

伊笛絲在餐桌上練習翻譯拉丁文，上頭寫著 *Tu ne quaesieris, scire nefas, quem mihi, quem tibi* ——

在教堂時，她提醒自己，除非薩比莎先找她說話，否則別找她攀談。

那件事會不會被拆穿，她早已不擔心，儘管她還是不明白為何他們兩人沒發現。某種意義上來說，這樣才對，過去她做過的蠢事本就與現在的她無關，與真正的她更加無關——她相信，等她遠離這個鎮，離開所有自以為認識她的人，真正的自我就會出現。讓她不快的是整件事最後的巨大轉折，結局如此荒謬，又無趣。如同某種笑話或沒用的警告，反過來套住她，像是存心要羞辱她。在她偉大的人生待辦事項中，到底哪一條提到她得對世上一個名叫奧瑪的人的存在負責？

她不理會她母親，寫下：「你不許問，我們不應當先知道——」

她停了一會，咬著鉛筆，心中冷冷地升起一股滿意感，完成了譯文：「你我未來的命運如何……」

浮橋

她曾離開過他。那個算是導火線的理由簡直微不足道。他和兩個從感化院出來的小伙子（尼爾稱呼他們為Yo-yos）一起吃光她剛做好的薑餅蛋糕，那是她打算在傍晚會議結束後請大家享用的。沒人注意到她悄悄離家（至少尼爾和那兩個傢伙沒發現），獨自坐在主街上一個有遮蔽的候車亭裡，市巴士每天來此載客兩次。她以前從沒到過這裡，現在她得等上兩個鐘頭。她坐下來，開始讀木牆上的留言，有些用刀刻上去。牆上好多名字的縮寫，寫著某某永遠愛誰、羅瑞．G吸老二、唐克．柯提斯是同性戀，還有加納（數學老師）也是。

吃屎吧，H.W.。不能溜冰不如死了算了。神討厭汙穢。凱文．S死定了。亞曼達．W.美麗又善良，多希望她沒被抓去關因為我全心全意想她。我想操V.P.。唉，淑女得坐在這裡讀你寫的這些噁爛事。

琴妮看著牆上滿滿的留言；關於亞曼達那一段，字跡工整，真情流露，尤其讓她困惑。她想，當他們寫下這種句子時，旁邊沒人嗎？她接著想像自己坐在這兒或其他類似的地方，獨自等巴士，一個人影也沒有；假如她按照目前的計畫，這是很有可能的事。她也會受到某種驅使，在牆上寫想說的話嗎？

她覺得自己現在能夠體會這些人的心情，非得寫下某些話的心情，她內心充滿怒氣、小心眼的忿怨（是有點小心眼吧？），還有一絲興奮，想到自己要對尼爾做的，讓他知道她的厲害。不過這是她自己選擇的人生，她無法對誰生氣，沒人虧欠她，不管她做什麼都不會有人受影響，沒人可能因此獲得獎賞或懲罰。也許對任何人來說，她的感覺都不重要，除了對她自己。然而情緒在她心中不斷膨脹升高，深深擠壓她的心，令她喘不過氣。

畢竟她不是全世界爭著一睹風采的名人。不過，她也不是那麼容易討好的，她有她自己的方式。

等她起身徒步回家時，巴士還沒來。

尼爾不在家，送孩子們回學校去了。他回到家時，已經有開會的人提早到了。她撫平情緒以後，告訴尼爾這件事，聽來像個笑話。事實上，朋友聚會時她拿這事當笑話講了無數次，牆上的留言有時略過不提，有時大概形容一下。

「那你會想去找我嗎？」她問尼爾。

「當然，給我一點時間的話。」

腫瘤科醫生的言行舉止像個牧師，事實上他的白色工作服底下確實穿著黑色高領上衣，表示他才剛公出派藥回來。他的皮膚光滑年輕，看似奶油糖。頭頂冒出新茁生的黑髮，細細短短的，很像琴妮外套上的絨毛，雖說她的是棕灰色，比較像鼠毛。琴妮起初想著，他除了是醫師，該不會也生了病吧；接著又想，他弄這種髮型是不是想讓病人自在些；又或者更可能是植髮，也可能他就喜歡留得短短的。

你不能問他。他來自敘利亞或約旦那一類地方，當地的醫生很重視尊嚴。他問候著她，但語氣聽來生冷。

「言歸正傳，我並不希望誤導了妳。」他說。

她走出吹著冷氣的大樓，室外是安大略省八月午後炙熱的陽光。太陽有時灼灼地照著，有時躲在薄薄的雲層後面，不管怎樣都很熱。路邊停著的汽車、人行道、建物外牆的砌磚，彷若一連串互不相干的事物一一跳出來輪番轟炸著她。這些日子她不大喜歡改變，她只希望身邊每樣事物都熟悉穩定，任何消息也是一樣。

她看到廂型車發動了，沿著街道一路開到她身邊。車身是微亮的淺藍，討人厭的顏色，在鏽斑上重漆導致幾處顯得淺些。車身貼著貼紙寫著：「我知道我開著一輛破銅爛鐵，不過你應該看看我家」、「榮耀你的大地母親」，比較新的一張則是：「噴殺蟲劑，消除雜草，引發癌症」。

尼爾走過來幫她。

「她在車上。」他對她說，音調帶著一種急切，有點警告或懇求的意味。他身上有股嗡嗡嗡的緊張氣息，琴妮知道現在不適合告訴他這消息，如果你稱它為消息的話。尼爾和其他人在一起時，即使只有一個第三者在場，他的行為舉止馬上不同，變得活潑熱情，迎合他人。琴妮早就不在意了，他們在一起二十一年了。何況她也變了（也是回應尼爾吧，她原先這麼想），變得更拘謹，說話帶著刺。某些假面是必要的，抑或他們只是太習慣戴著而忘記拿下？如同尼爾早已過時的外表：額上繫著大頭巾、蓬亂灰髮綁成馬尾、金耳環在光線照耀下與鑲金的牙齒相互輝映，一身垮垮的衣服像個歹徒。

她就診時，尼爾去接要來幫忙照料他們生活的女孩。他在少年觀護所認識她，他是那裡的老師，女孩在廚房工作。觀護所離他們住的鎮不遠，約莫距離二十英里。那女孩幾個月前辭掉廚房的差事，替一戶農家照顧生病的母親。離這個較大的城鎮也不遠。真幸運她如今有空閒了。

「那女人怎麼了，死了嗎？」琴妮說。

尼爾回答：「住院了。」

「還不是一樣。」

他們必須在很短的時間內做些務實的安排，一股腦清掉放在客廳裡的檔案夾、報紙、雜誌（都刊有重要文章但還沒存到磁碟上）。這些東西堆滿了整間客廳的書架直到天花板。還有兩臺電腦、老舊的打字機、印表機。這些都得先放到別人家（暫時的，儘管沒人這麼說），客廳要拿來當養病房。

琴妮對尼爾說，至少可以保留一臺電腦放在臥室。但他說不必，他沒說出口但她明白，他覺得之後不會有時間用電腦。

她和他在一起的這些年，尼爾幾乎把所有空閒時間都用來組織籌畫社運活動。除了政治活動以外，他也致力於保存有歷史價值的建物、橋梁、墓園，搶救鎮上和古老森林中偏僻小徑的樹木，呼籲別在河裡傾倒有毒廢棄物，從開發商手中奪回好地段的土地，捍衛當地居民利益反對興建賭場等等。他老是在寫信和請願書，向政府相關部門遊說，派送海報，組織抗議群眾。他們家的客廳經常出現激憤的場面（琴妮想，憤怒帶給人們許多滿足感）、焦點模糊的主張和辯論，以及尼爾神經質的亢奮。如今陡然清空，讓她想起自己從掛著華麗帷幔的樓中樓父母家離開，第一次走進這間屋子的情景，想像著裡頭書架擺著滿滿的書、木製的百葉窗、光亮無比的清漆地板鋪上美麗的不知名中東地毯，想著要在房間一面牆掛上她讀大學時買的一幅加納萊托的畫——《市長節的泰晤士河》。她後來真的掛上了畫，儘管此後幾乎沒再注意過畫。

他們租了一張醫療病床，雖然目前尚不需要，不過有能力時先租下比較好，因為兩人經常入不敷出。尼爾萬事周全，他從朋友老家拿來棄置的厚重門簾，上頭圖案是啤酒杯和黃銅馬匹飾物。琴妮覺得難看，但她知道現在這種時候，美醜沒多大分別，視線所見的每樣事物都是最簡陋的依靠，讓你不羈的感官能得處停歇，每樣事物都是你零碎念頭的化身。

她四十二歲，外貌看起來更年輕，但最近有些顯現老態了。尼爾大她十六歲，她曾想過，正常情況她會扮演他現在扮演的角色，有時不免擔心是否應付得來。一次兩人睡前躺在床上，她伸手與他相握，感覺他溫暖的手掌在她手中，當時她想，他死時，她至少要再輕握或者碰觸他的手一次。她無法相信這個事實，有天他會死亡、無力。無論事先預想過多少遍，她都無法相信真的會發生。她內心深處最難以相信的，是他竟無法預知這一刻到來。無法預知她會這樣。他竟有所不能，她一想到便覺得天旋地轉，一股往下墜的恐怖感油然而生。

同時隱隱又覺得興奮。狂奔而來的災禍預告著人生一切責任的解脫，你感到難以言喻的興奮感。而羞愧感使你保持鎮定，不動聲色。

「妳要去哪？」她縮回手時，他問道。

「沒有，翻個身而已。」

她不知道尼爾是否也有類似的感覺，如今病的是她。她問過他是不是能夠接受事實了，他搖搖頭。

她說：「我也還沒。」

她接著說：「拜託別讓安撫情緒的諮商師介入。他們搞不好已經在等著了，打算來個出其不意。」

「別煩我。」他說，聲音裡有少見的憤怒。

「抱歉。」

「妳不要把每件事都看得這麼輕鬆。」

「我知道。」她說。不過事實是，近來發生那麼多事，眼前的變化占據了她如此多心思，她發現自己根本來不及浮現任何看法。

「這位是海倫，從現在開始，她會負責照顧我們。好好待她，她不接受無禮的行為。」尼爾說。

「很好啊。」琴妮說，等女孩坐下後朝她伸出手。但她可能沒看到，身子滑低坐在後座中間。

她也可能不知道怎麼應對。尼爾說她過去的經歷很糟，來自一個非常殘暴的家庭。你簡直不敢相信今時今日還會發生那種事。一座偏遠的農場，母親死了，留下弱智的女兒，和精神錯亂、對女兒伸出魔爪的父親，接連生下兩個女孩。海倫是姊姊，十四歲時痛打那老男人一頓，逃出家門。一位鄰居暫時收留了她，打電話通報警方，於是警察上門帶走妹妹，把姊妹安頓在兒童扶助中心。老男人和他女兒，也就是兩姊妹的父母，就安置在精神病院。之後身心正常的兩姊妹找到願意收養的養父母，送她們去上學，兩人卻非常難以適應學校生活，只能從一年級讀起。不過兩人至少已具備謀生能力。

尼爾發動車子時，女孩說話了。

「你還在今天出門，真夠熱的。」她說。或許她聽過別人用類似的話作為開場白。她的語調平板僵硬，帶有敵意與不信任。儘管如此，琴妮知道不是針對她，不必太過在意，這一帶的一些人（尤其是鄉村地區）講話就是這種口氣。

尼爾說：「妳要是覺得熱，可以開冷氣。我們有傳統型冷氣——窗戶統統搖下來就是了。」

車子在下一個路口拐彎，這不在琴妮意料之內。

「我們要去醫院，不用緊張，海倫的妹妹在那裡工作，海倫要去找她拿樣東西，對吧？」尼爾說。

「沒錯，我的一雙好鞋。」海倫說。

「海倫的一雙好鞋。」尼爾望著鏡子裡說：「海倫．玫瑰小姐的一雙好鞋子。」

「我不叫海倫．玫瑰。」聽起來她不是第一次這麼回答別人。

「我會這麼叫，是因為妳的臉色像玫瑰一樣紅潤。」尼爾說。

「才不。」

「是啦，對不對，琴妮？琴妮也這麼覺得，妳的臉就像玫瑰紅潤。海倫．玫瑰臉小姐。」

這女孩的臉龐是淡粉紅色沒錯，琴妮還注意到她眉毛及眼睫毛幾近白色，金髮如初生羊毛般，極淡的唇色予人一種奇異的裸露感，跟一般人的裸唇不同。她就像剛從蛋殼裡孵出，彷彿少了一層皮膚，還沒長出成人的粗硬毛髮。她一定很容易起紅疹或長些小東西，任何抓痕或瘀青都難以隱藏，嘴巴和白睫毛周圍會生小紅斑。但她沒有怯弱的樣子，儘管削瘦，卻是肩膀寬骨架大。她看來也不笨，臉上表情坦然執著，像一頭小牛或小鹿。她任何情緒喜怒都形於色，整個人的注意力與個性潑灑而出，有股純真卻難相處（琴妮是這麼覺得）的氛圍。

他們駛往醫院的上坡路，琴妮在這家醫院進行手術，做過第一次化療。醫院大樓對面是一座墓園。這條路是主要道路，以前琴妮每次為了去鎮上買東西，或偶爾出門看電影，經過這一帶都會說些「這景色未免太糟糕」或「貪圖方便也不能這樣」的話。

此刻她什麼也沒說。墓園不再令她心煩，她明白這根本不算什麼。

尼爾肯定也有同樣感覺。他對著後照鏡問：「妳覺得這墓園埋了多少死人？」

海倫好一會兒沒說話，然後略帶惱怒地說：「不知道。」

「他們**全都**死光光了。」

琴妮說：「他之前也這樣對我胡說八道，簡直是小學四年級的笑話。」

海倫沒回話，她可能還沒讀到四年級就輟學了。

他們往醫院正門駛去，依照海倫的指示繞到後門。幾個住院患者穿著病服站在外面抽菸，有些還拖著點滴架。

「那邊的長椅看到沒，算了，已經過了。上面的告示牌說：『謝謝您不抽菸』，不過大家走出大門，都坐在那裡抽。他們幹麼走出來？就是為了抽菸，當然會找把椅子坐下。那個告示牌無聊透頂。」琴妮說。

「海倫的妹妹在洗衣部工作，她叫什麼名字，喂，海倫，妳妹妹叫什麼？」尼爾說。

「露易絲。這裡停就好。」

他們開到醫院一側後方的停車場，一樓沒有大門，只有一道緊閉的卸貨閘，再往上三層樓則都有門通往消防通道。

海倫下了車。

「妳知道怎麼進去嗎？」尼爾問道。

「簡單。」

消防通道離地面約四、五英尺，只見她伸手握住欄杆，翻身上去，也許是先用單腳塞進樓板上磚塊的間隙。整個過程不過兩、三秒，琴妮不知她是如何辦到的。尼爾看到後笑出了聲。

「給他們好看，小妞。」尼爾說。

「沒有其他方式嗎？」琴妮問他。

海倫已經跑上三樓，消失在視線中。

「就算有她也不要。」

「很有膽識。」琴妮勉強擠出這句話。

「不這樣她怎麼能夠逃出來，她需要膽量，愈多愈好。」他說。

琴妮頭上戴著寬邊草帽，她拿下來搧風。

尼爾說：「抱歉，這裡好像沒有樹蔭可以停車。她很快就下來了。」

「我這樣會嚇到人嗎？」琴妮問。他早就習慣她這麼問了。

「當然不會。反正附近也沒有人。」

「今天幫我看診的醫生不是之前那位。這位看起來職位比較高。好笑的是他的頭頂跟我的很像，也許他是故意留這個髮型，讓病人好受一點。」

她還沒說完，正打算告訴他醫生說了什麼，他突然開口：「她妹妹沒有她聰明，海倫照看她，也支使她做這做那的。鞋子的事也一樣，難道她不能自己買？她妹連自己的住處都沒有，現在還和她們的養父母住在鄉下某個地方。」

琴妮沉默下來，搧風已經太耗力氣。他看著眼前的建築物說：「耶穌保佑，希望醫院不會因為她擅自闖入架她出來。她老愛破壞規矩，天生不屬於守規矩的人。」

幾分鐘後他吹了聲口哨。

「她下來了，她下來了。衝往終點跑道，她她——她到底知不知道跳下來前要先停一下？先看看情況再跳——她知不——不不——不知道，噢噢……」

海倫沒有拿著鞋子，她跳進車內，大力關上車門說：「智障白痴。我進到裡面，一個笨蛋在前面擋路。他說妳的名牌呢？要有名牌才可以，沒戴不能進醫院。我剛看到妳從逃生通道上來，這可不行。好好好，我得見我妹。妳現在不能見她，還沒到她的休息時間。我就是知道這一點，才從逃生門進去，只是想拿樣東西。我也沒想找她講話，不會占用她多少時間，就只是拿樣東西。妳不能去找她。我可以。妳不能。然後我開始大喊**露易絲**、**露易絲**。哇，洗衣間的機器起碼有兩百度，每個人臉上都是汗，我不知道她在哪裡，聽不聽得到我叫她。最後她跑了出來，一看到我就哭出來，說，哦不，媽的，我忘記帶出門了。**她忘了帶我的鞋子**。我昨晚特別打電話提醒她，她居然說**忘了**，該死的傢伙，她居然忘了。我真想痛扁她一頓。他說妳該滾了，走樓梯下去，不要走逃生門，按照規定那裡不能通行。撒泡尿送他啦。」

尼爾笑個不停，搖頭不已。

「所以她忘了帶鞋子？」

「留在珍和麥特家了。」

「太糟糕了。」

琴妮說：「可以趕快開車離開這裡嗎？好悶，怎麼搧風也沒用。」

「行。」尼爾說。於是他調轉車頭回原路，再一次經過醫院熟悉的正門，幾個吸菸的人（可能是同一批可能不是）穿著醫院難看的衣服四處走動，背後拖著點滴架。「海倫會告訴我們怎麼走。」

他轉頭朝後座喊：「海倫？」

「什麼？」

「去他們家要走哪一條路？」

「去誰家？」

「妳妹住的地方啊。妳的鞋子不也放在那裡？告訴我們該怎麼走。」

「我們沒有要去那裡，所以我不告訴你。」

尼爾調轉車頭，往來時的路開。

「那我就往前開，直到妳想起來往哪個方向。開上公路會比較快嗎？還是直接往鎮上開？應該先走哪一條路？」

「哪一條也不走，沒有要去。」

「不遠對吧，為何不去呢？」

「你幫了我一個忙，已經夠了。」海倫盡量將身體往前探，伸長脖子卡在尼爾和琴妮之間。「你帶我去醫院，不就夠了嗎？你不必為了幫我開著車到處跑。」

車速慢下來，轉進一條小巷。

「什麼傻話，妳要離家二十英里遠，這陣子可能也不會回去，妳需要那雙鞋。」尼爾說。

沒有回應。他再接再厲。

「還是妳不知道路？妳不知道從這裡怎麼走？」

「我知道，但不告訴你。」

「那我們就這樣繞來繞去吧，不停地繞，直到妳想說了。」

「我不準備告訴你，沒打算說。」

「我們可以開回去找妳妹妹。我敢打賭她會說。現在她差不多要下班了吧，我們可以順便載她回去。」

「她上晚班，哇哈哈。」

現在車子開到鎮上某一區，琴妮從沒來過。車速極慢，又不斷轉彎，幾乎沒有微風吹進車裡。沿途經過一座工廠，所有窗戶都用木板釘住；一些打折的商店；幾家當鋪，鐵條窗口上方閃爍招牌寫著「現金現金現金」。還有破敗老舊的連棟住宅，以及二次大戰期間隨便搭建的獨棟木造住宅，其中一戶人家在狹小的院裡擺滿待售的二手物品，夾在曬衣繩上的衣服、桌上堆放著盤碟及家用品。一個女人坐在臺階上，抽著菸看照著無人光顧的庭院，她似乎毫不在意，在桌下逡巡的一隻狗很可能撞翻桌面。

街角商店有幾個小孩站在店門口舔著冰棒。一個約莫四、五歲的男孩，站在小圈圈的外圍，對準車子使勁扔出冰棒，驚人地有力，恰恰丟中琴妮的車門中央，她低低發出一聲尖叫。

海倫猛地從後車窗探頭。

「要人打斷你的手是嗎？」

男孩開始嚎哭，他沒料到海倫的反擊，大概也沒料到冰棒就這麼沒了。

海倫縮回車內對尼爾說：「你只是在浪費汽油而已。」

「北邊，還是南邊？東西南北，海倫，告訴我們怎麼走。」

「我早說了，你今天幫我的忙已經夠多了。」

「我也說了，我們要在回家前替妳拿回那雙鞋。」

儘管尼爾嘴上嚴厲，他臉上笑咪咪的，是一種融合了故意、無助、傻氣的表情。幸福突然來襲的徵兆，他全身散發傻氣的幸福光芒。

「你很固執。」海倫說。

「讓妳瞧瞧我多固執。」

「我也一樣，固執絕不輸你。」

琴妮幾乎能感到海倫雙頰燃燒的火焰，她靠得那麼近。她幾乎能聽到她的呼吸聲，興奮而鼻息粗重，帶著點氣喘的跡象。海倫現在很像一隻被馴養的家貓，從沒被帶出門，從沒坐過車，敏感到有點歇斯底里，坐在他們兩人中間隨時可能襲來風暴。

陽光變得強烈，雲層也擋不住高高掛著的黃銅色太陽。

尼爾轉向另一條街，街道上種著樹葉茂密披垂的老樹，掩映其間的房屋也比較像樣。

他低聲、帶有自信地對著琴妮說：「這裡是不是好些？對妳來說比較陰涼。」像是說那女孩的事情可以暫時先擱一邊，反正沒什麼大不了。

「走有風景的這條吧。」他對著後座說，再次提高了音量。「今天就走有風景的這條路，多謝海倫．玫瑰臉小姐。」

「不然我們先回去好了，也許先回家比較好。」琴妮說。

海倫打斷她，幾乎是喊著說：「我沒有不讓誰回家。」

「那就告訴我怎麼走。」尼爾盡量控制聲調，用一種就事論事的平常語氣，同時努力壓下不斷浮上來的笑意。「我們先去那裡，辦好事情就可以回家了。」

汽車緩緩開過半個街區後，海倫咕噥著說：「我告訴你就是了。」

其實沒多久就到了。他們又開過一個街區，尼爾對琴妮說：「我沒看到什麼小溪，也沒有莊園。」

琴妮問：「什麼？」

「**銀色小溪莊園**，看板上這麼寫。」

他鐵定讀了看板，但她沒有看到看板。

「轉彎。」海倫說。

「左轉還右轉？」

「看起來很像車禍現場那邊。」

他們經過一個廢車場，白鐵圍欄大半已經垮掉，一堆破爛車體堆在裡面。接著開上一座小山，半山腰是一座巨坑般的大砂石場，他們駛過砂石場的閘門繼續往上開。

「到了，他們的信箱在前面。」海倫語氣鄭重。再往前一小段時，她念出信箱上的姓名。

「麥特與珍．伯格桑，就是他們。」

兩隻狗從短短的車道奔下，狂吠不止。一隻大黑狗，一隻應該還是幼犬的小棕狗。牠們靠近汽車輪胎，笨拙地轉個不停，尼爾只得按喇叭。這時另一隻毛皮光滑、藍黑斑點的狗鬼鬼祟祟、不懷好意地從長長的草叢中溜出。

海倫叫牠們安靜，躺下別亂吵。

「你不用理牠們，注意品托就好，另外兩隻是膽小狗。」她說。

他們在寬闊但雜亂的院子前停下，當中一部分鋪著礫石。庭院的一側有間鐵皮屋，像是倉庫或工具間，再過去是玉米田，田地邊緣是一幢舊農舍，大部分磚塊皆已掉落，露出黑色木頭建造的牆。農舍如今用來停放拖車，加上新葺的平屋頂和遮陽棚，短籬內有座花園。拖車和花園乾淨齊整，頗為像樣，但其他各處散置著雜物，可能有用途，也可能只是亂丟，任它們生鏽或腐爛。

海倫跳下車，輕拍著那些狗。但牠們只是跑過她身旁，不停向著汽車跳躍狂吠；直到一個男人從小屋走出來喊住牠們。他恫嚇狗的話，琴妮幾乎聽不懂，但狗全都停止吠叫。

琴妮戴上帽子，她本來一直把帽子握在手中。

「他們就是愛現。」海倫說。

尼爾下了車，用一種堅決的態度與狗交涉。男人朝他們走來，他身上的紫色T恤被汗浸溼，緊緊貼著胸腹。男人很胖，胖到長出胸乳，你還可以看到他的肚臍在大肚上突起，就像孕婦一樣，猶如一只巨型針插。

尼爾伸出手迎上去；男人一手在工作褲上大力抹兩下，笑著與尼爾握手。琴妮聽不到他們說的話。一名女人從放著拖車的屋內走出來，打開矮門，在身後閂上。

「露易絲出門前忘記帶我那雙鞋了。」海倫對女人說。「我之前打電話交代了她半天，她還是忘了，所以洛克爾先生帶我來拿鞋。」

女人也胖，不過沒她丈夫胖。她穿著粉紅色寬大長袍，上面印著墨西哥古文明阿茲特克的太陽，金髮流瀉下來。她走過礫石地面，態度沉穩友善；尼爾轉過身與她打招呼，接著帶她來到廂型車邊，向她介紹琴妮。

「很高興見到妳。妳是人不太舒服的那位太太嗎？」女人說。

「我沒事。」琴妮說。

「你們既然來了，進來坐一會兒吧，外面太熱。」

「噢，我們只是過來一會兒。」尼爾說。

男人這時靠過來說：「屋裡有冷氣。」他打量著廂型車，態度親切，神色卻有點輕蔑。

「我們只是來拿鞋子。」琴妮說。

「既然來了，就別光拿鞋，多坐一會兒嘛。」珍笑著說，像是覺得他們不肯進屋簡直引人訕笑。「你們進來歇歇。」

「我們不想打擾你們吃晚餐。」尼爾說。

「我們吃得早，已經吃過晚餐了。」麥特說。

「還剩很多番椒，快進來幫我們解決掉。」珍說。

「噢，謝謝妳。不過我應該吃不下東西。天氣太熱時，我都沒胃口。」琴妮說。

「這樣的話喝點什麼吧。我們有薑汁汽水、可樂、水蜜桃杜松子酒。」珍說。

「啤酒，來點藍牌怎麼樣？」麥特對尼爾說。

琴妮坐在車裡，招手要尼爾靠向窗邊。

「我沒辦法進去，就這樣告訴他們。」她說。

「但妳這樣他們會難受的。」他壓低聲音說：「他們只是想表示友善。」

「我就是沒辦法。不然你去好了。」

他彎身靠近她：「妳知道如果妳不去，會很不好看。人家會以為妳覺得自己比較高尚。」

「你去。」

「妳進去以後就沒事了，裡面有冷氣，妳會比較舒服。」

琴妮搖搖頭。

尼爾重新站直身子。

「琴妮覺得她待在這兒休息就可以了，這裡有樹蔭。」

珍說：「沒關係她可以進來休息的——」

「我倒覺得藍牌不錯。」尼爾說，轉身對琴妮笑了一下，笑容勉強，看來像被遺棄又憤懣。

「妳確定妳在這沒問題？」他其實是說給他們聽，「我進去一會兒真的沒關係，確定嗎？」

「不會有事的。」琴妮回答。

他一手搭在海倫肩上，一手搭住珍的肩膀，和她們一起朝著拖車的方向走去。麥特對琴妮古怪地笑笑，然後跟上前去。

這次他呼喚狗跟他進去時，琴妮聽懂了牠們的名字。古博、莎麗、品托。

他們的車停在一排柳樹下。老樹古老粗大，但葉子稀落，來回不定地搖晃，不足以遮蔭。但總算只剩她一人，不禁鬆了一口氣。

今天稍早時，他們離開鎮上沿著公路開車，曾向路邊一個攤販買了些初熟的蘋果。琴妮從放在腳邊的袋子拿出一顆，咬了一小口，有點想知道她還能不能品嘗和吞嚥食物而不反胃。她需要一點東西抵抗女人提到的番椒，還有麥特驚人的肚臍。

吃下去沒什麼事。蘋果堅實，有點酸但不致於太酸，要是小口小口吃，細細咀嚼，她吃得完。

她見過尼爾（或別的情況）像這樣幾次。可能是對學校裡的某個男孩，提到男孩名字時口氣有些無禮，甚至輕蔑，露出一種說不上來的表情，抱歉又似乎在衛護什麼地咯咯笑著。但絕不是她在這屋子附近會碰到的這些人，事情也不會有什麼後續。男孩總有聊完的一刻，然後就沒他的事了。

所以這次也有聊完的一刻，應該沒關係。

她忍不住思索，今天這種情況如果發生在昨天是否就比較沒關係。

她下車，讓車門開著，這樣她就可以握住車門內側的把手。外頭實在太熱，沒辦法待太久。她只想看看自己的步伐穩不穩。她在樹蔭下走了幾步，一些樹葉已經轉黃，一些則萎落在地。她站在樹蔭裡，細瞧著庭院裡頭。

一輛車身凹陷的貨車，兩盞車頭燈都不見了，車身的公司名被塗掉；一臺坐墊被狗咬得面目全非的嬰兒車；柴薪沒疊放起來，隨地散落；幾個大輪胎高高堆起；倉庫的牆邊堆著許多塑膠罐、油罐、年代久遠的雜物、兩匹橘色的塑膠防水油布。倉庫裡停著通用車廠出的大卡車、破舊不堪的馬自達小卡車、花園用的拖拉機，另外還有許多工具，有的完好有的故障，例如散置的輪子、把手、長桿等等有用也無用的東西，端看你能不能發揮想像力。人們真是會找事情做。她以前不也負責統整許許多多的照片、公函、會議紀錄、新聞剪報，她做化療前，把東西盡可能分門別類，一一存進磁碟，後來也都先移去別人家了。哪天麥特死了，那些東西的下場可能也是被扔出去，如同眼前此景。

她想去玉米田看看。這個時節玉米已經高過她的頭，搞不好比尼爾還高，她想走進去乘涼。她走過院子時，心中只有這個念頭。感謝上帝，狗一定是被帶進屋裡了。

玉米田沒有籬笆，有些玉米穗伸進院內。兩排玉米之間形成小徑，她直接走進去。長長的玉米葉有如寬幅油布，撲打她的臉、刷過她的手臂。她得脫下帽子，以免被葉片撞落。每株玉米稈都長著穗軸，就像拿一塊布裹住嬰屍。植物生長的強烈氣味一陣陣傳來，幾乎令人作嘔，熱騰騰、綠油油的元氣。

她原本想，走進田裡她要躺下，躺在大片粗糙樹葉之下的蔭影中，聽到尼爾叫她再出去，或許也不見得要出去。但玉米一排排密生著，找不到空隙，她顧著思考，也懶得找地方躺。她太氣了。

無關最近發生的事，她想起的是之前一天傍晚，一群人在她客廳兼會議室的地板圍坐，玩一些嚴肅的心理遊戲。其中一個遊戲的目的是幫助人更誠實，更能面對這世界。你必須逐一望向同伴的臉，說出第一眼看到此人的想法。一個會受大家吹捧的女人，尼爾的朋友艾迪．諾頓說：

「琴妮，我不想這麼說，不過我每次看到妳就會想，好個**正經八百的女人**。」

琴妮不記得自己是否回話，或許遊戲規範不能回話。現在她在腦中回那女人：「妳幹麼說自己不想這麼說，難道妳不知道，每次有人說自己不想說的時候，通常就是超級想說？難道妳不覺得既然我們要練習的是誠實，這是第一件該承認的事嗎？」

這不是第一次她在心裡自說自話了，她也等於在心裡對尼爾點出，這種遊戲有多荒謬。因為輪到艾迪時，誰敢對她說出難聽話？少來了。他們才不會說「脾氣差」或「老愛潑冷水」。大家都怕她，就是這樣。

她用尖銳的聲音大聲說出來：「潑冷水。」

其他人的說法比較給面子：「嬉皮、瑪丹娜的復仇」等等。那個人其實是要說《瑪儂的復仇》[1]，她恰巧知道這部片子，但也沒糾正。她惱怒自己居然得坐在那裡，聽別人說對她的看法。他們統統錯了。她一點也不膽小、容易擺布、自然或單純。

當然，等妳一死，就只剩這些錯誤的評價了。

在她思考之際，一面陷入了走進玉米田最容易發生的事：迷路。她跨過一列又一列玉米，或許已經轉了一圈也說不定。她想沿原路走回去，但顯然走錯方向。雲層再次厚厚遮住了太陽，她說不準哪邊是西方。她進來時本來就不知道自己是朝哪個方向走去，所以就算弄懂方位也沒用。

她停留在原地，耳邊只有玉米的輕聲呢喃，以及遠方傳來的車聲。

她的心臟怦怦跳動，像一個來日方長的年輕人那樣跳著。

然後有道開門聲，她聽見狗吠和麥特怒斥的聲音，門又重重摔上。她穿過層層玉米稈和葉子，朝聲源走去。

原來她走得不算太遠。剛才她只是在田裡一方小角落繞不出來而已。

麥特對她招手，喝令狗群退後。

「不用怕牠們，別怕。」他喊。他從另一邊跟她一樣朝汽車走過去。兩人走近時，他壓低聲音，或許略帶點親暱。

「妳應該過來敲個門就好的。」

他以為她是去玉米叢裡小便。

「我才剛對妳丈夫說，我要出來看看妳是不是沒事。」

琴妮說：「我很好，謝謝。」她坐回車上，但沒關上車門。她如果關門，可能太羞辱人了，況且她也虛弱得關不上。

「他猛吃番椒呢。」

他在說誰？

尼爾。

1　《*Manon of the Spring*》，法國愛情電影。

她渾身發抖冒汗，腦裡嗡嗡作響，彷彿兩耳之間繃著一條鐵絲。

「妳要是想吃，我替妳拿些過來。」

她搖頭，微微笑著。他舉起手中的啤酒，像在向她敬酒。

「喝嗎？」

她再次搖搖頭，依然微笑。

「連水都不喝？這裡的水質不錯。」

「不了謝謝。」

她若轉頭看他的紫色肚臍，肯定會笑出來。

「妳知道嗎，有這麼一個人——」他換了個輕鬆的語氣咯咯笑道：「有個人走出家裡，手裡拿著一罐辣根。他父親就問他，你拿著辣根要去哪裡？」

「噢，我要去捉一匹馬，他回答。」

「身上不帶辣根，不可能捉得到馬[2]。」

「隔天早上他回來了，你沒看過那麼棒的馬。看看我的馬。然後他把牠牽到馬廄裡。」

我不想讓妳誤會。**我們別被樂觀沖昏了頭**，**不過有些結果的確出人意料**。

「第二天他父親看他又出門去，手臂底下夾著一卷膠帶。你要去哪兒？」

「噢我聽到母親說晚餐想吃肥鴨。」

「你這笨蛋，你該不是想拿膠帶去抓鴨子吧？[3]」

「等著瞧。」

「隔天早上他回來了，手臂下夾著一隻肥美的鴨子。」

看起來有很顯著地縮小，當然這樣是最好的，不過說實話真的是沒料到。我不是說已經沒事了，不過似乎有好轉的跡象。

「他父親不知道該說什麼，真的是啞口無言。」

「隔天晚上，恰恰是第二天晚上，他看到兒子拿著一大把樹枝準備出門。」

真是可喜的跡象。我們無法確定以後會不會有其他麻煩，但可以說我們保持審慎的樂觀態度。

「你手上拿的是什麼樹枝？」

「貓柳枝。[4]」

「好，他父親說，你等我一下。等一下就好，我去拿帽子。我拿帽子跟你一道走。」

「我受不了了。」琴妮大聲說了出來。

她在腦中對醫生說。

---

2 辣根（horseradish）前半發音與馬（horse）一樣。

3 膠帶（duct tape）前半發音與鴨子（duck）相似。

4 貓柳（pussy willow）前半的 pussy 亦指女性的陰部或風騷的女子。

「什麼？」儘管麥特還笑著，臉上卻出現孩童般的受傷神色說：「怎麼了？」

琴妮開始搖頭，用手緊緊壓住嘴唇。

「說個笑話而已，我不是故意要冒犯妳。」

琴妮說：「不不，我只是……沒事。」

「算了，我進門去了，不會再浪費妳的時間。」他轉身自顧自走了，也沒呼喚狗進屋。

她從沒實際對醫生說過這種話。她怎能說？又不是他的錯。但千真萬確，她真的是承受不住了。他說的話讓一切更艱難，將她打回原點，一整年的抗癌療程從頭來過。連僅剩的一點自由都奪走了；那層隱隱約約、她甚至原本沒意識到的保護膜，如今也被拿走，留她赤裸裸地面對人生。

麥特說他以為她是去玉米田尿尿，讓她意識到自己的尿意。她下了車，小心地站好，兩腿跨開，撩起寬鬆的棉布裙。這個夏天她只能穿寬大的裙子，不再穿絲襪，她的膀胱開始有點不受控制了。

從她身下流出暗色的小水流，汩汩流進礫石地面。太陽已經落下，黃昏將盡。頭頂澄澈的天空一絲雲翳也沒有。

一隻狗隨便吠了兩聲，像在說有人來了，不過是牠們認識的人。她下車時牠們也沒再來煩她，現在牠們認得她了。幾隻狗跑出來迎接那人，沒有任何驚慌或興奮的樣子。

結果是個騎腳踏車的男孩，或者說年輕男人。他轉向廂型車走來，琴妮轉過身面對他，一隻手扶住車身站穩，金屬表面傳來逐漸冷卻的微溫。她不希望他開口對她說話時，地上隔著一灘尿。或許連讓他看到都不想，於是她先開口了：「哈囉，你來送貨嗎？」

他笑了，跳下單車，把車往地上一放，動作一氣呵成。

「我住在這裡，我剛下班。」他說。

她想是不是該解釋自己是誰，說她為何來這裡，來了多久之類。不過該怎麼啟齒呢？手這樣扶住廂型車，她看起來一定像從車禍現場爬出來的人。

「嗯，我住在這裡，不過我在鎮上的餐廳工作，在森美餐廳上班。」

應該是服務生，皎亮的白襯衫和黑褲。他看起來有耐性又機伶，確實像個服務生。

「我是琴妮・洛克爾。海倫是我的——」她說。

「哦，我知道了，妳是海倫要去照顧的人。海倫呢？」他說。

「在屋子裡。」

「沒人請妳進去嗎？」

她猜他跟海倫差不多年紀，十七、八歲，修長優雅，有股傲氣，帶著一種將來可能有礙人生順遂的坦率熱情。她遇過幾個像他這樣的年輕人，後來也都進了感化院。

不過他看起來通曉世事，似乎看出她已累到虛脫，腦中一片混沌了。

「珍也在家嗎？母親。」他說。

他的髮色與珍相同，棕黑髮色之中挑染金色。他頭髮留得夠長，髮線中分，自然垂落兩肩。

「麥特也在嗎？」他問。

「對，還有我丈夫。」

「太可惡了。」

「噢，不是，他們問過我，是我自己想在外面等。」她說。

尼爾以前有時會帶管束過的少年回家，監督他們修整草坪或粉刷，做點基本的木工。他覺得可以融入別人的家庭，對他們有益。琴妮有時會用無傷大雅的方式和他們調情，比如輕聲說笑，讓他們感覺她裙襬的柔軟，聞到她身上的蘋果香皂味。不過尼爾並非因為這樣才不再帶他們回家，而是學校告訴他這樣做不合規範。

「妳在外面等多久了？」

「我不曉得，我不戴手錶。」她說。

「是嗎，我也不戴。我幾乎沒遇過另一個不戴手錶的人。妳從來不戴嗎？」他說。

「對，從來不戴。」她說。

「我也是。沒戴過，我不想戴，不知為何從來不想。反正我大概知道現在什麼時間，差不了幾分鐘，頂多五分鐘。我也知道所有的時鐘都在哪些地方，我騎車上班時會沿途對一下，只是確認一下實際幾點，妳懂的。我知道第一個可以從建物縫隙中看到法院鐘塔的地點，通常跟我猜的頂多誤差三、四分鐘。有時客人會問我時間，我就直接告訴他們，沒人注意到我根本沒戴錶。然後我會趕快跑去確認，廚房裡有鐘。但我從不需要回頭向客人更正。」

「我有時候也可以。我想人會培養出一種時間感，假使從不戴錶的話。」琴妮說。

「沒錯，真的可以。」

「那你覺得現在幾點？」

他笑了，抬頭看看天空。

「差不多快八點。七點五十三、五十四分？不過我這樣占了點便宜，我知道我幾點下班，接著去便利商店買了菸，跟幾個人聊了兩、三分鐘再騎車回家。妳不住鎮上吧？」

琴妮回答她不是住在鎮上。

「妳住哪呢？」

她告訴他。

「妳累了嗎，是不是想回家了？要不要我進去告訴妳丈夫妳想回家了？」

「不，拜託不要。」她說。

「好好好，我不去。珍搞不好正在屋裡替大家算命呢。她會看手相。」

「真的？」

「是啊，她一星期去餐廳算命兩次。她也會茶葉占卜，看茶葉渣。」

他從地上抬起腳踏車，騎到別處以免擋到廂型車的路，接著他從駕駛座的車窗探頭。

「別拔鑰匙。妳要我開車送妳回家還是怎樣？我的腳踏車可以放在後車箱。等妳丈夫和海倫要回家，可以讓麥特載他們。要是麥特不行，珍也可以送他們。珍是我母親，但麥特不是我父親。妳不開車，對嗎？」他說。

「不開。」琴妮說，她好幾個月沒駕駛了。

「我想也是。這樣可以吧，要我載妳嗎，說定了？」

「這條路我比較熟，很快就會到妳家，不會比走公路慢。」

他們沒走原本經過的街區。事實上，他們走了另一個方向，一條似乎沿著礦坑的路。至少現在總算往西邊走了，朝天空最明亮的地方前行。瑞奇（他告訴她的名字）還沒打開車燈。

「不用怕遇到人，說真的我走這條路從沒遇過別輛車，一次也沒有。知道這條路的人不多。」

他繼續說：「而且如果我剛打開車燈，天空就會變暗，四周都會暗下來，你會看不清楚自己在哪兒。我們再等一下，等到星星出現，我們再開車燈。」

天空像是非常薄透的玻璃，帶著淡淡的紅或黃或綠或藍，取決於你朝哪個方向看。

「這樣可以嗎？」

「嗯。」琴妮說。

車燈一旦打開，樹木及灌木叢就會變成黑色，路邊一整排是黑團團的東西，樹木也會全擠在後面，不會像現在這樣，一棵棵清楚可辨：雲杉、雪松、羽毛狀的落葉松，還有花瓣像火焰般忽明忽滅的鳳仙花。景色離得非常近，像是伸手可及。而他們開得很慢。她把手伸出窗外。

沒辦法碰到，不過很近了。路面似乎只比車身寬了一點點。

她隱約看到前方有一道滿水的溝渠發著微光。

「那邊有水嗎？」她問。

「那邊？不只那邊，這裡那裡都有。除了我們兩旁有水，底下一處處都是水。想不想看看？」他說。

他放慢車速，停車後說：「直接往下看，打開門，往下看。」

她開門往下看，這才發現他們在一座橋上，不到十英尺長的小橋，用厚木板交錯鋪成，兩旁沒有欄杆，底下是靜止不流的水。

「這一帶到處都是橋，沒有橋的地方就是函洞，讓水在道路下面來回流動，也有的從不流動，水就一直積著。」

「水多深？」她問。

「不深，尤其在一年的這個時候，除非開到大池塘附近，那裡比較深。不過春天時水會整個漫上來，車子不能通過，那時就很深了。這條路非常平坦，連續幾英里都是這樣，從這端直接通到另一端，連一條小岔路都沒有。就我所知，這是唯一一條經過婆羅洲溼地的路。」

「婆羅洲溼地？」琴妮念了一次。

「應該是叫這名字吧。」

「的確有座島叫婆羅洲，不過是在世界的另一邊。」她說。

「那個我不知道，我只聽過這個婆羅洲。」

狹長的黑色草地沿著路中央生長。

「該開車燈了。」他說完扭開了燈，發現兩人如今在隧道中，周圍一片漆黑。

「我有次也是這樣，就像這樣打開車燈，結果看到一隻豪豬坐在路中央，用兩條後腿撐著坐在地上，盯著我看，就像個小老人。牠嚇死了，動都動不了。我看到牠又小又老的牙齒不停打顫。」

她心想，這裡是他帶女孩子來的地方。

「那我能怎麼辦？我只好按喇叭，但牠還是不動，我又不想下車趕牠。雖然牠很害怕，但畢竟是豪豬，可能會發狂。所以我就熄火，反正我多的是時間。後來我再次打開車燈，牠已經不見了。」

這時路旁樹木的枝葉離得更近，刷過他們的車門，但她看不清楚枝上是否有花朵。

「我要讓妳看樣東西，看一樣我打賭妳從沒見過的東西。」他說。

換作是以前，依舊過著正常日子的她，可能已經開始感到害怕。但若是以前的她，她根本就不會在這。

「你要讓我看豪豬？」她說。

「不是，不是那個。比豪豬更少見的東西，就我所知很少。」

繼續開了約半英里路，他關上車燈。

他問她：「看到星星了嗎？我剛提過的，星星。」

他熄火，起初周遭是深深的寂靜，然後一陣也許是遠方車潮的隆隆聲，伴隨一些可能是夜行性的動物，或是鳥、蝙蝠，幾乎來不及細聽即逝的細微聲響，逐漸滲入這片寂靜的缺角。

「春天時來這裡，妳只會聽到蛙鳴，叫到妳覺得耳朵是不是快聾了。」他說。

他打開自己那側的車門。

「嘿，下車跟我走一段吧。」

她照他的話下車，沿著路上的一條車轍走。他走另一條。前方的天空似乎比較亮，耳邊傳來別的聲音，像溫和而有韻律的對話。

道路到此中斷，兩旁的樹也不見了，眼前出現木材鋪列的痕跡。

「踩上來，來嘛。」他說。

他走近她，碰觸她的腰，像在引導她前進，而後又挪開手，讓她自己走在如同船隻甲板的木板上。木板輕輕浮起又落下，就像甲板，不過不是因為水浪，是他們的腳步，兩人踩著腳下的木板，引起輕微的震盪。

「妳知道自己現在在哪裡嗎？」他問。

「在碼頭上？」她說。

「是橋，這是一座浮橋。」

她看出來了，木板浮橋底下幾英寸便是靜靜的水面。他拉她到橋的邊緣，兩人一起往下看。星星乘著水波。

「水色很黑，我的意思是，平時若不是晚上時，水色也是這麼深嗎？」她說。

「顏色一直都這麼深。」他得意地說：「因為這裡是沼澤，裡面有些成分跟茶的成分一樣，所以看起來像紅茶。」

她可以看到沼澤的邊緣以及大片蘆葦，水淙淙流過其中，原來聲音來自這裡。

「單寧酸。」他驕傲地說出這個字，彷彿是他從黑暗中把字召喚出來。

橋身微微晃動，她不由得想像所有的樹木和蘆葦叢是大地上的一只只小碟子，而道路是上面一條浮動的緞帶，在這一切之下，是水。水面看似靜止，但並非真的靜止，因為只要你望向其中一顆倒映水面的星星，你會發現它像在眨眼，變形，忽而消失不見、忽而出現，但也許已不是同一顆。

直到這時她才想起自己沒戴帽子，不但沒戴，也沒放在車上。從她下車小便，之後跟瑞奇聊天，她頭上就沒有帽子。應該說，從她閉眼頭往後仰靠在椅背上，聽麥特說笑話起，頭上就沒戴帽子。一定掉在玉米田裡，迷路時她太驚慌才落在田裡。

在她害怕看到麥特紫色襯衫下突起大肚臍的同時；麥特看著她荒涼光禿的頭頂，卻一點也不介意。

「可惜月亮還沒升起。如果有月亮，這裡真的很棒。」瑞奇說。

「現在也很棒。」

他伸出雙手環抱她，彷彿這麼做是再自然不過的事，他有大把時間可以慢慢來。他吻住她的唇。有生以來第一次，她在與人相吻時感到親吻本身是極其重要的事件。這吻自成一個故事：溫柔的序曲，有技巧的施壓，全心的探索與接收，依依不捨是感謝，分開時只有滿足。

「噢……」他說。

他拉著她轉身，兩人朝來時的路走回去。

「所以這是妳第一次站在浮橋上？」

她說是。

「那麼妳也將體驗車子開過這浮橋。」

他牽著她的手，彷彿要將之拋出般擺盪。

「這是我第一次親吻已婚的女人。」

「將來還會有許多次，在你決定收手之前。」她說。

他輕嘆一聲。「是吧。」他說，對未來可能的際遇感到驚奇，夾帶著一絲清醒。「沒錯，我可能會。」

琴妮突然想到尼爾。踏在乾燥路面的尼爾，隨興而難以預料的尼爾，在挑染出金髮的女命理師目光下攤開手掌，未來在不確定中翻騰。

都無所謂了。

她心中湧起同情，陡然感到一陣輕鬆，近乎想笑。一絲溫柔的歡樂感受，超越她身上一切的疼痛與空虛，在僅剩的生命裡蕩漾。

家具

艾菲達。我父親都喊她菲瑞迪。他們是表兄妹，兩家農場相鄰，有段時間還同住一個屋簷下。一天兩人跑去收割完的田地，與父親的狗麥克玩耍。那天陽光普照，但犁溝間的積雪未融，兩人奮力踩著冰塊，享受腳下傳來冰嗶嗶剝剝的碎裂聲。

她哪可能記得這樣一件事？父親說，她肯定是編出來的。

「不是。」她說。

「就是。」

「我沒有。」

突然間兩人聽見鐘響，伴隨著汽笛聲。鎮上的大鐘和教堂鐘聲同時敲響，三英里外鎮上的工廠也鳴笛，剎那間整個世界歡樂盈溢，麥克奔到大馬路上，因為牠知道等下會有一場遊行。第一次世界大戰結束了。

一個星期會有三次，我們會在報上看到艾菲達的名字。沒有姓，只有名——艾菲達。手寫體的印刷字，流線體的鋼筆字簽名。和艾菲達一起了解鎮上大小事。不過這裡所說的鎮上不是指我們家附近的那個，而是南邊的一個城市，艾菲達住在那兒，我們家約莫兩、三年會去玩一次。

計畫當六月新娘的妳，現在正是時候到瓷器公司登記選購妳要的物品款式。而且我得說，假如我是準新娘（可惜我不是），我不會選印花圖樣的餐盤組，無論多精緻；我只要充滿現代感的珍珠白系列羅森泰頂級名瓷。

女人都曉得美麗需要保養，但只有芳婷沙龍能提供最好的面膜，獻給即將成為新娘的妳，讓妳的皮膚如橙花盛放。我們也能使新娘的母親、阿姨，甚至祖母感受到飲了青春之泉般的美好……

聽艾菲達說話，你絕對想不到她能寫出這種文字。

她也是替芙蘿拉．辛普森代筆的寫手之一，刊登在《芙蘿拉．辛普森主婦報》。所有鄉下婦女都以為自己是寫信給刊頭照片那位帶著和藹微笑的灰鬈髮胖女士。不過事實是（其實我不該說），每封信最下方的話都是艾菲達和一個叫霍斯．亨利的男人寫的，他同時也負責訃聞版。來信的女人泰半署名晨星、山谷百合、綠拇指、小安妮、洗碗刷皇后等，還得幫有些非常熱門的名字編號，如金鳳花一號、二號、三號等等。

艾菲達或亨利會如此回覆：

親愛的晨星：

溼疹的確惱人，尤其目前天氣如此炎熱，我希望小蘇打粉能幫助妳緩解不適。居家治療的功效絕對不容小覷，不過請教醫生也總不會錯。很高興聽到妳丈夫又能下床走動了，否則兩人都生病，真的是不大妙……

在安大略省的各個鄉鎮，加入芙蘿拉．辛普森俱樂部的主婦每年都可參加一次夏季野餐。每逢夏季，辛普森夫人總會特別致意，並向大家解釋，她如果要參加每一場活動會忙不過來，而她又不希望讓別人感到差別待遇。艾菲達說，有人提議派亨利代表參加，當然要先戴上假髮，胸前塞一對枕頭；或由她扮成《巴比倫寶藏》裡的妖豔女巫（即便是她，也沒辦法在我父母的餐桌上精確引用《聖經》，講出「妓女」這個字），塗著口紅的嘴上叼一根菸蒂頭。不過呢，她又說，報社會殺了我們的，況且這麼做也太沒品德。

她老把香菸叫做菸蒂頭。我十五、六歲時，一天她從餐桌另一端把身子往前探問我：「想不想也來一根菸蒂頭？」當時已用完餐，幾個弟妹都離開了餐桌。父親搖搖頭，開始捲他的菸草。

我道了謝，由她替我點上，第一次在父母面前抽菸。

父親和母親假裝這不過是個好笑的笑話。

「啊，你要不要看看自己的女兒？」母親對父親說。她翻翻白眼，雙手放在胸前，用一種有氣無力的做作聲音說：「我快昏倒了。」

「該把馬鞭拿出來了。」父親說著，作勢要站起來。

這一刻真是神奇，彷彿艾菲達把我們變成完全不同的人。換作平時，母親一定會說她不喜歡看到女人抽菸。她不會說不成體統，或不像個淑女，只會說她不喜歡。每當她用特定語調說出不喜歡某件事，不是在承認自己不理性，而是一副這是源自她個人智慧，近乎神聖，不容詆毀的姿態。每當她開始用這種口氣說話，再加上一臉傾聽內在聲音的表情，我特別恨她。

至於父親，他打過我，就在這間飯廳，不是用馬鞭而是皮帶，因為我不聽母親的話或是頂嘴而讓她傷心。但當下的氣氛，像是毒打這種事在這個家不可能發生。

我父母當下被艾菲達（還有我）逼到了角落，只是他們的應對十分優雅得體，好像我們三人（父親、母親、我）突然提升到了一個新層次，平靜沉著波瀾不驚。一瞬間我發現他們兩人——尤其是母親——顯露出某種輕鬆，那是我極少在她臉上看到的表情。

這都拜艾菲達所賜。

艾菲達一直都被視為職場上的女性，這使她看來比我父母年輕，儘管大家都知道他們年紀差不多。大家也覺得她是都市人。所謂都市，每當大夥這麼說，自然是指她目前居住和工作的城市。但也另有所指，並非只是高樓、人行道、電車輕軌，甚至是人口擁擠密集的地方，而是某種更為抽象、能夠不斷重複的事物；如同蜂巢，擾攘卻井然有序，並非完全無用或自欺，但令人困擾，有時不免危險。人們只在必要時才去都市，一旦能夠脫身總是滿心高興。只有少數人深受其吸引，如年輕時的艾菲達以及今日的我。大力噴著菸圈，一副無所謂的樣子夾住香菸，彷彿香菸在指間膨脹到棒球棍那麼大。

我們家沒什麼社交生活，沒人會來吃晚飯，更別提舉辦宴會。也許是階級的緣故。在那次餐桌事件約五年後，我嫁的那個男孩的父母，會邀請非親非故的人到他們家裡吃晚餐，還會去參加那些客人席間聊到的下午茶會，並且下意識地說成雞尾酒派對。這種生活我只在雜誌讀過，因此公婆在我眼中就像故事書裡走出來的人。

我家頂多一年兩、三次，準備幾樣食物放在餐桌上，款待祖父、祖母、姑姑（父親的幾個姊姊）和她們的丈夫。通常是因為輪到我們主辦感恩節或聖誕節，或住在安大略省其他地區的親戚來看我們。來訪的親戚多半屬於姑姑和姑丈一型的人，一點也不像艾菲達。

母親幾天前就會開始帶著我準備聚會，拿出質感好的桌巾並且熨好（簡直跟床單一樣重），洗淨高級餐具（平常堆在餐具櫥櫃生灰塵），逐一抹淨餐椅椅腳，還要做果凍沙拉、餡餅、蛋糕，用來搭配烤火雞，或者燻火腿配一缽缽蔬菜。食物照例多得吃不完，大家在餐桌上聊的只有食物，客人不停讚美真好吃，主人勸他們多吃點，他們會說不行啊太飽了，然後幾位姑丈露出好吧那就再來些的模樣，取了些食物，幾位姑姑也會酌量拿一點，嘴裡說真的不能再吃，肚子快撐破了。

這時甜點都還沒上呢。

席間幾乎連一般的交談也稱不上，彷彿眾人都有共識，超過某種理解程度的談話會是種干擾，像是在炫耀。母親對於閒聊的界線拿捏不定，有時別人語聲未落，她已等不及地插嘴，或直接另開話題。好比某人說：「昨天在街上看到哈利——」母親可能會接一句：「你覺得哈利會這樣單身下去嗎，還是他只是沒遇到合適的人？」

彷彿一提起遇到誰，就得說出關於那人**有趣**的事情。

之後可能是一片靜默，不是故意無禮，而是大家一時困窘，不知說什麼。直到父親感到難為情，用不著痕跡的責備口氣接話：「他自個兒也過得不錯。」

如果他親戚不在場，他就會用「他一個人」。

每個人面對刷得發亮有如簇新的桌巾，在剛清洗過的窗玻璃明亮的光線下，繼續切肉、舀湯、咀嚼。這類聚餐通常在中午舉行。

其實來訪的客人都頗健談。幾位姑姑在廚房洗碗、擦碗時，會講到誰長了腫瘤，誰喉嚨潰爛，誰冒出一大片膿腫。她們也聊自己，說自己的消化、腎臟、神經系統如何如何。聊聊切身的身體狀況總錯不到哪，不像聊新聞或雜誌內容那麼啟人疑竇。不知為何，太過關心跟自身無關的事物似乎有點不恰當。這時候，幾位姑丈不是坐在門廊休息，就是到田裡走走，順便看看作物生長的情形。他們會交換小道消息，誰被銀行盯上，誰買了昂貴的機械還沒付清貸款，誰花了一大筆錢買了耕牛，結果使喚不動。

或許是方才用餐氣氛太過拘禮，讓他們覺得喘不過氣。面前擺著麵包盤和甜點匙，其實在其他場合，叉一塊餡餅放到剛吃完麵包的盤裡很正常（然而若不按照規矩擺放，卻又顯失禮。在他們自己家裡，舉辦類似的宴席，他們也是照同樣的規矩待客）。或許因為吃是一回事，聊天是另一回事。

倘使艾菲達要來，情況就會完全不同。鋪上最好的桌巾，擺出最棒的餐具。母親會大費周章準備食物，對口味錙銖必較；那道再平常不過的火雞加馬鈴薯泥將被排除在外，她會改做雞肉沙拉，周圍放上一墩墩圓筒狀的米飯和甜椒擺盤。飯後點心則會用上明膠和蛋白，加上打發的鮮奶油，得花上許多時間又耗費心神，因為家裡沒冰箱，還得拿到地下室冷卻。但入座後所有的拘束氣氛瞬間消失。艾菲達不但會吃第二份，她還會主動開口要。重點是她態度隨興，稱讚食物好吃的口氣也是一樣，彷彿滿桌食物以及用餐這件事本身，儘管愉快卻是次要的，她主要是來聊天，幫助大家暢所欲言，不管你想講什麼都歡迎，幾乎啦。

她總在夏天時過來，通常穿著絲紡的條紋夏日洋裝，肩上綴以交叉的帶子，露出一截後背。她的背並不好看，長了好些黑痣，肩膀骨感，幾近平胸。父親就會說瞧她這麼能吃，還是這麼瘦。但有時他會講反話，說她胃口那麼刁，身上還不照樣長出肥肉（在我們家，胖、瘦、蒼白、紅潤、禿頭都可以評論，一點也不奇怪）。

她的黑髮按照當時流行的樣式，捲成小捲覆在額上及臉龐兩側。棕色的皮膚密布著小細紋，嘴唇顯得寬，下唇厚而微微下垂，塗著色澤明亮的口紅，老在茶杯或水杯留下唇印。每回她嘴巴開得大大的（多數時候都是如此，她總在說話或大笑），你可以看到她後排幾顆牙齒已經沒了。

沒人會說她長得好看——在我看來，任何超過二十五歲的女人都不可能好看，彷彿失去了漂亮的權利，甚至對此不再有所期盼——但她充滿熱力，神采奕奕。父親有回深思地說，她有生命力。

艾菲達跟父親聊世上的大小事，聊政治。父親平日會讀報、聽廣播，對世上發生的事有他的看法，但很少有機會聊。幾位姑丈也有他們的意見，但多半簡短、一成不變，對公眾人物（尤其是外國人）永遠表示猜忌。與他們聊，只能聽到幾聲表示不贊同的碎念。祖母耳聾，沒人知道她到底懂得多少，對事物有何看法；而幾位姑姑似乎對自己的無知（或不必關注太多事）沾沾自喜。母親曾是學校教師，她能夠輕易指出地圖上每個歐洲國家的位置，但她以個人喜好看待每個事件；在她看來，只有大英帝國和皇室最重要，其他都不值一提，可以直接丟進垃圾堆。

艾菲達的見識和姑丈們其實沒有太大不同，至少表面是這樣。但她不會只是咕噥兩聲，她會高聲談笑，告訴我們有關首相、美國總統或勞工領袖約翰・路易斯，或蒙特利爾市長的故事，當然這些故事把他們講得極其不堪。她也會說英國皇室，但她的敘述裡有好人和壞人，好人如國王、女王、美麗的肯特公爵夫人，壞人則包括溫莎家族和老愛德華七世。她說老國王得了某種忌諱的病，甚至想勒死自己的妻子，在她頸間留下一道勒痕，這就是為什麼她總戴著珍珠項鍊。她口中的好人壞人，恰好與母親的意見一致（儘管她甚少提起），因此母親並不反對，只是每當她提到梅毒，母親總顯得不知所措。

這時我總是大膽沉著地微笑旁觀。

艾菲達給俄羅斯人取可笑的名字，好比米烤羊天空、喬天空叔叔[1]。她覺得他們只想欺騙世人；聯合國不過是一場鬧劇，沒得指望；日本可能會再起，趁著現在還有機會，應該一舉殲滅。她也不相信魁北克或教宗。對了，麥考錫參議員令她為難，她想支持他，誰知他卻是個天主教徒。她總把教宗改成屎宗。每次她一講到世上居然能出現這麼多怪人或壞蛋，總是樂不可支。

有時候感覺她像在做一個節目，一場表演，也許是為了戲弄父親。她故意激怒他，或用他自己的話說，想讓他大為惱怒。但不是因為她不喜歡他，或想讓他不自在。恰恰相反。她折磨他就好像學校女生老喜歡折磨男生，雙方從激辯中得到奇異的樂趣，羞辱的話聽來也像奉承。父親通常用溫和穩定的語調與她辯論，但顯然他是想激怒她。有時他會採取反面策略，故意說也許她是對的，既然她在報社工作，想必有他沒有的第一手資訊。他會說妳修正了我的觀念，假如我有了任何常識的話，應該要感謝妳才對。這時她就會說，少在那邊胡說八道。

「你們兩個真是的。」母親會顯現絕望的神情（也許是真的累了），艾菲達就會要她去躺一下，她做完豐盛的一餐，應該好好休息，洗碗由她和我來。母親的右臂有時會發抖，手指會變得僵硬，每當她太過勞累便容易發作。

我們在廚房裡忙時，艾菲達會和我聊聊名人、演員甚或小牌電影明星，在她住的城市登臺表演過的人。她壓低聲音，免不了放肆大笑，她一一說給我聽，種種關於他們不檢點的傳言，很多

1 指嘲笑蘇聯政治強人米高揚（Anastas Mikoyan）和史達林（Joseph Stalin）。

都沒刊登在雜誌。她提到酷兒、隆乳、一個屋簷下的三角戀等等，我在書上讀過，多半寫得很隱晦，然而在現實生活中聽到的版本，儘管是轉了好幾手的訊息，還是不免頭昏腦脹。

我總會不禁注意艾菲達的牙齒，有時就算正在講這些私密情事，我也會看得出神。前排剩下的幾顆牙齒，顏色各各不同，沒有兩顆是一樣的。有幾顆牙前面是相當堅固的搪瓷，後面則露出深色的象牙質；也有幾顆前面是乳白色，後面淡紫，說話時露出鑲銀邊的牙套或整顆金牙。當時人們的牙齒不像現代的堅固美觀，除非是假牙。但艾菲達的牙齒怪在每一顆都各自為政，而且巨大。每當她講述荒誕可笑之事，她的牙就會像宮廷衛隊，或是滿心快活的長矛兵衝到前線。

姑姑會說：「她的牙齒一向不好，記得嗎，她以前牙床長了膿腫，膿毒侵入整個口腔。」

我心想，她們怎能把艾菲達的機智風采扔到一旁，只管同情她的牙齒。

「她為什麼不乾脆拔掉，全部重做？」她們又說。

「大概是負擔不起。」祖母說。有時她會像這樣嚇大家一跳，表示她一直都跟得上我們聊天的內容。

我也被這話嚇一跳，有如看到平凡卻新鮮的一道光，照出艾菲達的人生。我一直以為她很富有，至少跟家族裡的人比起來算有錢。她住的是公寓。我沒親眼見過，但這至少表示她過的是文明生活。她身上的衣裳不是自己縫的，也不像我認識的大多數成年女人穿牛津皮鞋，她穿新式塑膠製成、綁著鮮豔帶子的羅馬涼鞋。很難確定到底是祖母還活在過去——當時的人做假牙得花上終生積蓄——抑或她真的知道艾菲達的實際情況，我永遠猜不透。

每回艾菲達來我們家用餐，其他家族成員都不在。她會去看我祖母，也就是她阿姨，她母親的妹妹。我祖母不再獨居，而是輪流住在各個姑姑家，看她現在跟誰住，艾菲達就會去那個姑姑家看她。但艾菲達從不另外造訪其他姑姑家，儘管她們就跟父親一樣是她表親。她獨自來用餐，不跟其他人一起。通常她會先來我們家住上幾天，然後彷彿很不情願似的，打起精神去姑姑家拜訪。等她回來，我們坐下來用餐，她不會貶抑她的表姊妹和她們的丈夫，更不會說出對祖母不敬的話。其實正是艾菲達提到祖母的口吻（突然變得嚴肅關切，甚至帶有一抹恐懼：她的血壓多少、最近去看了醫生嗎、醫生怎麼說）讓我明白，這不同於她問起其他人近況的口吻：冷淡，不大友善的克制。母親回答時也是同樣節制的口氣，至於父親會增添更多一點的嚴肅（可以說是帶點諷刺的），表示大家心知肚明，有些事還是別說破好。

在我第一次抽菸那天，艾菲達決定再進一步，她鄭重地說：「艾梭怎麼樣？他還是那麼喜歡搶話嗎？」

父親故作不幸地搖搖頭，好像光是想到這位多話的叔叔就令人嘆氣。

「是的，他還是沒變。」他回答。

於是我把握機會開口了。

「好像蛔蟲已經傳染到豬身上了，沒錯。」我說。

除了最後的「沒錯」以外，這整句正是叔叔說過的話，而且就是在這張餐桌上說的。叔叔好像受到某種奇特的性格驅使，覺得非得打破沉默，或是非得說出方才想到的要緊事。我學他一本正經地喃喃說話，他嚴肅卻天真的模樣。

艾菲達大笑表示贊同，露出一排牙齒，彷彿在齊聲表達歡樂。「就是這樣，真是學到骨子裡去了。」

父親埋頭用餐，似乎想掩飾他也在笑，但當然藏不住。母親搖搖頭，咬住下唇微笑著。一股強烈的勝利感油然而生，沒人叫我別亂插嘴，或像平常那樣因嘲諷或展現聰明而挨罵。每當家裡人用「聰明」兩字形容我，意思是我有智力，但口氣往往不大甘願：「哦，她某些方面是挺聰明的。」有時則用來表示我好勝，喜歡引人注意，令人討厭。**別這麼聰明行嗎**。

有時母親會用悲哀的語氣說：「妳的嘴真毒。」

有時——對我來說糟糕百倍——父親會露出討厭我的表情。

「妳憑什麼覺得自己有權詆毀這些好人？」

這天完全沒發生這類情況，我就像餐桌上的客人可以隨心所欲，幾乎跟艾菲達一樣不受拘束，我鮮明的性格旗幟愉快地招搖著。

不過有道鴻溝即將出現，那次或許是艾菲達最後一次在我們家用餐。我們還是會互寄聖誕卡片，在母親還拿得動筆的時日，甚至會通信。我們也仍能在報上看到她的名字，但我住在家裡的最後幾年，印象中她一次也沒再來過。

好像是艾菲達問能不能帶朋友來，我父母一口回絕的關係。原因之一可能是她已與這人同居；假如他就是後來與她在一起的那個男人，那麼他已婚的事實是另一個原因。我父母在這點口徑一致。母親對隨便的性關係，或拿性來說嘴——基於對普通婚姻內的床笫之事她也假裝不存在，因此可說只要提及性——她一概覺得恐怖。而父親在那時期也嚴苛看待這種事。也可能他特別排斥能夠駕馭艾菲達的男人。

或許他們覺得她這樣是在糟蹋自己，我可以想像父親或母親這麼說，**她不需要這麼輕賤自己**。

但或許她根本就沒開口，她曉得問了也沒用。更早她還沒男伴時，每回她來訪總是生氣勃勃；後來那男人出現，她的注意力便全然轉移了。也許那讓她變了個人；至少後來的她完全不同了。

也或許她只是對氛圍特殊的家庭小心翼翼，像是家裡有個病情每況愈下，不可能好轉的病人。那就是母親，當時她身上已經出現好幾種症狀，病程進入下一個階段，已不光是令人憂心或帶來不便，而是成了她的宿命。

「可憐啊。」幾位姑姑嘆道。

就在母親從母親的角色，逐漸變成一個在家中走動的病人，家族裡其他原本拘謹的女性似乎活潑起來，變得有能力在社會生存。祖母買了副助聽器（應該不是出於誰的建議）。一位姑丈過世了——不是艾梭，是叫爾文的那個——那位姑姑因此學會開車，在服飾店裡找到差事，替人修改衣服，也不再在頭上戴髮網了。

她們會來探望母親，並重複看到一種景象——這個先前長得比她們都好看，從不忘露出曾在學校教過書的派頭的女人，如今動作愈來愈緩慢，四肢愈來愈不聽使喚，說起話來益發吃力，夾纏混亂，而沒什麼能夠幫助她。

她們要我好好照顧她。

「她是妳母親。」她們提醒我。

「真可憐。」

艾菲達不會說出這種話。到這樣的人家，她很可能什麼話都說不出口。

我不介意她不再來訪。我不願客人來，沒時間接待他們，因為我怒氣沖沖地處理家務：打蠟地板、熨燙（連擦碗布都熨）。做這些事只為了盡量把恥辱趕得遠遠的（母親的退化似乎是一種奇異的恥辱，傳染給家中每一個人）。做這一切是為了維持一個假象：我和父母、弟妹住在普通的房裡，過著正常生活。但只要有人跨進大門看到母親，他們會馬上看出不是這麼回事，露出同情的神色。這種事我無法忍受。

我贏得了獎學金，上了大學，不再待在家裡照顧母親或負責家務。我讀的大學在艾菲達住的城市。過了幾個月，她叫我去吃晚餐，但我沒辦法去，因為除了星期日，我每天傍晚都得工作。我在位於市中心的市立圖書館和大學圖書館打工，兩間圖書館都開到晚上九點。又過了一段時間，到了冬季，艾菲達再度邀我，這次選在一個星期日。我說我不能去，因為要去音樂會。

「哦，約會嗎？」她問。我回答是，但不是真的。我只是和另一個女孩（有時兩、三個女孩一起）去學校禮堂聽免費的星期日音樂會，找點事做，同時暗自希望能在那裡遇到其他男生。

「那妳一定要找個時間帶他來，我等不及想看他了。」艾菲達說。

快到年末時，我真的找到可以帶出去約會的男生，也的確是在音樂會認識的。至少他是在音樂會上看到我，打電話約我出去。但我不會帶他去見艾菲達。我絕不會帶任何新朋友去見她。我這時期交的朋友會問：「你讀過《望鄉天使》嗎？你一定得找來看。那你看過《布登勃洛克家族》嗎？」遇到電影學會引進新片時，我會跟他們去看《禁忌的遊戲》和《天堂的孩子們》這種片子。我交往的男孩，後來我與他訂了婚，當時他帶我到音樂大樓，午餐時間可以在那裡聽唱片。他也介紹我聽夏爾．古諾的作曲，因為古諾，我愛上歌劇，透過歌劇我愛上了莫札特。

後來艾菲達在我住的地方留下訊息，要我回電，但我沒回。之後她就不再來電了。

她仍然替報紙寫些東西，有時我會在報上瞄到她寫的敘事詩，讚美皇家道爾頓製作的小雕像，或進口的薑汁餅乾，或適合女性度蜜月穿的睡袍。她很可能還在替芙蘿拉．辛普森回信給各地的家庭主婦，依舊嘲笑著那些來信。自從我來到都市生活，反而變得很少看報紙，以往我覺得報紙是都市生活的中心，在某種意義上，甚至是我們家庭生活的中心（家現在已遠在六十英里之外）。以艾菲達、亨利為主角的那些笑料以及不得不說的場面話，如今於我只覺得俗氣無聊。

我不擔心會巧遇她，即使這是一個不大的城市。我從不去她專欄裡提到的商店，也沒理由經過報社大樓，她住的地區離我位於城南的租屋處很遠。

我也不認為艾菲達是會來圖書館的人。基本上「圖書館」這個詞便足以讓她垂下寬闊的嘴角，故作驚恐，如同她看到我們家書架上的書時。那些書是以前買的，有些是父母親念中學時得到的獎品（書頁上簽著母親婚前的名字，後來她再也寫不出那樣娟秀的字）。對我來說，那些書不像從書店買來的，而是屬於這個家，一種極其自然的存在，就像窗外的樹木已不再是植物，而是深深扎入地底的存在。《弗洛斯河上的磨坊》、《野性的呼喚》、《密德洛希恩監獄》。艾菲達有次說：「很棒的書，但我敢說你們很少翻開對吧。」父親說，嗯，他很少翻開，和她同聲同氣起來，口氣帶點灰心甚至輕蔑，但他撒謊，因為他會讀這些書，久久得空會翻一翻。

我只希望，對於我真心看重的事物，可以不必再撒那種謊，不用再故作輕蔑。而為了不必那麼做，我就得離這些過去認識的人遠遠的。

大二結束時，我準備離開學校（只申請到兩年的獎學金）。那不要緊，我本來就打算成為作家，何況那時已經準備結婚。

艾菲達得知消息又與我聯絡。

「我想妳一定是忙到沒空打給我，也可能根本沒人告訴妳我留了話。」她說。

我說我可能真的太忙，也可能人員忘了留話。

這次我答應拜訪，去一次不會怎麼樣，反正我以後不會住在這個城市。我等期末考結束後，選了我未婚夫去渥太華面試的一個星期日。當日天氣晴朗，約莫是五月初。我決定徒步前往。登達士街以南或阿得雷德以東的街道我都不熟，城市裡某些地區對我而言全然陌生。北邊街道上的路樹剛冒新葉，只見丁香花、沙果樹、鬱金香花圃上繁花盛開，草坪如新織的綠地毯。但走了一會，我便發現自己進入一帶沒有路樹的街區，兩旁房屋離人行道不過數英尺，而丁香花這種哪都能長的花，在這裡花色特別蒼白，好像被陽光曬到褪色，也沒香氣。這幾條街的房屋或公寓建築，都只有兩、三層樓高，其中有幾棟沿著大門門緣砌著磚塊，算是頗實用的裝飾，有幾棟房子的窗戶有浮雕，窗簾軟趴趴地垂在窗櫺上。

艾菲達住的是獨棟房屋，不是公寓。她住在房子的上層，一樓（至少前頭部分）改建成商店，因為是星期天，商店沒開。那是間二手商店，從前面髒兮兮的窗戶望進去，我看到很多怪裡怪氣的家具、舊碗盤，器皿堆得到處都是。我只注意到一個蜂蜜桶，上頭繪著藍色天空和金色蜂巢，跟我小時候用的一模一樣，我六、七歲時經常拿它裝午餐上學。我記得自己反覆念著桶身的一行字。

所有純正蜂蜜都會結晶。

那時我還不懂什麼是結晶，但我喜歡這個字詞的發音，聽來美妙又可口。

走到她家的時間比我預期的要久，我覺得好熱。我沒想到艾菲達邀請我共進午餐，她會端出上教堂做完禮拜吃的傳統烤肉大餐，不過從屋外的樓梯拾級而上時，我聞到了肉和燉蔬菜的味道。

「我以為妳迷路了。」艾菲達從上面對我喊道。「我還在想是不是該臨時邀其他人來吃呢。」

她沒穿短袖洋裝，而是穿著一件粉紅上衣，鬆鬆的蝴蝶結繫在脖子上，上衣塞進打褶的咖啡色裙子。她的頭髮不像以前捲成柔順的小捲，剪短了，鬈髮覆在臉龐兩側，原本深棕髮色染了幾綹刺目的紅。我記得她以前臉頰削瘦，膚色曬得黝黑，現在變得圓潤，皮膚鬆垮。臉上的浮妝如同正午光線下的粉橘色顏料。

但最大的不同應該是她裝了假牙，顏色整齊一致，嘴巴有點塞得太滿，為她本來熱情急切的神色，平添了幾分焦慮。

「嗯，妳是不是變胖了？妳之前一直很瘦。」她說。

這是事實，但我不愛聽。我和其他分租的女孩子一起吃廉價食物，商店買來的卡夫食品、一包包果醬餅乾。我未婚夫固執地相信，凡是關於我的一切都是好的，他說喜歡豐滿的女人，而我讓他想起性感女星珍．羅素。他這麼說我倒不介意，但若是其他人置評我的外型，我就會生氣。特別是像艾菲達這樣，對我來說早已不再重要的人，我覺得像她這種人根本無權打量我、對我有意見，更別提說出口。

這間房子門面很窄，但相當狹長。客廳的天花板朝屋側傾斜，窗戶對著街道；廊式的飯廳一扇窗戶也沒有，因為兩側都是開著天窗的房間；還有一間廚房，一間同樣沒窗戶的浴室，天光從裝在門上的毛玻璃窗透進來。房子後面是以玻璃圍出的日光室。

由於天花板傾斜，房間看來像隨便湊合成的，完全不像房間。房間裡的家具卻相當體面：成套的正式餐桌椅、廚房餐桌椅、客廳的沙發和躺椅，應有盡有，都是應該放在體面寬敞房間裡的物件。餐桌上鋪著繡花小桌墊，沙發背面及椅子扶手蓋著鑲花邊的白布防塵，窗簾是拉上的，厚重的花紋幃幔垂在兩側，比較像姑姑家裡的擺飾，我沒想過會在這裡看到。飯廳（不是浴室或房間，是飯廳）牆面上掛著一張畫，是穿著繫滿粉紅緞帶蓬蓬裙的女孩剪影。

飯廳地板上鋪著厚硬的油布，從廚房到客廳的走道也都鋪上。

艾菲達似乎猜到我在想什麼。

「我知道這裡東西太多，不過都是我父母的東西，全是老家的家具，我不能丟。」她說。

我從沒想過她也是有父母的人。她母親很早便過世，由我祖母養大，也就是她的阿姨。

「都是我父母的。我父親離開時，妳祖母留下所有家具，因為她覺得等我長大都是我的，所以就變這樣了。她這麼費心，我自然不能拒絕。」她說。

我想起來了，我遺忘的某段艾菲達的人生。她父親再婚，離開農場，到鐵路公司找了份差事。他又生了幾個孩子，從一個鎮搬到下一個鎮，有時艾菲達會提到他們，半開玩笑地說著一共有幾個孩子，年紀都很相近，他們老是在搬家。

「來見見比爾。」她說。

比爾在日光室，坐在低矮的沙發上（也有點像臥榻），彷彿等候召喚的模樣。躺椅上覆著棕色格子呢睡毯，皺巴巴的，他最近一定躺在上面過；百葉窗整個拉下來，覆垂到窗檯上。這裡的光線（熱辣辣的陽光從有雨漬的黃色百葉窗篩進來）、皺皺的睡毯、褪色有破洞的靠墊，甚至毯子本身的氣味、男人穿的老舊變形拖鞋，就像裡面房間的繡花桌墊和厚重家具，以及牆上掛著的緞帶女孩像，在在令我想起幾位姑姑的家。在那裡你也會看到同樣邋遢的男性，躲在某個地方，身上一股隱約的體味，臉上有些羞赧，但固執地占據一小塊領地，和女人分庭抗禮。

比爾起身與我握手。普通男性長輩不大會跟第一次見面的女孩（或任何女孩）握手。不是故意無禮，只是不想顯得過分正式。

他個子高，一頭灰髮發出光澤，皮膚不錯，但看來不再年輕。他相貌英俊，外表的吸引力卻不知怎地開始減退——可能是沒注意健康，遇到倒楣事，或太過散漫造成的。然而他仍舊保持老派禮節，朝女士微微欠身，像在說這次見面想必愉快，對你我都是。

艾菲達帶我們去飯廳，因為沒有窗戶，這時候大白天也開著燈。我有種感覺，餐點很早便準備好，我的遲到打亂了他們日常的節奏。比爾負責分配烤雞及調味料，艾菲達負責分配蔬菜。她對他說：「親愛的，你想盤子旁邊那東西是做什麼用的？」他這才記起要使用餐巾。

他話不多，幫忙遞肉汁，問我想不想加芥末或胡椒鹽。我和艾菲達聊天時，他隨著對話望著她或我，以表示參與。時不時從齒縫間發出一種微抖的哨聲，像是表示友善或理解。一開始我以為他打算開口講話，但不是，艾菲達也沒因此停下來。在那之後，我看過好幾個戒酒的癮君子做出類似的行為，他們會愉快地出聲附和，但沒辦法更進一步，無助地陷溺在自己的世界裡。我不知道比爾是否也是如此，但他看起來確實像背負著失敗，惹過麻煩，也學到教訓。他也有股豪俠氣概，隨時準備好接受命運安排，無論那是錯誤的決定或失去的機會。

這些是冷凍豌豆和紅蘿蔔，艾菲達說。冷凍蔬菜在當時還很新穎。

「比罐頭好，跟新鮮的差不多。」她說。

比爾開了口。他說比新鮮的更好，顏色、風味，樣樣都比新鮮的好，現在能夠這麼做真的厲害，冷凍食物在未來大有可為。

艾菲達身體往前傾，微笑著。她簡直像屏住呼吸，就像他是她的孩子，第一次放手讓他學步，或者是他第一次跨上單車還騎不穩。

比爾告訴我們，現在他們會給雞注射某種東西，經由這種新的處理方式，每隻雞同樣肥美好吃，再也不用擔心買到次級雞肉了。

「比爾的專業是化學。」艾菲達說。

我無話可說。她又補充：「他在古德哈姆做事。」

還是沉默。

她又說：「釀酒廠，古德哈姆威士忌。」

我沒說話不是我想顯現無禮或覺得無聊（至少不是故意比平時無禮；也不是因為談話比我想像中無聊），而是我不知道這時該提問，問什麼都行，只要能讓不好意思開口的男人說話，奮力把他從心不在焉當中拉出來，讓他成為夠分量的男人，成為一家之主。我不明白艾菲達何以露出強烈鼓勵的微笑。關於一個女人和跟男人相處，傾聽她的男人說話，一再希望他能成為足以令她驕傲的男人，當時我都還未曾體會。我唯一可以觀摩的對象是我的姑姑與姑丈、我的父母親，而他們似乎都是擁有正式關係，感情卻疏遠的夫妻，不大依賴對方。

比爾繼續用餐，就像沒聽見提到他的工作和老闆似的。艾菲達開始問我修了什麼課。她還是微笑著，但笑容似乎變了，略顯不快，像在等我趕快解釋，她才能說出這句話（她也真的說了）：「就算給我一百萬，我也不讀那種東西。」

「生命太短暫了，我們報社裡有時也會請到這種人，英語系榮譽畢業、哲學系榮譽畢業，你根本不知道請他們來幹麼，他們寫的東西一文不值。我向你提過，對不對？」她對比爾說。他抬眼望她，盡責地給她一個微笑。

她不再說這個話題。

「那妳都做些什麼消遣？」她問。

當時《慾望街車》正在多倫多一家戲院演出，我告訴她，我和兩個朋友搭火車去看。

艾菲達把刀叉摔在盤上，發出噹啷聲。

「那齣下流的劇。」她大聲說，整張面容撲向著我，深深刻著厭惡。然後她語調略趨平靜，但依舊不悅，滴著恨意。

「**大老遠跑到多倫多**，看那種下流東西。」

我們用完甜點，比爾抓住空檔說他吃完了先告退。他先問艾菲達，再微微欠身詢問我。他回到日光室，不一會我們就聞到菸斗的氣味。艾菲達望著他離開的背影，似乎一時忘記我和那齣戲。她臉上淨是痛苦的溫柔，當她站起來時，我一度以為她要跟著他去，結果她只是去拿菸。

她把菸遞給我，我拿了一根，她故作輕快地說：「是我教妳抽的，看來妳還一直保持這壞習慣。」她可能想起我不再是小孩了，也不必住在她家，沒必要得罪我。我不打算與她爭執，我不關心她怎麼想田納西・威廉斯，也不想理會她對任何事的看法。

「我想那是妳的事，妳可以去任何想去的地方。」她又補一句：「反正妳都快結婚了。」

她的語調似乎在暗示「我不得不接受妳已經長大了」，也可能是表示「反正妳很快就不是自由身了」。

我們起身收拾碗盤，在餐桌、流理臺、冰箱之間的狹小空間一起做事，我們不用一句話，很快便培養出某種默契和秩序，吃剩的食物全數掃進保鮮盒、放進冰箱，在洗碗槽裡注滿熱水，加點肥皂，拉開鋪著厚毛呢的抽屜，沒碰過的乾淨刀具直接收進碗櫥。我們把菸灰缸拿進廚房，時不時停下來吸一口菸，當作恢復精神的正經事在做。女人像這樣一起做家事，會碰到合不合得來的問題。覺得抽菸沒關係呢，還是會怕菸灰飄落到乾淨盤子上，或是桌上全部餐具是否全都得洗過一遍，就算剛剛沒用到。結果我們兩人意見完全一致。也因為我一想到洗完碗盤就能離開，心頭一陣輕鬆，變得隨和起來。我之前就告訴她下午我要與朋友碰面。

「很漂亮的盤子。」我說。奶油黃，邊緣繪著藍色花朵。

「這是我母親結婚那天用的盤子。這是另一件我感謝妳祖母的事。她把我母親的盤子全都收好，等我大到可以用的時候給我。珍妮根本不知道有這些盤子。要是給那一家子知道，盤子很快就毀了。」

珍妮，那一家子，她的繼母和同父異母的弟妹。

「妳應該知道吧？妳知道我母親發生了什麼事。」

我當然知道。一盞油燈在艾菲達的母親手中爆炸，她因此喪命——油燈在她手中爆炸，燒傷要了她的命。姑姑和母親經常提起。只要一提到艾菲達或她父母，很難不提到她母親的死因。艾菲達的父親因此離開了農場（總之是道德上沒落的一步，而非經濟上的）。也因為這件事，大家都說用煤油千萬要小心，更感謝電力的出現，即使電費較貴。而且無論如何，對她那年紀的孩子來說，這事實在恐怖（無論如何是指，無論她長大後把自己搞成什麼樣子）。

假如不是因為雷雨，她就不必在下午點煤油燈。

一直到隔天晚上她才死亡，如果不必忍受那一天一夜的折磨就好了。

第二年他們鎮上就有了水力發電，再也沒人用煤油燈了。

幾位姑姑和母親很少意見一致，但她們對這件事的感受卻如出一轍。每回她們一提到她的名字，就會流露這點情緒。好像這故事是恐怖的瑰寶，只有我們家族有資格說，這種特權得牢牢抓在手裡。每次聽她們講，都讓我覺得像一群卑鄙的共謀，彷彿這事的不幸帶給她們莫大的樂趣。她們的聲音像蟲在我體內蠕動著。

以我的經驗，男人就不是這樣。一遇到令人駭怖的事，他們很快別過頭去，像在說事情過了就算了，多說無益，不如不想。他們不想顯得少見多怪，也不想煩擾別人。

我心想假如她要說這事，沒帶未婚夫來是對的。這樣他就不知道艾菲達的母親發生什麼事，也就不會知道我母親或親戚的事，發現這個親家可能相當貧窮。他愛歌劇，看過勞倫斯・奧利佛演的《哈姆雷特》，但他沒時間應付悲劇，面對現實生活中的貧窮與骯髒。他父母身體健康，樣貌好看，事業也很成功（當然免不了有點沉悶，他說），似乎他從來不必認識環境差的人。生命中的失敗——走霉運、生病，或破產——他覺得都是個人疏失。他再怎麼欣賞我，也不見得能包容我支離破碎的家庭。

艾菲達說：「進到醫院時，他們不讓我看她。」至少她是用正常聲音說，沒有故作孝順或太過戲劇性。「換作我是她們，也可能不會讓我進去吧。我不知道她是什麼樣子，也許全身包紮像木乃伊。如果沒有，也應該要那麼做。事發當時我不在場，我在學校。天色變得非常暗，老師打開電燈，學校有電燈，大家得等到雷雨過後才能放學。然後我阿姨莉莉，就是妳祖母，來學校找我，帶我去她家。就這樣，我再也沒見過我母親。」

我以為就這麼多，但過了一會她繼續說，聲調稍轉輕快，一副準備笑出來的樣子。

「我一直大喊大叫，叫得頭都要掉了，說我要見她。我喊個不停，最後她們拿我沒轍，妳祖母就對我說：『不讓妳見她是為妳好，如果妳知道她變成什麼樣，妳不會想看到的。妳不會想記住她現在的樣子。』」

「但妳知道我說什麼嗎？我到現在還記得，我說：『可是她會想見我。』**她會想見我**。」

然後她真的笑了，有點輕蔑地一聲鼻哼。

「我一定是覺得自己很重要，不是嗎？**她會想見我**。」

我從沒聽過這一段故事。

一聽到這句話，我突然間靈光閃動，就像捕鼠夾噗地一聲關上，把這話鎖進腦海。我當下不確切知道自己會拿這句子做什麼，只曉得這幾個字搖撼著我，同時釋放了我，當下我聞到了不同的空氣，而且只屬於我一個人：

她會想見我。

直到我寫出這故事，也寫入了這句話，已經是很久以後的事，久到回想最初是誰在我腦中種下這靈感，已經不重要了。

我謝過艾菲達，說我得走了。艾菲達跑去叫比爾與我道別，不過回來時說他已經睡著了。

「他醒來一定會很懊悔，他很高興見到妳。」

她脫下圍裙，一路送我到屋外的台階，最底下一階連著一條礫石小徑，通往人行道。小石頭在我們腳下發出嘎吱聲，她穿的是薄底的家居鞋，差點絆倒。

她說：「噢，要死。」一手抓著我的肩膀。

她又問：「妳父親好嗎？」

「還過得去。」

「他工作太辛苦了。」

「沒辦法。」我說。

「噢，我知道。妳母親呢？」

「差不多那樣。」

她側過身去看商店櫥窗。

「他們覺得誰會來買這種垃圾？妳看看那只蜂蜜桶，我和妳父親以前帶午餐上學都是用那種小桶子。」

「我也是。」我說。

「妳也是？」她緊緊攬著我一下。「告訴妳父母我惦記他們，妳會替我說吧？」

艾菲達沒來參加父親的葬禮。我不曉得是不是她不想見到我。就我所知，她從沒公開表示過對我的不滿，沒人知道這件事。但父親知道。有次我回家看父親，得知艾菲達住得不遠——住我祖母家，她總算繼承到那棟房子——我提議一起去探望她。當時我剛結束第一段婚姻，還沒再婚，日子有點亂，心情卻異常昂揚，剛從籠中釋放，想聯絡誰都行。

父親說：「喏，妳知道，艾菲達有點不高興。」

他居然叫她艾菲達，什麼時候開始的？

我一開始完全沒想到，是什麼事讓她不高興。父親只得提醒我，幾年前我發表的一篇小說。我感到驚訝，甚至有點生氣和不耐，想到艾菲達居然介意這麼一件小事，如今已經無關緊要了不是嗎。

我對父親說：「寫的根本不是她，我改動了，甚至沒有想到她。那不過是個虛構人物，誰都看得出來。」

不過的確是保留了爆炸的油燈，包紮得像具屍體的母親，剛喪母的執拗孩子。

「唔。」父親應了一聲。我成為作家，他大致挺高興的，只是對我的性格（或說個性特點）有所保留。對我居然為了個人的理由（也就是放蕩）結束婚姻，而且還以種種方式為自己辯解——以他的話來說，就是狡辯。但他當然不會說出口——我的事他已經管不著了。

我問他怎麼知道艾菲達的看法。

他說：「有封信。」

通信，儘管兩人住得不遠。想到父親因為我做事有欠思慮、犯了錯，得獨自承受責難，我感到歉疚。當然也想到他們之間本來不是這麼講禮數的。可能還有些事略過不提，但我不知道。他是否覺得有必要替我向艾菲達辯解，如同他得向其他人捍衛我的寫作。此刻他若在，大概也會這麼做，雖然這對他來說從來就不容易。他愈是心理不踏實，愈可能說出嚴厲的話。

我帶給他種種奇怪的麻煩事。

我一踏上家這塊土地，就感覺到危險：透過別人的眼睛（而不是我自己的）看我的生活，化成一卷卷的文字，愈來愈多，如同四處糾纏、令人不解且不快的鐵絲網，侵入其他女人豐沛的家居生活，席捲她們做的食物、種的花、編織的衣物。是否值得辯解，似乎愈來愈難說。

就算對我而言值得，對其他人呢？

父親說艾菲達現在一個人住。我問比爾呢，父親說那一切不在他的管轄範圍，但他覺得應該是有人來搶人了。

「比爾？怎麼會，誰來搶？」
「嗯，應該是有個老婆。」
「我在艾菲達那兒見過他一次，我挺喜歡他的。」
「他討人喜歡，尤其是女人。」

我得相信他們的決裂與我無關。繼母總是鼓勵父親體驗新生活。他們會去打保齡球、玩冰壺，也會定期和其他夫婦去蒂姆．霍頓斯快餐店喝咖啡配甜甜圈。她和父親結婚前守寡多年，從那時就結交了許多朋友，後來都變成父親的朋友。他和艾菲達的關係或許只是其中一項轉變，舊時的情誼淡了，這點我很了解，我自己便是如此，只是我沒想到會發生在老一輩身上，應該說，尤其沒想到會在自家人身上看到。

繼母過世不久後，父親也走了。他們共度短暫快樂的婚姻生活，之後便各自被送到不同的墓園，和第一任讓他們頭痛的配偶葬在一起。早在他們兩人過世之前，艾菲達便搬回了都市。她沒賣房子，就那麼離開，房子空在那兒。父親寫給我的信中寫道：「實在是奇妙的處理方式。」

父親的葬禮來了很多人，我大多不認識。一個女人越過墓園草地找我說話，我本來以為她是繼母的朋友，然後我發現她大概僅比我年長幾歲，只是體型矮胖，金色鬈髮頭頂處泛出灰白，身上穿著花朵圖案的外套因而顯老。

「我看過妳的照片，所以認得妳。艾菲達常把妳掛在嘴邊炫耀。」她說。

「艾菲達還沒死？」我說。

「哦，沒有。」女人說，接著告訴我艾菲達如今住在安養院，在多倫多以北的一個小鎮。

「我安排她過去，方便我照看她。」

現在看得出來，即使光聽聲音，也知道她與我同世代，我突然想到她應該是艾菲達另一個家庭的親人，同父異母的妹妹，她快成年時她才出生。

她報上自己的名字，姓氏果然和艾菲達不一樣，她想必冠了夫姓。艾菲達從未對我提過她異母手足的名字。

我問艾菲達的狀況。女人說她視力非常差，根據醫生說法，算是盲了。腎臟也大有問題，一星期要洗腎兩次。

「除了這些，她還是她。」她說著大笑。我心想，對，是她妹妹沒錯，那放肆、漫不經心的笑聲跟艾菲達有幾分相像。

「她不太能出門，不然我就會帶她來。她還是會讀這裡的報紙，有時我念給她聽。我就是這樣讀到妳父親的訃聞。」

我不假思索地問，我能不能去安養院看她。葬禮激發人的感情——父親活到晚年，不算死得太早，這開啟我溫暖、放鬆、釋懷的情緒——讓我有了這念頭。但其實很難辦到，我和丈夫（第二任丈夫）只能在這兒待兩天就要飛往歐洲度假，已比原先預定的遲了。

「我想妳去看也沒什麼用，她現在狀態時好時壞，妳抓不準。有時候我覺得她是裝的。好比有些日子她會整天坐著，不管誰對她說什麼，她都只回一句：**身體很好，準備去愛**。她可以說一整天：**身體很好，準備去愛**。會把妳逼瘋。但有些日子又可以與人正常對話。」

又來了，她說話的聲音和笑聲，再次讓我想起艾菲達，雖然這回不那麼明顯。於是我說：「其實我應該見過妳，我記得有次艾菲達她父親和新娶的妻子來我們家，也可能是她父親獨自帶著幾個小孩來——」

「噢，我不是妳想的那一位。妳以為我是艾菲達的妹妹？太棒了，我大概得開始好好保養了。」

我說我看不清楚她的臉。這是真的，十月午後的太陽懸得很低，光線直射進我眼裡。這女人背光站著，實在難以看清她的五官或表情。

她緊張而慎重地抽動了一下肩膀。她說：「艾菲達是我生母。」

老媽。母親。

然後她告訴我她的人生故事，沒有太鉅細靡遺，想必說過許多遍了，因為這是她人生極重要的事件，也是她獨自冒險解開的一道謎。她由東安大略省的一戶人家收養，他們是她唯一知道的家人（「而且我深愛他們」），之後她結了婚，有自己的孩子。孩子一個個長大，她突然有股衝動想找自己的親生母親。沒那麼簡單，由於當年檔案保存的方式，以及保密程度（「她生下我這事是百分之百的祕密」）；不過幾年前她終於找到艾菲達。

「剛好來得及。我是說，也該是時候有人照顧她了。我盡我所能。」她說。

「我完全不知道這事。」我說。

「嗯，那個年代，應該沒幾個人知道。當你準備找她，大家就會警告，你出現會引起多大恐慌呢。對老人家來說，那是多大的打擊。不過我覺得她不在意。要是早些年，她或許會吧。」她似乎帶點勝利感。那其實不難理解，如果你有一件讓人震驚的事，你說出來，反應確實如你預期，那一刻想必會得到一種權力的撫慰。而她說的這件事，效果驚人到她覺得有必要道歉。

「請原諒我只顧著講自己的事，忘了請妳節哀。」

我道了謝。

「艾菲達告訴我，一天她和妳父親從學校走回家，高中的時候。他們不能一直並肩走，因為妳知道，那個年代，男生和女生，人家可能會說得很難聽。所以如果他先出門，他會先走大路，然後在鎮外一條小路等她。她先出門的話也一樣，在那兒等他。有一天他們走在一起，聽到鐘聲響了，妳知道那是什麼嗎？第一次世界大戰結束了。」

我說我聽過這件事。

「只是我以為當時他們還是孩子。」

「如果只是小孩，怎麼會說他們是高中放學回家？」

我說我一直以為他們跑去田裡玩。「旁邊還跟著我父親的狗，叫麥克。」

「可能真的有狗，可能牠去找他們。我不覺得她會搞混這些事，與妳父親有關的事她都記得很清楚。」

現在我明白了兩件事。第一，父親出生於一九〇二年，艾菲達和他差不多年紀。所以很有可能他們當時是高中生，從學校走回家，而不是在田裡玩。奇怪的是我一直沒想到這點。也許他們提到田地，意思是走回家時經過田地，他們可能根本沒提到「玩」。

第二，稍早時我感到這女人對我的歉意、友善、無害的情緒，現在全都不見了。

我說：「事情經常有出入。」

她說：「沒錯，人們常改變說法。妳想知道艾菲達說妳什麼嗎？」

時候到了。我知道就是現在。

「什麼？」

「她說妳很聰明，但絕對沒有妳自以為的聰明。」

我硬是讓自己直盯著她背光而陰暗的臉。

聰明，太聰明了，但又不夠聰明。

我說：「就這樣？」

「她說妳有點冷酷無情。她說的，不是我，我對妳沒什麼意見。」

那個星期天，在艾菲達家用過午餐後，我準備走回當時的住處。我想，如果來回都徒步，總共大概十英里，應該足以抵銷剛剛吃的大餐。太滿了這一切，不只是食物，包括在公寓裡看到的、察覺的每件事。擁擠的老式家具。比爾的沉默。艾菲達的愛（光是他們的年紀）在我看來如同淤泥塌也塌不掉，如此不得體而且絕望。

我走了一段路以後，胃沒那麼難受了，發誓接下來二十四小時絕不進食。我往北走然後往西，往北再往西，在這個小而齊整的長方形都市裡走著。除了在幾條大馬路上，星期天下午幾乎見不到車輛。我的路線幾度與公車重疊，一連好幾個街區皆如此。公車駛過，裡面可能只有兩、三個乘客。我不認識的人，不認識我的人。多幸福愉快。

我撒了謊。我沒跟朋友約，朋友都各自回老家了。未婚夫隔天才會從渥太華回來，他回程時要順道去看住在科堡的父母。等會回到租屋處，一個人也沒有，不必費心與人說話或聽誰說話。我沒事可做。

我走了一個多小時，看到有家藥房開著，於是進去買了杯咖啡。咖啡是回煮過的，黑又苦，嘗起來像藥，正是我所需。我本來就覺得如釋重負，現在開始感到快樂。如此快樂，無人打擾。看著外面的人行道上傍晚暖烘烘的陽光，看到樹木枝椏上長出新葉，在地上投射一點點細瘦的樹影。藥房後方傳來收音機的聲音，剛才端咖啡給我的男人在聽球賽。我沒想著如何把艾菲達的事寫成小說——總之沒刻意想——而是思考我想做的事。比起實際架構故事，我更想從感受到的氛圍裡抓住一些什麼。迎面而來是群眾的聲音，像巨大的心跳，充滿憂傷。頭頭是道的悅耳聲浪，夾雜著遙遠而幾乎不像人語的同意與哀泣。

這就是我想要的，值得傾注一切聆聽的，我渴望的人生的模樣。

安慰

妮娜原本下午常去高中網球場打網球。自從路易士離開學校崗位以後，她有段時間不去網球場作為抗議，但那已是一年以前的事。她的朋友瑪格麗特（另一位退休教師。不同於路易士，她按照正常流程退休，而且隆重），說服她再回去校園球場打球。

「趁妳還玩得動，要常出門。」

路易士那件事發生時，瑪格麗特已經離開學校。她從蘇格蘭寫了封信支持他。不過她一向是濫好人，凡事寬容，交遊廣闊，因此這封信或許不能代表什麼，只能說是瑪格麗特式的古道熱腸。

「路易士怎麼樣？」她問妮娜。那天下午妮娜開車載她回家。

「愈來愈不妙。」

夕陽西下，快沉沒到湖的邊緣，枝椏上還有樹葉的樹木在餘光映照下變成金黃色，然而夏天午後的溫暖已經消失。瑪格麗特屋前的灌木全罩上麻布袋，裹得嚴密像木乃伊。

一天的這個時刻讓妮娜想起，她和路易士往常下課後，會趁晚餐前的時間散步。因為天色很快便會暗下，路程往往不長。兩人沿著鎮外的小路和舊時的鐵路路基走，沿路具體而微地觀察著事物，有些無法言傳，從路易士身上她學到（或說吸收到）許多知識。昆蟲、蛆、蝸牛、苔蘚、小溝裡的蘆葦、草叢裡綽號「毛頭鬼傘」的草菇、動物留下的足蹤、蔓越莓、奶媽莓，許多生物混雜共生，每天都能見到一點點變化。一天一小步，逐步邁向冬天，景象日益蕭索凋零。

妮娜和路易士住的房子是一八四〇年代建造的，房子很靠近人行道，那個時代的風格就是這樣。你若待在客廳或飯廳，不光聽得到腳步聲，也能聽到外面的談話聲。妮娜覺得路易士應該能聽到她關車門的聲音。

她吹著口哨進門，盡可能譜出旋律。**英雄凱旋歸來啦**。

「我今天贏了，贏球了。你在嗎？」

她外出那段時間，路易士在家中瀕臨死亡。更精準是，他在那段時間自殺了。床邊小桌上放著四個內面是錫箔的塑膠封包。每個封包各裝有兩顆強效止痛藥。旁邊還有兩包未開封，裡面是白色膠囊，塑膠外包裝還鼓鼓的。當妮娜稍後撿起沒吃過的藥時，她看到其中一顆的錫箔上有個指甲印，應該是他打算戳破，轉念一想又放棄，覺得吃這麼多應該夠了，也可能那時已經失去意識。

他的水杯幾乎空了。水都沒濺出來。

他們討論過這事，兩人都同意這個計畫，但總覺得是未來的事。妮娜本以為她會在場，而且必須有些儀式。音樂。枕頭擺好，椅子往前挪，這樣她才能握住他的手。但她忘了考慮兩點——任何形式的儀式他都深惡痛絕；此外她若參與，後續會有麻煩。關於她參與這個行動的風險，該問的都問了，也交換過意見。

他這樣做，也就不需要她費心掩飾。

她察看各處是否留下紙條。她覺得上面會寫什麼？她不需要指示，解釋甚至道歉更加不必。一張紙條能告訴她什麼？沒有什麼是她不知道的。即便是那個問題：為什麼這麼急？她也能自己找出答案。他們談過——應該說他提過——難以忍受的無助、痛苦、自我厭惡，應該如何設下底限，知道底限為何非常重要，否則便會一跤跌進深淵。提前總比推遲好。

但不管怎麼說，他居然沒留隻字片語給她，這絕不可能。她先檢查地板，心想有可能他最後放下杯子時，睡衣袖子不小心掃過放在桌上的紙條。也有可能他極力小心避免這種情況，於是她檢查一下檯燈底座，然後翻找小桌抽屜。該不會壓在拖鞋底下或塞在拖鞋裡？她拿起他最近在讀的書，用力抖幾下，內容是關於古生物學，她知道寫的是寒武紀時多細胞生物大爆發。

也沒有。

她開始翻找床單被套，先扯落羽絨被，再來是床單。他躺在那裡，身上穿著她兩星期前買給他的深藍色絲質睡衣。他抱怨畏寒——以前他躺在床上從不覺得冷——所以她到店裡買了幾件最貴的睡衣。她只買絲綢的，因為絲既輕且暖，也因為她逛到的其他睡衣若非條紋，便是印上奇怪或可笑的字樣，讓她聯想到老人、漫畫裡的丈夫或懶漢。睡衣幾乎和被單同樣顏色，所以他躺在床上只露出一小部分的自己。腳、腳踝、足脛。手掌、手腕、脖子、頭。他側躺著，面容背向她。她心心念念記掛著紙條，便挪動枕頭，大力從他頭下抽走枕頭。

還是沒有。

搜過枕頭然後是床墊，頭顱發出某種聲音，比她預期來得沉。就這樣，連同整片空無一物的床單，彷彿都在告訴她不用再找了。

這麼多藥丸足夠讓他沉睡，否則他也不必偷偷收集這麼久。因而他雙眼是闔上的，臉容也不致扭曲，嘴巴微張，乾乾的。最後兩個月他變了很多，直到現在她才發現改變多顯著。之前當他睜開眼睛，甚至在他睡著時，他都努力維持住某種錯覺，像是說著傷害只是暫時的，而他活力充沛、總是帶點侵略性（儘管已六十二歲）的面容還在，就算皮膚起皺泛出藍色，就算疾病在一旁虎視眈眈。他有張充滿熱烈情感與生氣的臉，並非因為輪廓，而是他深陷的雙眼眼神明亮，嘴角往一邊撇著，神情每刻都在變化，就連臉上的皺紋也能充分反映他的內心，時而表示嘲弄，時而難以置信，有時故作耐煩，有時強忍厭惡。完全可以當作上課教材，有時還不僅於此。

沒了，統統沒了。死去不過兩小時（一定是她剛離開家門，他立刻進行，唯恐她回來還沒了結），如今看來崩裂瓦解獲得最後勝利，他的臉深深地皺縮，顯得未知而遙遠，既像衰老又像初生，有點像是死嬰的臉。

那種疾病的發病型態分成三種：一是從雙手及手臂開始，手指變得遲鈍，抓握困難，直到完全握不住東西；也可能是腿先變得無力，之後腳步逐漸不穩，很快沒辦法抬腳跨步，連地毯邊緣都可能絆倒你。第三種可能最嚴重，主要攻擊咽喉與舌頭，吞嚥變得令人害怕，不見得每次都能吞下去，噎到事況緊急；說話像是卡住，同樣的音節再三重複。都是因為隨意肌受到影響的關係，剛開始會覺得好像沒那麼嚴重，既不是心臟或頭腦有問題，也沒顯示怪異徵兆或性格丕變；視力、聽覺、味覺、觸覺都沒變，最重要的是心智，跟以往一樣活躍。頭腦忙著監測這些小功能一點點喪失，一一計算著每日的失能和退化。這樣不是比較好嗎？

當然比較好，路易士說。但純粹因為有機會選擇，採取行動。

他自己是從腿部開始無力。他報名參加長者健身班（雖然他討厭這想法），看看是否能讓雙腿恢復健壯。最初一、兩個星期，他覺得有用。不久腳變得像鉛塊一樣沉重，控制不住老是絆倒。沒多久就診斷出病因。他們一得知確診消息，便開始討論時候到了該怎麼做。初夏時他還能拄著兩根枴杖走路，秋天還沒到，他已經完全走不動了。但他的手還能翻動書頁，勉強可以拿湯匙、叉子、筆。妮娜覺得他說話不大受影響，然而客人往往聽不懂。反正他早就說過不見客。飲食也有所調整，方便吞嚥，有時幾天過去都沒出過問題。

妮娜問他要不要買輪椅，他沒反對。他們不再提「大罷工」的事。她甚至想過，他們（或者說他）是否已邁入她在某處讀過的一個階段，當重大疾病進行到一半，有時人會改變，樂觀的情緒勉力來到前頭，不是因為情況真的樂觀，而是此事已成現實、不再抽象，應付這場病成了長遠之事，而非只是個眼前待解決的麻煩。

終點還沒到。活在當下。抓住每一刻。

這不大像路易士的作風。妮娜從沒想過他能夠自欺，而且幹得這麼成功。但她何嘗想過他有天會被疾病打倒。既然不可能的事已經發生過一次，難道不會有第二次、第三次？別人遇到的大逆轉，難道就不可能發生在他身上？祕密的盼望，災厄轉向，偷偷摸摸的交易？

沒發生。

她拿起放在床邊的電話簿，尋找「殯葬業者」，當然上面沒有。要找「禮儀師」。她現在感受到的那種惱怒，以前她告訴過他。殯葬業者，拜託，這個詞哪裡不好？她轉過頭瞧他，發現他身上什麼也沒蓋，顯得那麼無助。她撥電話前，先替他蓋回被單和羽絨被。

電話那頭的年輕人問她醫生到了沒，請醫生去過了嗎？

「他不需要醫生。我回來時發現他死了。」

「什麼時候的事？」

「我不曉得，有二十分鐘了吧。」

「妳那時就發現他過世了？這樣啊，妳們的醫生是誰呢，我打電話請他過去。」

他們不止一次認真討論過自殺，就妮娜印象所及，她和路易士從沒談過該不該公開真相。但她相信，在某種程度上，路易士會希望別人知道這事。他想要別人知道，是他做出明智勇敢、值得敬佩的決定，解決他所深陷的病況。但另一方面他或許不想公開，不希望別人以為他是因為被學校辭退才這麼做。要是讓人以為他因為工作的挫敗一蹶不振，他包準氣炸。

她一把抓起床邊小桌上的小封包，不分空的滿的，全扔進馬桶沖掉。

殯葬社的人是個大塊頭，是路易士以前教過的學生，他竭力想掩飾慌亂。醫生也很年輕，沒見過的。路易士平常看的醫師正在希臘度假。

「算幸運了。」醫生邊記錄邊說。她有點驚訝醫生講得這麼直白，心想如果路易士聽到，可能會從中嗅到一絲令他不快的宗教意味。醫生下一句話則尋常些。

「要不要找人談談？我們這邊現在有專人，唔，妳知道，可以幫助妳理清內心的感受。」

「不了，謝謝。我沒事。」

「妳在當地住很久了是嗎？有朋友可以找？」

「嗯，有的。」

「妳現在要打給誰嗎？」

「嗯。」妮娜說。她是騙他的。等醫生、殯葬社的搬運工、路易士都離開之後——路易士被裹得像一件怕人碰壞的家具——她得再繼續找遺言。現在想想，她之前只知道搜尋床邊，似乎很笨。她的睡袍掛在浴室門背後，她開始一一翻找口袋。塞在口袋再適合不過，因為她每天早上都會先穿上睡袍再去煮咖啡，她也常從口袋裡摸出一包小面紙或口紅。唯一的困難是他得從床上起身，從房間走到浴室，而他過去數星期已經無法自己行走，都得靠她攙扶。

但為什麼紙條一定得是昨天才寫完放好的？如果數星期前就先藏好，不是比較合理嗎？尤其是他也不曉得握筆能力會退化得多快。若是這樣，任何地方都有可能。對了，書桌抽屜，她開始一一翻搜。也可能壓在香檳酒瓶下面，兩個星期前她特意為了他生日買的，放在梳妝臺上，提醒他生日快到了。也可能夾在她最近翻過的幾本書裡面。他不久前才問過她：「妳自己最近讀些什麼書？」他的意思是，除了她這陣子念給他聽那本南西．米佛的《腓特烈大帝》。她都選些有趣的歷史書念給他聽，他受不了小說；科學書則讓他自己讀。她回答：「只是些日本小說。」還舉起書給他看。她立刻到書堆裡翻找。找到了，拿起來朝下抖一抖。方才扔到旁邊的書也全數抖過一遍。她常坐的一把椅子上擺了幾個靠墊，統統拿起來往地上扔，看看後面有什麼。最後沙發上的靠墊也是同樣下場。連錫罐裡的咖啡豆都抖出來，怕他一時異想天開，把道別信藏在罐裡。

她不要別人陪她，不想有人看到她在翻找，不過翻找時燈是開著的，窗簾也拉開。她不要別人提醒她節哀。天色早已暗下，她這才想起該吃點東西。她該打給瑪格麗特，但她什麼也沒做。她起來打算拉上窗簾，卻啪一聲關了燈。

妮娜身高六英尺出頭。她少女時期時，體育老師、學校輔導老師、她母親幾個熱心的朋友都勸她別駝背。她努力改正，但現在她看自己的照片仍然很不滿意：雙肩前傾，頭朝一邊歪著，整個人看起來像個親切的服務生。從她年輕時開始，就常有朋友安排聚會，介紹高個子男人給她。感覺男人其他一切都不要緊，只要他身高超過六英尺，就配得起妮娜了。通常對方見到她都有些臭臉，畢竟高個子的男人有條件挑揀，而妮娜卻依舊駝著背微笑，困窘到無以復加。

至少她父母的態度是不多過問。父母都是醫生，住在密西根州一座小城市。妮娜大學畢業後搬回家住，在當地一所高中教拉丁文。放假時她和大學認識的朋友去歐洲玩，都是被篩下來，尚未結婚或再婚，也可能永遠與婚姻無緣的人。一次她和幾個朋友到凱恩戈姆山脈健行，山路上遇到一群嬉皮打扮的澳洲人和紐西蘭人，帶頭的就是路易士。他比其他人要大上幾歲，比起嬉皮更像個老練的浪人，每回遇到爭議或問題，眾人一定找他出面解決。他個頭不高，比妮娜矮上三、四英寸，但他黏著她不走，勸她改變行程跟隨他走。他自己倒很高興離開那群同伴。

後來才知道，他早已厭倦到處流浪的日子。還知道他在紐西蘭取得生物學位和教師證明。妮娜向他提及加拿大休倫湖東岸一個小鎮，她小時候去那裡拜訪過親戚。她形容小鎮街道兩側高高的樹木，平凡的老房子，湖上的落日，很適合他們定居，況且屬於大英國協的一部分，路易士比較容易謀職。兩人也確實都找到了工作，在一所高中教書，不過妮娜只教了幾年，因為拉丁文已經式微。其實她可以修幾門進階課程，改教別的科目，但她心裡暗自高興，不必與路易士在同一個地方做同樣工作。他性格鮮明，教學方式有時令人不安，他善於結交朋友也容易樹敵，不必捲入其中讓她鬆了口氣。

他們很晚才想到生孩子的事。她想大概是因為兩人都有點自負，不喜歡被「媽咪」和「爹地」這樣可笑又帶點貶低的身分綁住。他們兩人，尤其是路易士，深受學生喜愛，因為他們不像家裡的大人；他們的身心更加活躍、複雜、充滿生氣，能從生活中找到有意思的事物。

她加入合唱團，經常在教堂表演，這時候她才發現路易士有多不喜歡這些地點。她辯解是因為經常找不到合適的場地，這不代表他們唱的是宗教音樂（有時唱的恰好是彌賽亞，便顯得沒有說服力）。她說他實在老派，現在這時代，宗教能有多大危害。他們為此大吵一架，急忙用力關上窗戶，否則溫暖的夏日傍晚，人行道上都能聽到兩人升高的音量。

這類爭吵不免令人吃驚，不單顯示出他有多想找人吵架，也表示她按捺不住脾氣，才會演變成這種局面。兩人都不肯讓步，死命堅守原則。

你就不能容忍別人與你不同嗎，這到底有什麼要緊？

如果這不重要，沒有比這更重要的了。

氣氛在厭惡中逐漸凝重，為了一件永遠無解的事情。他們在冷戰中上床睡覺，次日早上出門前亦然。兩人一整天都感到恐懼，她怕他不會再回家，他怕回家時她已不在。算他們好運，兩人接近傍晚時回到家，臉上充滿悔恨神色，因為深愛而微微發抖，就像逃過地震災劫的人走在滿眼荒涼裡。

那不是最後一次。妮娜從小的教養讓她極為溫順，不禁懷疑這樣算正常嗎？但她無法和他討論，他們兩人的和好太值得感謝，甜蜜又傻氣。他叫她可愛妮娜小鬣狗，她叫他歡樂時光路易士。

幾年前馬路開始出現新的告示牌，很長一段時間在鼓吹改建，後來出現畫著大大的粉紅心和代表心臟停止的曲線，意思是千萬別墮胎。現在上面是一段引自《創世紀》的經文：

太初上帝創造天地，

上帝命令：要有光。光就出現。

於是上帝照自己的形象創造了人，祂造了他們，有男有女。

通常字旁會畫上一道彩虹、一朵玫瑰，或其他圖案，代表伊甸園的美好。

「這什麼意思？總之變了，以前只有『神愛世人』。」妮娜說。

「創造論。」路易士說。

「看得出來，我指的是為什麼現在到處都是這種告示板？」

路易士說現在有一波運動，強調《聖經》的故事都是真的。

「亞當夏娃。老掉牙的狗屁。」

他似乎不大介意這個，至少不會比聖誕節時看到〈耶穌誕生圖〉不只出現在教堂前的草坪上，連鎮民大會堂前都有，更令他冒火。教堂物業是一回事，鎮民大會堂是另一回事。妮娜屬於貴格會，教義甚少提及亞當夏娃，所以她一回到家就拿出欽定版《聖經》，把故事從頭讀完。前六天了不起的進展讓她感到欣喜：分開陸地和水，造出太陽和月亮，以及地上爬的、天上飛的種種生物，如此這般。

「寫得太美了，了不起的詩，大家都應該讀一讀。」她說。

他說，這種造物神話大地各個角落都有，半斤八兩沒什麼好比，他受夠大家都說這首詩寫得多美。

「不過只是障眼法。他們才不管什麼詩呢。」他說。

妮娜笑了。「大地各個角落，這是科學家會用的形容嗎？我敢說就是出自《聖經》。」

她有時逮到機會嘲弄他的所學，不過得小心，不能太過火，她得留意足以讓他感到威脅或侮辱的臨界點。

她有時會在一堆信件裡發現某本小冊子。她從來不讀，有段時間她以為每個人都會收到，混在其他熱帶假期或保證賺大錢的垃圾信件裡。後來她發現路易士在學校也收過——「創世論者的宣傳活動」，這是他的說法——放在他桌上或塞進他辦公室的小信箱裡。

「孩子可以接近我的辦公桌，但是哪個傢伙塞這種東西到我信箱？」他對校長說。

校長說他不知道，他自己也收到了。路易士提起學校裡兩位老師的名字，說他們是祕密基督徒。校長說這事不值得你大動肝火，扔掉就是了。

課堂上也出現質問。總是會有，路易士說這免不了。教到演化時，總有面色蒼白小聖徒般的女孩，或自以為聰明的小孩，擾亂課堂或加以曲解。路易士有一招百試百靈，他告訴這些唱反調的孩子，如果他們想從宗教觀點了解世界歷史，歡迎改讀隔壁鎮的基督徒專門學校。問題問得更頻繁了，於是他又補一句，有公車可以到，他們喜歡的話，現在就可以把書收一收，馬上離開。

「祝你們一路順風，呆——」他說。稍後針對他是不是真的說出「呆瓜」一詞，校內分成兩派爭議不休。但就算他沒說，也早已觸怒大家，因為誰都知道他要說什麼。

學生那幾天又出新招。

「不是我們一定要以宗教觀點看待，老師。我們只是不懂，你為什麼不肯給這部分公平的教學時數。」

路易士忍受不住，開始辯駁。

「因為我來這裡是教你們科學，不是宗教。」

他說自己是這麼說的，但申訴者說他實際說的是：「因為我不是來這裡教你們狗屁的。」沒錯，路易士說，在他講話被打斷四、五次以後，當同樣的問題一再換句話說：「你覺得聽聽另一種說法，有什麼壞處嗎？如果你教我們無神論，不也等於也在教某一種宗教？」或許他真的不小心說出了那個詞，但他們故意挑釁，他絕不道歉。

「我剛好是教室的老大，教什麼我說了算。」

「老師，我想上帝才是老大吧。」

幾個學生被趕出教室。家長到校向校長反映，可能也打算找路易士談，不過被校長攔了下來。事情用帶點玩笑的成分在教職員休息室傳開，路易士才知道幾個家長來過學校。

「你不用擔心。」校長說。他叫保羅．吉本斯，比路易士小幾歲。「他們只是需要心聲被聽見，需要聽些安撫的話。」

「我那些『笑話』不算嗎？」路易士說。

「唔，我想不合他們胃口。」

「要不放個告示牌，此處不許家長與狗進入。」

「這個嘛——」保羅嘆了口氣，依舊和顏悅色。「但我想他們有權反映。」

信件開始湧入地方報社，每隔十多天，就有一封署名「憂心的家長」或「基督徒納稅人」或「未來該何去何從」的信。信寫得很好，段落清楚，據理分明，像是委託專人所寫。信上指出，不是每個父母都負擔得起私立基督教學校的學費，但每個家長都繳了稅，因此他們有權要求自己的小孩在公立學校受教育，毋須忍受信仰被誣衊或破壞。也有些以科學語言解釋，稱過去人們誤解了某些史料，看起來像是支持演化論的發現，其實是確證了《聖經》的話。之後又引述《聖經》經文，預測這個時代錯誤的教學必將導致健全生活崩壞。

過了一段時間，信件筆調愈發憤怒，控訴著反基督者把持著政府及教育體系，撒旦的魔掌伸進孩童的靈魂，孩子等於被逼著在考卷上重寫一遍導致毀滅的邪說。

「撒旦和反基督的人有所分別嗎，還是兩者一樣？」妮娜問他。「貴格會的人在這方面非常隨便。」

路易士叫她別把這事當玩笑。

「抱歉。」妮娜嚴肅地說。「你覺得誰是背後操刀的人，某個牧師？」

他說不是，應該比那更具組織性。應該是由某個總部在幕後策畫，寫好這些信，再以本地地址寄出。他懷疑一切並非從他的課堂上開始，而是事先計畫好的，鎖定了幾所學校，希望在某些方面得到大眾的同情。

「所以不是針對你？」

「這樣不會讓我比較安慰。」

「不會嗎？我以為會。」

有人在路易士車上寫著「地獄之火」，不過不是噴漆，只是手指在車身的塵土上畫寫。

少數高年級學生開始抵制他的課，上課時坐在教室外的地上，手裡握著父母簽的同意書。每當路易士開始講課，他們就開始唱：

世上萬物活潑又美麗
所有生物有大也有小
世上萬物智慧又美好
上帝創造全部都是寶

校長規定不准坐在走廊上，但沒叫他們回教室。他們只好轉移陣地，到體育館旁的儲藏室繼續唱——他們也預備了其他歌。歌唱聲、體育老師沙啞的教學聲、場館地板砰砰的踏地聲，極不協調地交雜成一片。

週一早上，校長辦公桌上出現了一封陳情書，同時鎮上報社也收到了一份。署名的不只是這次事件相關學生的父母，還包括鎮上幾個教會團體。大部分是基本教義派教會，也有普世聖公會及長老教會。

陳情書裡沒提到地獄之火，也沒有撒旦或反基督等字眼，只是希望課堂也能教《聖經》版本的萬物創造，畢竟這也是一種可能，應該得到同等尊重。

「我們以下署名之人都相信，上帝在這領域遭到漠視太久了。」

「胡說八道。他們要的不是公平的授課，對他們來說，這絕不只是一種可能。他們根本只認這個說法，專制的法西斯。」路易士說。

保羅．吉本斯登門拜訪路易士和妮娜。他不想公開討論，以免被有心人偷聽（其中一位祕書屬於聖經教會）。他來是為了說服路易士，儘管心知希望不大，他也得一試。

「我別無選擇，只能聽他們的。」

「解雇我，請個會教創世論的豬頭來。」路易士說。

這狗娘養的傢伙還樂在其中，保羅心想。但他竭力克制自己，這段時間他最常做的就是克制自己。

「我來不是談這個。我是說，許多人都覺得學校的人有責任，包括董事會成員。」

「那就滿足他們，我離開，亞當夏娃就可以大搖大擺走進來。」

妮娜端了咖啡過來。保羅向她道謝，試著捕捉她的眼神，想看出她對這事的態度。沒用，看不出來。

「噢，當然，就算我想，我也辦不到，何況我不想。工會的人可能會來煩我。整個安大略省都有這類紛爭，搞不好會變成一場罷工，總得替孩子著想吧。」

你可能以為路易士會吃這套——為孩子著想。不過他跟往常一樣，說脫隊就脫隊。

「歡迎亞當夏娃出場，不管有沒有用無花果葉遮住重點部位。」

「我只想請你講幾句話，告訴大家只是詮釋角度不同而已，每個人的理念不一樣。花十五、二十分鐘講講《創世紀》，大聲念一遍，就當是尊重。你知道這件事的重點吧？有人覺得不受尊重，誰都不喜歡不受尊重的感覺。」

路易士坐著，沉默許久，讓保羅以為有希望了（或許妮娜也這麼以為，但誰看得出來），後來才知道，沉默只是伎倆，讓他知道這提議多不合理。

「怎麼樣？」保羅小心翼翼地問。

「如果你覺得有需要，我就把整本《創世紀》讀出來，然後告訴學生，這不過是個大雜燴，融合了原始部落強調自身起源的故事和神學思想，剽竊自其他比較優良的文化——」

「是神話，畢竟神話不是造假，它只是——」妮娜說。

保羅覺得沒必要回應她的話。路易士根本沒理她。

路易士寫了封信給報社。第一部分措辭溫和，以學術口吻說明各大洲板塊轉移、海水的匯聚與分離，以及生命波折重重的起源：遠古微生物、沒有魚的海洋、沒有鳥的天空。昌盛繼之以毀滅，大地由兩棲類、爬蟲類、恐龍統治；氣候變遷，最早的矮小哺乳類動物出現。生命不斷地試驗，再三失誤，最後才出現了靈長類，看起來也不起眼；類人開始會用後腿站立，知道如何生火，削尖石塊，劃分領土，一直到近代才突飛猛進，開始懂得建造船隻、金字塔、炸彈，創造語言、神祇，犧牲對方的性命，互相屠殺。為了各自的神該叫耶和華或奎師那[1]（語言也逐漸白熱化）、或能不能吃豬肉爭執不休；學會雙膝跪地，向天空中的老傢伙呼喊祈求，但老傢伙只對誰贏了戰爭或足球賽感興趣。然後（真的是很神奇）開始發明事物、對自己以及身處的宇宙有一點了解，過後又覺得還是扔掉千辛萬苦得來的知識比較好，再度投向老傢伙懷抱，強迫每個人跪下，教大家相信老掉牙的迷信。既然這麼信這一套，為什麼不直接說地球是平的？

路易士・斯比爾敬啟。

報社編輯不是本地人，才剛從新聞學院畢業。吵得愈凶他愈高興，一一刊出回覆的文章（包括〈上帝不容嘲笑〉，署名是聖經教會全體教眾；〈不值一辯〉，投書者是聯合教會牧師，他表示自己竭力忍耐卻深感悲傷，所謂「**老掉牙的迷信**」、「老傢伙」這種說法真的太可惡）。最後報社發行人認為這類筆戰既過時又不恰當，會嚇跑廣告客戶。別再刊了，他說。

路易士又寫了封信，這次是辭呈。保羅・吉本斯公開表達（也上報了）滿心遺憾接受他的辭職，理由是健康欠佳。

這是真的，只是路易士本人不願公開。過去幾星期以來，他覺得雙腿無力。但這個時候，能夠站在全班前面教課、來回走動，對他來說非常重要，他卻不停顫抖，只想坐下。他從沒真的坐下，但有時也得扶住椅背，假裝強調某句話。而且他發現自己有時感覺不到雙腳在哪。如果有地毯，一點點皺角便足以絆倒他；就算在沒鋪地毯的教室裡，掉落地面的一截粉筆或鉛筆就等於災難。

他氣惱出現這個症狀，覺得是心理因素造成的。面對一個班級或任何團體，他從來不緊張。所以當他在神經科醫師辦公室拿到診斷書，他第一個感覺竟是莫名的輕鬆（他是這麼告訴妮娜的）。

「我怕自己得了神經病。」他說。兩人都笑了。

「我怕自己得了神經病，結果我只是得了肌萎縮側索硬化症[2]。」他們笑了，兩人走在鋪著毛絨毯的寂靜廊道，步伐都不大穩，走進電梯，看到裡面的人投以驚異的目光。這地方極少聽到笑聲。

湖濱葬儀之家是一整棟金色磚塊蓋成的新大樓，嶄新到旁邊的田野都還來不及整理成草坪和灌木林。要不是看到招牌，你幾乎會以為這裡是診所或政府單位。名字叫湖濱，並不表示面湖，

---

1 Krishna，印度主神毗濕奴的化身，又譯「黑天神」。

2 俗稱漸凍人症。

而是藏了老闆的家族姓氏在裡面——布魯斯・薛爾[3]。有些人覺得這種命名方式很俗氣。布魯斯的父親創立了這家葬儀社，在鎮上一棟維多利亞時代的老房子裡經營，當時還叫海濱葬儀之家。的確是個家，他們都住在那兒，房間夠多，艾德・薛爾與妻子凱蒂，帶著五個小孩住在二、三樓。

現在這棟新大樓已無人長住，但設有一間臥室、廚房設備、淋浴間，怕布魯斯有時覺得留在那裡過夜比較方便。否則他得開十五英里路，才能回到他和妻子在鄉間養馬的家。

昨晚他就留下過夜，因為鎮北發生意外。一輛車撞上橋墩，一車都是青少年。這一類的事（不是剛拿到駕照就是無照駕車，大夥兒喝得爛醉）通常在春天發生，特別是畢業季前後；秋天開學頭兩個禮拜，因過度興奮也容易發生意外。這個時節出事的則泰半是新來到鎮上的人，去年發生意外的是剛從菲律賓來的護理師，生平從未見過雪。

不過，昨晚天候甚佳，路面乾燥，出事的是鎮上兩個十七歲少年。在那之前是路易士・斯比爾。布魯斯忙得不可開交，為了打理這兩個孩子，把遺體弄得好看些，他忙到深夜。他打給他父親。艾德和凱蒂夏天都留在鎮上，還未前往佛羅里達。艾德便過來替路易士打理。

布魯斯忙完後去慢跑，給自己充電。他看到斯比爾太太停下她的老本田時，他連早餐都還沒吃，身上仍穿著慢跑服，但連忙跑到等候室替她開門。

她身材高瘦，非常瘦，頭髮灰白，不過一舉一動仍相當俐落年輕。她沒有顯出太悲傷的樣子，但布魯斯注意到她連大衣都沒穿。

他開口：「抱歉抱歉，我剛運動完回來，雪莉恐怕還沒進來。我們都感到相當遺憾。」

「嗯。」她說。

「斯比爾先生是我十一、十二年級科學課的老師，他是令人難忘的老師。妳想坐下來嗎？我想妳應該多少有心理準備，不過當這種事實際發生，妳永遠不會準備好。妳要我先向妳解釋流程，還是想先看看妳丈夫？」

「我們只要火化。」她說。

他點點頭：「對，然後就會火化。」

「不，他應該立刻火化，這是他想要的。我來拿他的骨灰。」

布魯斯堅定地說：「可是我們沒收到這種指示，我們已經整理好遺體給家屬看，他看起來很不錯。妳應該會滿意。」

她站在原地，瞪著他。

「妳不想坐下嗎？妳應該打算讓親友前來弔唁，對嗎？一定有很多親友想對斯比爾先生表示敬意。妳知道的，我們也提供其他服務，完全不涉及宗教，只是由某人念一段悼詞，不會請牧師來。如果妳不想太正式，也可以只請人們輪番站起來，說說內心的感受。棺木要開著還是闔上，

3　原文姓氏薛爾（Shore）亦有海濱之意，該葬儀社名為湖濱（Lakeshore）。

由妳決定。不過這裡的人好像都傾向開著。當然如果妳打算火化，就不必用那麼好的棺木。我們也有看起來很棒的棺木，價錢便宜很多。」

仍然是站著瞪他。

事實是他們完成了所有認為該做的工作，沒人告訴他們根本不必做。如同其他工作，這些是要付費的，更別提還有材料費。

「等妳有時間坐下來思考，妳可能會想要這些服務，我只是先告訴妳。我們會依照妳的意願——」

也許說得太多了。

「不過我們先做了，因為也沒有別的指示。」

一部車停在外面，車門關上，艾德·薛爾走進等候室。布魯斯大大鬆了口氣。這一行他要學的還很多，包括怎麼和死者家屬溝通。

艾德說：「哈囉，妮娜，我看到妳的車。我想我該進來表達我的遺憾。」

妮娜整晚都待在客廳，她覺得自己似乎睡著了，但很淺眠，不斷想到她躺在客廳沙發上，而路易士在葬儀社。

她想開口說話，牙齒卻在打顫，她自己都十分驚訝。

「我想馬上讓他火化。」她試著說出這一句，剛開口時以為很正常，然後她聽到，或說感到自己上氣不接下氣，講得斷斷續續。

「我想……我想……呃他……」

艾德一手扶住她上臂，另一手放在她肩膀上。布魯斯抬起自己的手臂，但沒碰到她。

「我剛應該讓她坐下的。」他難過地說。

「沒關係。妮娜，要不要先走去我的車那裡，妳可以呼吸點新鮮空氣。」艾德說。

艾德搖下車窗，一路開往舊城區，進入一條死巷，站在盡頭處可以眺望湖面。白天時總有人開車到這裡欣賞風景，有時一邊吃著外帶午餐；到了晚上，這裡是戀人愛來的地方。艾德熄火停車時，可能和她一樣也剛好想到這點。

「這樣可以嗎？妳出門沒穿外套，容易感冒。」他說。

她盡量小心地說：「變暖了，跟昨天一樣。」

不論是白天或夜晚，他們從沒有像這樣一起坐在車裡，從不會找地方單獨相處。

然而現在卻這樣，似乎有點庸俗。

妮娜說：「對不起，我剛有點失禮。我只是想說路易士他……我們……應該說他……」

又來了，她的牙齒打顫、發抖，每句話說得支離破碎。可怕的哀憐。但這不是她內心真正的情緒，先前和布魯斯談這件事時——或者說聽他說——她只覺得氣憤無奈，但現在她只感到平靜理智（至少她是這麼覺得）。

現在，因為單獨在一起，他不再碰觸她。他開始對她說，什麼都不用擔心，我會處理好一切。立刻處理，我會確保一切都沒問題。我懂，要火化。

「呼吸。吸氣，停一會兒，現在吐氣。」他說。

「我沒事。」

「妳沒事。」

「我不知道怎麼了。」

「嚇壞了。」他務實地說。

「我平常不是這樣的。」

「看看遠方，對妳有幫助。」

他從口袋掏出東西。手帕？但她不需要手帕，她沒眼淚，只是抖個不停。

他拿出一張折得很小的紙條。

「我替妳留著這個，從他睡衣口袋翻出的。」他說。

她把紙條小心放入錢包，盡量不動聲色，好像那只是一張處方箋。然後她聽懂了他的話。

「他被抬進去時，你也在那裡。」

「他由我負責。布魯斯打電話給我，剛發生車禍，他一個人忙不過來。」

她問都沒問，什麼車禍？她一點也不關心，現在只想一個人讀紙條。

睡衣口袋，唯一漏掉的地方。她沒碰他的身體。

艾德送她回去之後，她開自己的車回家。一等他揮手的身影消失在視線外，她馬上把車靠邊開，一邊開車，另一隻手拿出錢包裡的紙條。車子沒熄火，她讀完上面的話，繼續往前開。她房子前面的人行道上是另一個訊息。

上帝的意志。

用粉筆匆匆寫成、筆跡細長，應該不難擦掉。

路易士留下害她苦找半天的是一首詩，由幾個詩節組成的尖酸打油詩。詩名是〈上帝創世論者與達爾文後代，為了軟弱世代的靈魂而戰〉：

休倫湖邊上蓋起一座
學習的神殿
好多兩眼呆滯的笨學生來到這兒
聽一群蠢貨講課

這群蠢貨的領頭是個好傢伙
笑到嘴巴合不攏
這怪咖腦子裡只有個想法
講點他們愛聽的當作呼嚨

某年冬天，瑪格麗特想到可以安排幾個下午讓大家聊聊自己了解又熱愛的主題，時間不要太長。她本來設想是為老師而辦（「老師總是站在被催眠的聽眾前講話。他們需要坐下來，讓別人講點別的東西給**他們**聽，換換口味。」她說），不過後來決定也邀請一般人，比較好玩。每個人帶一道菜，也有酒，第一次聚會就在瑪格麗特家。

因此，一個清冷的夜晚，妮娜站在瑪格麗特家的廚房門口，一條黑暗的甬道堆滿雜物，包括她兒子的外套、書包、曲棍球棍等，當時她幾個兒子都還住在家裡。凱蒂・薛爾在客廳談她關於聖徒的選題（聲音傳不到妮娜這邊）。凱蒂和艾德是這個團體裡邀請的「一般人」，他們是瑪格麗特的鄰居。另一個晚上由艾德談登山。他有時會登山，走過洛磯山脈，不過大部分是談他平常喜歡讀的山難故事。（那晚喝咖啡時，瑪格麗特對妮娜說：「我本來擔心他會聊屍體防腐。」妮娜咯咯笑說：「但那不是他熱愛的事，也不算『業餘興趣』。我想屍體防腐的同好不多吧。」）

艾德和凱蒂十分登對，兩人都長得好看。瑪格麗特和妮娜私下聊過，如果艾德不是做那一行，肯定搶手。他細心刷洗而青白、修長能幹的雙手，如此引人注意，你不免會想，這雙手剛剛摸過什麼？體態美好的凱蒂是個甜美的女孩，個頭不高，眼神溫暖，胸部豐滿，一頭黑褐色秀髮，說話充滿熱情，特別當談到她的婚姻、孩子、四季變化、鎮上大小事，尤其是她的宗教。英國國教會裡像她這麼熱心的教徒不多，教會裡有人嫌她麻煩，覺得她嚴守規矩，愛空想，特別喜愛神祕儀式，比如產後婦女的安產禮。瑪格麗特和妮娜也覺得她令人難以招架，路易士覺得她這人有問題。不過大部分人都被她迷住了。

那天傍晚她穿一件暗紅色毛料洋裝，戴著孩子親手做給她當聖誕禮物的耳環，坐在沙發一角，兩腿壓坐在身下。她若只講歷史上或各地的聖徒事蹟，妮娜覺得便還好，她只希望路易士不會覺得有必要與她對嗆。

凱蒂說她不得不先撇下東歐的聖徒，只講不列顛群島，特別是康瓦爾郡、威爾斯、愛爾蘭等地的居爾特聖徒，他們都有美妙動聽的名字，是她最崇拜的人。當她講到神蹟及聖徒醫治，聲音變得歡欣異常，像在吐露內心祕密，耳環叮鈴作響；妮娜開始擔心。凱蒂說，每當她烹飪不順利時，便會對聖徒說話，她知道其他人覺得這樣很無聊，不過她相信這是聖徒存在的真義。他們絕非高高在上，對我們身受的試煉與痛苦不屑一顧，凡是不好意思對上帝傾訴的瑣事，都可以告訴他們。聖徒的幫助讓部分的你活在孩童的世界，一心盼望著協助與安慰。**你將變成小小孩**，這本身便是小小的奇蹟；而正是這些小小的奇蹟，讓我們預備迎接更大的奇蹟。

現在，誰想問問題呢？

有人問這幾位聖徒在英國國教會（新教教會）的地位高下。

「嗯，嚴格說起來，我不認為英國國教算是新教的教會，不過我不想多談這個。使徒信經中說：『我相信聖潔全能的天父』，我認為這句話指的是全宇宙的基督精神。然後我們又說：『我相信諸聖相通』。所以教會裡沒有塑像，哪怕我個人覺得，如果有一定很美。」

瑪格麗特問道：「來點咖啡？」暗示當晚正式的談話已經結束。但路易士把椅子往凱蒂的方向挪了一挪，幾乎是和顏悅色地問：「然後呢，這表示妳相信這些神蹟是嗎？」

凱蒂笑了：「百分之百。我信故我在。」

妮娜知道接下來會發生的事。路易士不動聲色但無情進攻，凱蒂用愉快的口吻，加上自以為的女性魅力，用矛盾的說法表達堅定的信念；顯然她真正相信的是她本身的魅力。不過路易士沒那麼容易淪陷。他想知道，這些聖徒目前的形象是什麼樣子？他們在天堂是否與我們具備美德的祖先同處一方？是誰選他們當聖徒？據說神蹟都經過千錘百鍊的證明，但你如何證明發生在一千五百年前的神蹟？到底該如何證明？耶穌真的用五餅二魚餵飽了五千人？真的數過人頭嗎，還是憑感覺？信念？噢，當然，所以最終還是回到信念，面對生命中每件事，凱蒂靠信念過活？

她的確是。

她完全不信科學？當然不，孩子生病了，她不餵他們吃藥，汽車也不必加汽油，因為她有信念——

這時旁邊的人各自聊得起勁，路易士的問話愈顯激烈而危險，凱蒂的聲音像是站在電線上的小鳥不穩地跳躍，她說別傻了，你把我當瘋子嗎？路易士的嘲弄愈來愈輕蔑，完全不留情面，要不了多久，在場每個人都會聽到。

妮娜嘴裡有苦澀的味道。她去廚房打算幫瑪格麗特的忙，但瑪格麗特端著咖啡進來，和她擦身。妮娜仍進到廚房，接著走到外面通道。她從後門上的窗玻璃瞥見外頭沒有月亮，路邊堆高的雪，天上有星星。她微傾身子，把滾燙的臉頰貼在窗玻璃上。

廚房的門開了，她立刻挺直身子，轉身微笑打算說：「我出來看看天氣如何。」但眼前出現的是艾德逆著光的臉（他反手關上廚房的門），她突然覺得可以不用說了。兩人相視一笑，簡短而和善，微帶抱歉但錯不在我的笑，許多事盡在不言中。

他們各自丟下凱蒂和路易士，一下子而已，他們不會注意到。路易士氣勢洶洶，而凱蒂會找出方法走出被他生吞活剝的窘境（比如為路易士感到悲哀）。他們兩人自我感覺好得很。

艾德和妮娜是這麼覺得嗎？厭倦了其他人的性格，至少厭倦了爭執不休，厭倦所謂信念。過分積極從不肯放鬆，令人疲倦。

他們不會說出真實感受，只會說他們累了。

艾德摟住妮娜的肩，他吻了她——不是吻在嘴上或臉頰，而是喉嚨，一個脈搏可能正劇烈跳動的位置。

以他的身高，他得彎腰才能親到。換作其他男人，當妮娜站直時，自然只能吻到喉頭，但他夠高，得彎下腰，感覺是刻意吻她裸露的、溫柔的部位。

「妳站在外面會冷。」他說。

「我知道，要進去了。」

直到今天，妮娜從未與路易士以外的男人有過性愛，連差點發生也沒有。

性愛，與誰發生性愛，「性」這個字她以前根本說不出口。她會說做愛。路易士則什麼也不說。他是運動型、充滿創意的伴侶，會注意她肉體的需求，也並非不體貼，但他對於任何一點點有感傷嫌疑的事物避之唯恐不及；而以他的觀點，許多事都算是。她也因此變得特別敏感，簡直快和他一樣反感。

艾德在廚房門外吻她的事，變成珍貴的記憶。每年聖誕夜，合唱團表演彌賽亞，艾德獨唱男高音時，那一刻就會回到她眼前。「祢當安慰；安慰我民」的歌詞如閃亮的針尖，刺穿她喉頭。彷彿關於她的每件事，都在星光下照耀著，獲得認可與尊榮。

保羅・吉本斯沒想過妮娜竟然會反彈，他一直覺得她是重人情的人，儘管表現比較含蓄，不像路易士全身帶刺。但她也聰明。

「不，他不會接受。」她說。

「妮娜，他教了一輩子書，付出這麼多，有那麼多人——我不知道妳明不明白這點——那麼多人上他的課時就像著了迷，他們可能全忘光了高中的事，只記得路易士。他舉足輕重，妮娜。一些人能夠影響人，一些人不行。路易士絕對是前者。」

「我沒說他不是。」

「所以有這麼多人想向他告別；我們都需要道別，向他致敬。妳懂我的意思嗎？經過這些風雨，需要一個了結。」

「是，我聽到了。**了結**。」

這口氣不大客氣，他心想，但假裝沒聽出來。「完全不需要宗教儀式。沒有禱告，沒有表揚。我和妳一樣了解他討厭這一切。」

「沒錯。」

「我知道，我負責當司儀，如果這個字沒用錯的話。我知道該請哪些人，輪流說幾句感念的話，可能五、六個吧，最後由我作結。『悼詞』，是這個字沒錯吧？不過我比較喜歡說感念的話。」

「路易士不要這些。」

「妳可以自己決定什麼時候才出席——」

「保羅，聽我說，現在聽我說。」

「好，我聽。」

「如果辦告別式，我會出席。」

「哦，太好了。」

「路易士死的時候留下了……他留下一首詩。如果辦告別式，我會念出來。」

「妳是指？」

「我會在告別式大聲朗誦。我現在讀幾句給你聽。」

「好，我聽聽。」

休倫湖邊上蓋起一座
學習的神殿
好多兩眼呆滯的笨學生來到這兒
聽一群蠢貨講課

「的確是路易士會說的話。」

這群蠢貨的領頭是個好傢伙
笑到嘴巴合不攏——

「妮娜，行了行了。我懂妳意思了，這就是妳要的是嗎？妳想抗議對吧？」
「詩還沒念完。」
「我相信還沒完。妮娜，我知道妳很傷心，如果不是這麼傷心，妳不會這樣做。等妳情緒平復，一定會後悔的。」
「不會。」
「我想妳會。我得掛電話了，先這樣。」

「哇，他的反應如何？」瑪格麗特說。
「他說先這樣。」
「妳要我過去嗎？至少可以作伴。」
「不用，謝謝。」
「妳不需要人陪？」
「我想不用，現在還不需要。」
「真的嗎，妳沒事吧？」
「我沒事。」
她生自己的氣，剛剛電話裡的表現不夠好。「如果他們說要辦什麼鬼告別式，妳得制止下來，別讓他們得逞。那些怕事的傢伙最愛搞這一套。」所以她得阻止保羅，但她剛演得不好，演得太粗糙。憤怒是路易士的一切，反擊是他的強項，她要做的只是引用他的話。
她實在不知道該怎麼活下去，只剩息事寧人的老習慣陪她。寒冷喑啞，被奪走了他的她。

天黑之後艾德敲了她家後門，捧著一盒骨灰和一束白玫瑰。
他先把骨灰遞給她。
「噢，火化了。」她說。
她感覺一陣溫暖隔著厚紙板傳過來，並非立即，而是像血液的溫熱透過皮膚漸漸暖起來。

她該放哪兒好？不能是廚房餐桌上，總不能擺在晚餐旁。晚餐她幾乎沒碰，炒蛋淋上莎莎醬，每當路易士有事耽擱，和其他老師到蒂姆・霍頓斯快餐店用餐或去酒吧，她最期待一個人吃這個，但顯然不適合今晚。

也不能放料理臺，看起來像是大型雜物。放地板也不對，雖然比較不引人注意，但感覺不大尊重，還以為是貓砂或肥料等通常不會放在餐盤或食物附近的東西。

她比較想放到別的房間，比方挑間不受日曬的起居室找個地方擺。放在櫥櫃架上更好。不過現在就擱到不顯眼處好像太快了些。何況艾德正望著她，這樣做看起來像是一股腦拋開故人的舊物，未免太難看。

她最後把骨灰盒放在低矮的電話桌上。

「我不是故意罰你站著，請坐。」

「我打擾妳用餐了。」

「我也不想吃了。」

他還拿著那束花。她問：「是給我的嗎？」現在回想起她開門時，看到他拿著花束，一手花束一手骨灰盒的模樣，竟感到幾分詭異，恐怖又滑稽。這類事很容易讓她陷入歇斯底里，非得找個人說說不可，很可能告訴瑪格麗特。她希望自己永遠別這麼做。

花是給我的嗎？

花也可能是給死者的。獻給此屋裡的死者。她開始找花瓶，但拿起煮水壺裝滿水說：「我正好準備泡茶。」再回頭找花瓶，找到了，注滿水，又找出能剪短花莖的剪刀，才從他手中接過花來。然後她發現自己忘記開煮水壺底下的爐火，她不知道自己在做什麼。她覺得此時如果把玫瑰丟到地上、摔爛花瓶、捏爛餐盤上軟糊糊的一坨食物，也情有可原。但為什麼？她沒生氣，只是發狂般忙個不停，忙完一件事又是一件。現在她得先暖壺，量好茶葉。

她說：「你看了嗎？路易士口袋裡的紙條。」

他搖了搖頭，沒看她。她知道他在撒謊，他撒謊，因為他有點發抖，對她的人生他究竟想探得多深？如果她就此崩潰，告訴他看到路易士寫的東西她有多驚訝，會怎麼樣？為什麼不說，她的心都寒了，當她看到那竟就是他全部的遺言。

「算了，不過是幾句詩。」她說。

他們兩人沒有中間地帶，在正式的禮節與相濡的親密之間找不到立足點。這些年來，他們之間相安無事，因為兩人都有婚姻。對兩人來說，婚姻是生活的實質內涵：她與路易士的婚姻，有時讓她覺得難受或難以理解，但她的人生無法脫離它而存在。兩人之間的情愫，靠著各自婚姻裡的甜蜜、令人心安的承諾依存。因而即使兩人都恢復成自由身，大概也很難維持。但不等於這情愫無足輕重，危險在於嘗試過以後，看著它崩塌，然後想著原來真的什麼都不是。

她開了爐火，備好茶壺。她說：「你這兩天一直很體貼，我都還沒向你道謝。你一定得喝點茶。」

「我很樂意。」他說。

他們在桌邊坐下，在茶杯裡倒滿茶，牛奶和砂糖都拿過來了。本該慌張的一刻，她卻不知哪來的靈感。

「你到底做了什麼？」

「我做了什麼？」

「我是指，你昨晚對他做了什麼？平常沒人問你這個嗎？」

「不會說這麼多。」

「你介意嗎？如果介意，可以不回答。」

「只是有點訝異。我不會介意。」

「我也訝異自己開口問。」

「好，是這樣的。」他說著把杯子放回茶碟上。「基本上你該做的就是放血和排空體腔，接著可能會碰到凝血之類的問題，所以你要想辦法避免。大部分是從頸靜脈下手，不過有時候你得鑽心臟放血。體腔引流則使用一種叫套管針的東西，基本上就是一根細長的針套在有彈性的管子上。不過如果已經解剖且拿出器官，做法就不一樣，要先加點填充物，讓身體恢復自然的線條……」

他說這些時，全程留意她的反應，仔細謹慎地往下說。應該沒問題，她體內甦醒的只是冷靜廣大的好奇心。

「妳想知道的是這些？」

「沒錯。」她平靜地說。

他看得出真的沒關係，因此鬆了一口氣。不只如此還覺得感激。他大概太習慣人們完全不想知道他做的事，甚至拿來開玩笑。

「再來是注射液體，甲醛、苯酚、酒精混合的溶液，有時會加點染劑，好處理臉部和雙手。人們都覺得臉很重要，所以要處理眼瞼、牙齦等部位，還要按摩、弄眼睫毛、特殊化妝。不過大家也很重視手，希望看起來柔軟、自然、指尖上不要有皺紋……」

「你一手包辦。」

「那沒什麼，前面的流程其實不是重點，我們的要務在化妝，我們比較在意當天看起來怎麼樣，勝過長期防腐。妳知道嗎，就算是老列寧，他們也得一直替他重新注射，以免他枯乾或變色。不知道他們現在是否還這樣做。」

他聲音裡有種大器，或說自在，加上幾分嚴肅，讓她想起路易士。離開前一晚，他聲音虛弱但帶著滿足地向她提到單細胞生物——沒有細胞核、沒有成對染色體，其他忘了——自地球出現生命以來，將近三分之二的時間只有單細胞生物存在。

艾德繼續說：「現在說到古埃及人。他們認為你的靈魂踏上旅程，需要三千年時間才能完成，然後會再回到肉身，所以身體應該保存完好。因此他們最關心的是保存，我們直到今日都無法做到那種程度。」

對了，沒有葉綠體，也沒有粒線體。

「三千年，然後回來。」她應道。

「他們是這麼說沒錯。」他接著放下空杯，說他該回家了。

「謝謝你。」妮娜說，又很快問道：「你相信靈魂這種事嗎？」

他起身，雙手按著廚房餐桌，嘆了口氣搖搖頭說：「信。」

艾德離開以後，她很快拿出骨灰，放在汽車副駕駛座上，再回屋裡拿鑰匙和外套。她往鎮外開了約莫一英里，開到一個十字路口，把車停妥後往旁邊的小徑走去，手裡拿著骨灰盒。靜夜甚涼，月亮已高掛在天上。

這條路一開始是泥沼似的地，長滿了高高的香蒲，正值乾枯的時節，十分蕭索。也有紅乳草，豆莢已空，閃亮如貝殼。月光下，每樣東西都散發獨特氣味，她聞到馬的味道，沒錯，附近有兩匹馬，結實的黑馬，在香蒲和農人的圍籬後方。牠們站著靠在對方寬大的身上理毛，看著她。

她打開盒子，伸手進已涼的骨灰——當中混著依舊頑抗的小碎骨——撒在路旁的植物周圍。這麼做就像在六月天，第一次縱身跳入湖泊游泳，感受其間的冰涼。一開始是令人作嘔的驚嚇，接著對自己還能動感到驚異，憑著鋼鐵般堅強的奉獻意志浮出湖面，平靜地俯視人生的表面，繼續生存著，儘管寒冷的痛苦不斷淘洗著你的身體。

蕁麻

一九七九年夏天，我曾拜訪朋友桑妮，她住在安大略省烏克斯橋附近。當時我走進她家廚房，看到一個男人站在廚房料理臺前，準備做番茄醬三明治吃。

現在我沿著多倫多東北部的山丘開了好一會車，旁邊坐著我丈夫（第二任，不是那年夏天我離開的那一任）。我之前一直有意無意尋找過那間房子，試著找出房子所在的道路，但總是找不到。或許已經剷平也不一定。我去拜訪過之後沒幾年，桑妮和她丈夫就賣掉房子，因為離他們住的渥太華太遠，夏天度假不方便，而他們已長成青少年的孩子都不願意去。加上喬斯頓，也就是桑妮的丈夫，得花上許多時間維修整理，但他週末喜歡打高爾夫。

找到高爾夫球場了，我想是這裡沒錯。雖然原本雜亂的球場，周圍已清理乾淨，旁邊蓋了棟漂亮的俱樂部。

我童年住在鄉間，到了夏天，有時井會乾涸，每隔五、六年，雨水不夠時就會發生。在地面鑿的大洞會成為水井，我們家的井比較深，因為我們需要更多水，供給家裡圈養的動物（父親養了銀狐和貂）。一天鑽井工攜帶厲害的設備來鑿井，不停往下鑿，直至挖到岩縫間的水源為止。從那時開始，不管什麼季節，不管氣候多乾燥，我們都能抽出純淨的冷水。這是一件值得驕傲的事。我們掛了一只錫杯在井旁的唧筒上，每回我在炎熱的日子拿杯子盛水喝，就會想到黑色岩石間沖激的水流，猶如鑽石。

鑽井工（也有時稱作鑿井師，好像大家都覺得沒必要精確定義他的工作，反正以前的叫法比較親切）名為邁克．麥考倫，住在鎮上，離我們農場很近，但他沒有自己的住處，而是住在克拉克旅社。他通常春天來，待上一段時間，等到把這一帶能找到的粗活做完，便前往下一個地方。

邁克比父親年輕，但他兒子比我大一歲兩個月。這男孩隨他父親四處流浪，住在旅社房間或寄宿公寓，看那段時間他父親在哪工作，他就在附近找間學校讀書。他也叫邁克．麥考倫。

我知道他確切的年紀，因為孩子之間會快速建立起情誼，而年紀就是決定兩人能不能當朋友的要素之一。他九歲、我八歲，他生日在四月，我六月。他父親帶他來我們家時，正是夏日炎炎的時節。

他父親開著一輛暗紅色卡車，車身總是處處汙泥，沾滿塵土。下雨時我和邁克就會爬到前頭駕駛座。我忘了他父親那時候是去我們家廚房抽菸、喝茶，或是站在樹下，還是逕自工作。雨水沿著駕駛座旁的車窗流下，發出如同石頭落在屋頂上的聲響。駕駛座充滿男人的氣味，工作服、工具、菸草、沾了泥的靴子、酸臭起司氣味的襪子。還有潮溼的長毛狗氣味，因為我們把突擊隊也帶進車裡。我愛使喚突擊隊，習慣有牠跟著我，有時會沒來由地命令牠待在家裡、到穀倉去、別來煩我等等。但邁克很喜歡牠，總是親切地喊牠，把我們的計畫說給牠聽，在牠執行他給的任務，例如追土撥鼠或兔子時，等著牠回來。邁克跟著父親到處遷徙，沒辦法養自己的狗。

有天突擊隊跟著我們，跑去追臭鼬，結果臭鼬轉過來朝牠噴臭液。我和邁克挨了幾句罵，母親得停下手邊的事，開車進城買幾大罐番茄汁。邁克好不容易才說動突擊隊跨進浴盆，我們把番茄汁倒在牠身上，替牠刷毛，就像用鮮血替牠洗澡。我們不禁想，要幾個人才能湊出這麼多血？幾匹馬？如果是大象呢？

動物的鮮血和屠宰場面對我來說司空見慣，但邁克沒見過。我帶他去穀倉大門旁的草地，父親總會在草地中央射殺馬匹，割下馬肉餵狐狸和貂，因此那塊地寸草不生，看得出血跡滲得極深，鐵鏽一般的殷紅。然後我帶他去穀倉裡的肉房，馬屍就掛在那兒，晚一點會磨碎做成飼料。肉房只是一個小棚，四面以鐵絲網圍住，上面黑嗡嗡的都是蒼蠅，腐肉的氣味招引牠們過來飽餐一頓。我們則拿鵝卵石砸死牠們。

我們家農場不大，只有九英畝。因為夠小，每一處都有我探險的足跡，而且各處都有其獨特的景色和特色，當時的我無法以言語形容。鐵絲網圍成的小棚子，牆上吊掛著蒼白的馬屍；外頭滲滿血跡的光禿地面，活生生的馬匹在那裡成了肉品，這類地方當然一眼就能看出特別之處。但還有其他地方，比如穀倉的通道兩側以石塊砌成，彷彿也有許多話要對我說，儘管從來沒什麼了不起的事發生。通道一側有塊表面光滑的白色大石頭特別突出，給人一種大器開闊的感覺，因此我每次都從這一側爬上去，從不爬另外一側，那邊的石頭擁擠，有點小家子氣。這裡每一棵樹都各有其姿態和氣度：榆樹給人寧和的感覺，橡樹威風凜凜，楓樹親切家常，山楂樹老而執拗。即使是河岸的水坑（父親幾年前賣掉那裡的礫石），也各具性格，尤其當春天河水退潮時，坑中積了一窪窪的水，你一眼就能看出，每個水坑都不一樣。這個水坑小而圓深，特別好看；這個長長一撇，像尾巴；這個寬扁，像是難以決定該變成何種形狀，因為水非常淺，總像被劈成兩截。

邁克從完全不同的角度看待這一切，而我和他相處久了，自然受到影響。我暗自比較兩人不同的看法，發現我的基本上很難言說，還是別說比較好。他看的是立即的好處：通道上方的白色大石是拿來蹬的，用力快跑幾步，往空中一躍，就能避開下方斜坡的小石頭，降落在馬廄門邊厚實的土地上。所有的樹都是用來爬的，尤其是屋旁的一棵楓樹，攀上長長的樹枝，你便可以輕易落在門廊屋頂上。礫石坑是用來跳的，奮力跑過長草，像逮住獵物的動物大叫一聲，往坑裡一躍。邁克說，如果是早春，坑裡蓄滿了水，我們還可以紮竹筏玩。

我們真的考慮過紮竹筏，不過八月的河不只是水道，河底石塊磊磊，所以我們決定不紮筏也不游泳，直接脫下鞋子涉水而過。從一塊裸白如骨的岩石跳到另一塊，有時踩到底下布滿苔蘚的石頭滑一跤，或者從葉片扁平的睡蓮，或其他我忘記名字的水生植物（可能是防風草或毒芹？）叢聚處一腳高一腳低地走過。這些植物生長如此繁密，看起來簡直像根植於小島或岸邊，但其實植物長在河岸的汙泥中，曲折的根系纏住我們的腳。

這條河繞過鎮上大部分地區。如果往上游走，眼前會出現一座雙跨公路大橋。當我獨自來或身邊只帶著突擊隊時，從來不會走這麼遠，因為這一帶是鎮民聚集的地方。許多人坐在橋側釣魚，水位夠高時，男生會擠過欄杆往下跳。他們現在不會這麼做，不過還是會在橋底下潑水嬉戲，如典型的小鎮孩子一邊大聲叫嚣。

也可能會遇到流浪漢，但我什麼都沒說。邁克走在前面，好像來這座橋再尋常不過，沒什麼令人不快或必須注意的地方。聲音追上我們，正如我所預料，一群男生對著我們喊，那神氣讓人以為這橋隸屬於他們。突擊隊沒精打采地跟在我們後頭，但突然轉往河岸的方向。那時牠已經是隻老狗，一向對鎮上幾個小孩特別有意見。

有個男人在釣魚，不是在橋上，而是坐在河岸上，因為突擊隊擾動河水而咒罵了幾句。他問我們為何他媽的不把狗留在家裡。邁克頭也不抬逕自往前走，彷彿這男人只是對我們吹聲口哨。接著我們走進橋底的蔭涼處，我之前從沒來過。

我們頭上是橋梁的底板，陽光從厚板條的縫隙之間射入。一輛汽車駛過，發出雷鳴似的巨響，擋住了光線。我們停下腳步往上看。橋底自成一方世界，並非只是河流的延伸。等汽車過去，陽光重新照進板條縫隙，倒映在水面，反射出粼粼波光，水泥柱上也有奇異的光影飛舞，有如泡沫。邁克大喊，測試著回音。我也照做，但小聲得多，因為河岸上那群男孩和橋上的陌生人，比流浪漢更讓我害怕。

我在我們農場後方的一所鄉間學校上課。註冊的學生愈來愈少，最後我們班只剩我一個。但邁克那年春天開始在鎮上學校上課，所以認識橋下那群男孩。有時他父親到我們家幹活沒帶上他（帶著多少是為了盯住他），他沒和我玩時，很可能就是和那群男孩玩在一起。

鎮上男孩和邁克想必說了些招呼的話。

嘿，你在這裡幹麼？

沒幹麼。你又在這裡幹麼？

沒幹麼。你旁邊是誰？

沒有啊，就她。

嘖嘖，就她。

當時他們其實正在玩遊戲，每個人都只注意著遊戲。每個人，包括女孩（河岸上的一群女孩專注地不知在做什麼），儘管我們早已過了男孩女孩玩在一塊的年紀。她們可能一路從鎮上跟著男孩來到這地方（假裝自己要來），也可能是男孩尾隨她們，本想騷擾她們，結果大家湊在一起，不知怎麼便決定要玩遊戲，所有人都得加入，平常的拘謹頓時消失。人愈多，遊戲愈好玩，邁克很自然便加入，帶著我一同參與。

那是打仗的遊戲。男孩分成兩邊互相攻打，隨便拿幾根樹枝圍成防禦，有時躲在粗糙尖銳的長草或高過我們的蘆葦或黑藻後方，充當掩護。用土或泥巴摶成的球是主要武器，差不多棒球大小。剛好那一帶有種泥土非常特別，往河堤的一條小徑有個掘空的泥坑，半被野草掩蓋（或許是發現了坑才提議玩這遊戲），一群女孩躲在那兒準備彈藥。你抓一把黏黏的土，用力壓擠拍打，盡量摶成硬硬的球，裡面可能有少許小石礫、雜草、樹葉、小樹枝，但不會故意加石頭。因為每顆都只能丟一次，必須做成很多很多顆。不大可能撿起沒丟中的球，重新摶好再丟一次。

遊戲規則很簡單。假如球（遊戲裡稱之砲彈）扔中你的頭、臉、軀幹，你就死了，得倒在地上。假如你被扔中手臂或腿，你也得倒下，但只算受傷。女生還有一項任務，就是爬出去把受傷的士兵拉到爛泥地上，充作醫院。把樹葉敷在士兵的傷處，他們必須躺在地上，數到一百，數完便可以起身再戰。死掉的兵要等到這場仗打完才可以起來，但要等到其中一邊的士兵全死了，戰爭才算結束。

女孩和男孩一樣分成兩邊，但因為人數相對少，負責製造彈藥、充當護理師，我們每人得同時替多名士兵服務。同樣有聯盟。每個女孩有自己的彈藥堆，並負責特定幾個士兵。士兵一旦受傷，就會呼叫某個女孩的名字，她才能把他拖回去，盡快替他處理傷口。我負責替邁克製造彈藥，邁克會喊我的名字。周圍十分吵雜，不斷有人叫喊「你死了」，有時是勝利的歡呼，有時則出於憤怒（當然是因為一些死了的士兵想偷偷爬回戰場），還有狗叫聲，不是突擊隊，牠有點搞不清狀況。因為聲音從各方傳來，你得保持警醒，辨認出喊你名字的士兵的聲音。陡然聽到那聲叫喊，你會心驚到想跳起來，彷彿一陣電流通過全身，滿心只想奉獻（至少我這麼覺得，或許因為不同於其他女孩，我只負責一個士兵）。

我想那應該是我第一次和那麼多人玩。能夠加入這麼需要人手的大組織，而且被選出來搭配一位士兵，真的太高興了。邁克受傷時從不睜開眼睛，他全身軟垂無力地躺在地上，由我把黏糊的大葉子貼在他的額頭和喉嚨，接著拉出上衣，也貼在他蒼白柔嫩的腹部，當中有可愛脆弱的小肚臍。

誰都沒贏。遊戲最後不了了之，大夥吵成一團，每個士兵都復活了。回家途中，我們試著弄掉身上的泥土，於是平漂在河上，結果短褲和上衣都搞得髒兮兮、滴著水。

那時快要傍晚了，邁克的父親正打算收工離開。

「老天。」他說。

我們家有個幫工，每當父親要宰殺動物或有其他差事，他會過來幫忙。他長得像個老小孩，呼吸聲粗重，就像患著氣喘。他喜歡扯住我，哈我的癢，直到我覺得快窒息才放手。沒人阻止他，母親不喜歡他這樣，但父親對她說只是好玩而已。

他當時在院子裡，幫邁克父親的忙。

「你們兩人在泥堆裡滾過，你知道這樣你們就該結婚囉。」他說。

母親在紗門後面聽到這話（如果知道她在那兒，包準沒人敢這麼講），她走了出來，用一種略帶責備的低沉口氣回了他幾句，才過來責備我們把全身弄成這樣。

我聽到幾個她說的字。

就像兄妹。

雇工低頭看著靴子，不知所措地傻笑。

她錯了。雇工說的還比較接近真相。我們才不像兄妹，至少不像任何我見過的兄妹。我只有一個當時還是幼兒的弟弟，所以我不知道有哥哥的感覺。我們也不像夫妻，一來是我看過的夫妻都有點年紀，再來他們看上去像住在不同的世界，不大認識對方。我們比較像熟悉又堅定的青梅竹馬，深刻的默契源自內心，所以無須多說。至少我覺得這關係莊重又令人興奮。

我知道雇工說的是性，儘管當時的我還沒聽過這個字。他這麼說，讓我覺得他比平常更討厭。嚴格來說他錯了。我們沒有給對方觀看、觸摸過身體，或做出任何親密舉動，也不曾去找隱蔽的地方，躲起來偷偷體驗歡愉、挫折，以及事後赤裸裸的羞恥感。我曾與一個表哥和兩個年齡稍大的同校女孩試過。之前我就不喜歡他們，之後更生氣，即使在內心，我也絕不承認這一切發生過。遇上內心喜歡或看重的人，我絕不會這麼做。我只和討厭的人試，就像那色瞇瞇的、令人作嘔的搔癢一樣讓我厭惡自己。

出於對邁克的好感，這原先只占據小範圍的邪惡念頭，擴散為全身皮膚底下的興奮與溫柔，一種眼耳的歡悅混合著刺痛的滿足感，因對方的現身而蠢動。我每天早上醒來，滿心渴望見到他，只想聽見鑽井工的卡車從小路上駛來碌碌的顛簸聲。我暗自愛慕著他的後頸、頭顱的形狀、皺眉的表情、修長的腳趾頭、髒髒的手肘、自信洪亮的聲音、身上的氣味。我願意接受（內心充滿虔敬）任何分派給我的角色，無須解釋或練習，我負責幫助他、愛慕他。他則會引導我，隨時保護我。

一天早上卡車沒來。當然，工作都已完成，井鑿完加蓋了，唧筒也修好，水質好到令人讚歎。中午用餐時少了兩張椅子，平常大小邁克都會和我們一起吃午餐。我和邁克在桌上從不聊天，也幾乎不看對方。他喜歡在麵包上抹番茄醬。他父親會與我父親閒聊，講的無非是水井、意外、地下水位。這人很認真，什麼都是工作，父親說。不過他每說完話總是以一聲大笑了結，聽來有些寂寥，像回音從井底傳上來。

他們沒再來。活兒都幹完了，完全沒理由再來。後來我知道，這是鑽井工在我們這一帶最後一件差事。其他地方還有工作等著他，他想盡快過去開工，趁天氣還不錯時。像他那樣以旅館為家，打包完就可以走。他很快離開了這裡。

但為何我完全沒意會到？沒有一聲再見？最後一天下午他爬上卡車時，我怎麼會沒意識到他不會再回來？載滿器械工具的卡車變得十分沉重，前顛後仆地向前駛去，但沒有揮手，沒有回頭看我一眼，連轉身都沒有。當水噴湧而出，我記得是一下子噴出，大家聚在一起喝酒慶祝，為什麼我沒發現多少事將從此劃下句點？我現在想，也許是大人故意淡化這件事，刻意不說再見，這樣我們（至少是我）就不會太難過或鬧脾氣。

不過在那年代，似乎很少考慮小孩的感覺。那是我們自己的事，要麼你就痛苦，要麼就壓下情緒。

我沒鬧脾氣。起初的震驚過後，我一臉漠然，不讓別人看穿我的內心。雇工每回見到我都要取笑：「妳男朋友丟下妳跑掉了？」但我看都不看他一眼。

其實我知道邁克總是要走的，就像知道突擊隊老了，時日無多。未來的缺席我能接受，但那只是因為我還不明白缺席的真正涵義，直到邁克不再出現。我生命的領土將如何改觀，像歷經了一場山崩，所有意義隨著土石流被剝除，只剩下失去邁克這件事。當我看著穀倉通道的白石，無法不想到他，因此我開始討厭它。我也不想看到楓樹的枝幹，所以當父親因枝幹離房屋太近砍掉一些，切面的傷痕就像我的心。

幾星期後，我穿著初秋的薄外套，站在鞋店門口等母親試鞋，我聽到一個女人喊：「邁克。」她大喊著「邁克」，經過鞋店向前跑去。我突然有個念頭，這個陌生女子一定是邁克的母親（我聽說她沒死，只是和他父親分居，雖然邁克沒向我提過），他們一定是有事回到鎮上。我沒細想他們是暫時回來，還是就此留下，我只知道下一分鐘我就能見到他，便從店內跑出去。

這女人揪住一個五歲左右的男孩。隔壁雜貨店在門口人行通道上放了一大簍蘋果，小男孩正拿著一顆吃。

我停住腳步，難以置信地看著小男孩，如同看著一場荒謬、不公平的魔法在我眼前發生。一個再普通不過的名字。憨笨的扁臉小男孩和他髒兮兮的金髮。

我的心臟大力跳動，胸腔像發出怒號。

桑妮在烏克斯橋的公車站等我。她骨架大、面容開朗，銀棕色的鬈髮往後梳，用顏色不搭的小飾物夾住。她就算變胖（她的確胖了）也沒有中年婦女的樣子，反倒更像小女生。

她如往常用她的生活席捲我，絮絮叨叨地說她本來以為會遲到，因為克萊兒那天早上耳朵跑進一隻蟲子，必須帶她去醫院沖出來，接著狗在廚房臺階上吐了，可能是因為牠不喜歡來這裡，討厭這房子和鄉下。她出門接我的時候，喬斯頓叫幾個兒子清理乾淨，因為是他們要養狗的；克萊兒則抱怨耳朵裡的嗡嗡聲還在。

她說：「我們找個安靜的地方喝點東西，別回去好吧？也只能這樣，喬斯頓邀了一位朋友來家裡，他老婆和小孩都回愛爾蘭了，他們要去打高爾夫。」

桑妮是我在溫哥華認識的朋友，我們的孕期銜接得剛剛好，兩人可以交接孕婦裝。我們大約一星期見一次，在我家或她家廚房，小孩在一旁搗亂，兩人都因睡眠不足有點眩暈，喝濃咖啡、抽菸、天南地北地聊。聊各自的婚姻、與另一半吵架、各自的缺陷、有意思卻不大光明的動機、過去有過的野心。我們同時讀榮格的書，試著追蹤我們夢境的意義。照理說在人生那段時期，女人忙著生育正值混亂，心智都被乳汁淹沒，但我們依舊興致勃勃討論著西蒙·波娃、阿瑟·庫斯勒，還有T.S.艾略特的《雞尾酒會》。

我們的丈夫對這些完全沒興趣。每次與他們聊，他們就會說：「噢，就是文學嘛。」或「妳好像在教哲學概論。」

如今我們兩人都搬離溫哥華。不過桑妮是和一般人一樣，和丈夫孩子一起帶著全部的家具搬家，理由也比較正當，丈夫換了新工作。而我搬走的原因相對新潮，只有少數圈子的人會贊成，我留下丈夫、房子、所有婚姻裡累積的東西（當然除了孩子，孩子必須輪流和我們住），只希望可以過遠離虛偽、剝奪，或羞恥的生活。

我現居多倫多，一間獨棟樓房的二樓。房東一家住在樓下，十二年前從千里達來到當地。一整條街都是老舊磚造房屋，附有陽臺及挑高的窄窗，過去家家戶戶都是衛理公會或長老會信徒，大半叫做韓德森、葛里森姆、麥克阿利斯忒。如今這些房屋住著棕色或黃褐皮膚的人，用我聽來十分陌生的語調講英語，如果會講的話。屋裡空氣都飄散食物甜辣的氣味。這一切我都喜歡，讓我覺得自己真正做出了改變，而這是逃離婚姻牢房必經的漫長旅程。不過不能期望我的兩個女兒也這麼想，當時她們一個十歲、一個十二歲。我春天時離開溫哥華，她們在暑假開始時來我這住，原本打算待上整整兩個月。她們覺得街上的氣味噁心、噪音恐怖。天氣很熱，就連開著我買來的電風扇也無法入睡。我們得打開窗戶，但左鄰右舍的院子派對有時凌晨四點才結束。

我帶著她們到處探險，科學館、西恩塔、博物館、動物園，帶她們在百貨公司涼爽的餐廳用餐，搭船到多倫多群島遊玩，都無法彌補她們遠離朋友的難過，或讓她們願意接受這個我拙劣仿造的家。她們想念家裡的貓、渴望自己的房間、熟悉社區的自由自在、在家無所事事的日子。

她們住了一陣子沒有抱怨。我聽到老大對妹妹說：「得讓媽媽以為我們很開心，不然她會難過。」

最後是一場崩潰。語帶指控地坦言她們多難受（為了講給我聽，還故意加倍誇大）。妹妹哭喊：「妳住家裡不就好了嘛？」姊姊尖刻地說：「因為她恨爸爸。」

我打給丈夫。他問了幾乎一模一樣的問題，然後自己說出同樣的答案。我幫孩子改了機票時間，幫她們收拾行李，送她們去機場。一路上我們玩著姊姊教的無聊遊戲。妳隨便說一個數字，比如二七或四二，往窗外看，數路上經過的男人，第二十七個或第四十二個，看妳挑什麼數字，那人就是妳的結婚對象。我回到家，自己一個人，整理她們留下的東西：妹妹畫的卡通、姊姊帶來的流行雜誌、幾件可以在多倫多穿戴的首飾及衣物（但不是在家穿戴），統統塞進垃圾袋。每次一想到她們，我就會做同一件事——狠狠關上心門。有的痛苦我可以忍耐，比如男人相關的事；有的痛苦我承受不了，任何關於孩子的事。

我回到她們抵達之前的生活，不再做早餐，每天早上去那家義大利快餐店買咖啡和新鮮麵包。一想到完全不必做家務，我覺得快活無比。但我開始注意到人們臉上的神色，每天早上隔著窗戶或坐在人行道桌子旁的人；對他們來說，這種生活一點也不值得稱羨，只不過是孤單生活裡的乏味日常。

回到家後，我會在木頭桌邊坐下，一連寫作數小時。木桌在窗邊，這裡本來是日光室，如今暫時充作廚房。我打算以寫作維生。陽光照射進來，小房間很快悶熱起來，我在家通常穿著短褲，小腿肚便黏在椅腳上，還能聞到塑膠涼鞋因為腳汗散發出甜膩的化學氣味。我喜歡，這是我勤勉工作的氣味，希望也是成就的味道。我此時寫的並不比過去趁著家務空檔（比如煮馬鈴薯或趁衣物在洗衣機裡翻騰）寫的好，只是產量較多，而且至少沒退步，如此而已。

晚一點我會洗個澡，有時和女性朋友碰個面。我們會在皇后街、鮑德溫街、布朗斯威街上，坐在小餐館前人行道上的露天座位喝酒，聊聊最近的生活，主要是聊目前的愛人，不過我們不好意思使用這個字眼，只稱他們「交往中的男人」。有時我也與這位交往中的男人見面。孩子住我這裡的時候，他不准出現，但有兩次我打破規則，把女兒留在冷氣颼颼吹著的電影院裡。

我在結束婚姻之前就認識這個男人，他也是我離開的原因，儘管我對包括他在內的每個人否認，假裝並非如此。我與他見面時，總是裝成無憂無慮、展現獨立自主的一面。我們會聊新聞（我會事前準備），一起歡笑，到峽谷一帶散步，但我真正想做的是引誘他上床，因為我認為性歡悅興奮，讓兩人合而為一，成為更好的自我。這類事情上我真的很蠢，這麼做非常危險，尤其對我這個年紀的女人來說。與他見面過後，有時我快樂得不得了，目眩神迷而且感到安穩；有時我內心充滿不安，只想躺著不動。他離開後，我往往不由自主地流下淚水，這才發現自己在哭泣。這是因為我在他身上瞥見某種陰影或者不重視，或他的言行舉止隱隱透露的警訊。天色暗了下來，鄰居院子又將開始狂歡，音樂聲夾雜著叫喊及挑釁，有時演變成爭吵。我開始覺得害怕，怕的不是敵意，而是不存在的感覺。

有回情緒低落，我打電話給桑妮。她邀請我去鄉間度過週末。

「這裡很漂亮。」我說。

我們開車駛過鄉間，其實風景對我來說毫無意義。丘陵是連綿的綠色駝峰，時見牛隻在其上漫步。溪澗旁雜草叢生，上頭覆著低矮的混凝土橋梁。乾草收割的方式不大一樣，捲成一綑綑放在田裡。

「等妳看到房子再說吧。髒死了，水管裡有隻死老鼠，洗澡水裡一直出現鼠毛。現在都弄好了，不過妳永遠不知道以後又會出現什麼。」桑妮說。

關於我的新生活，她一句也沒問——出於體貼還是不贊成？也許她只是不曉得從何問起。但問了我也會撒謊應付，至少說的不全是實情。**決定分開真的很難，不過必須這麼做。我想念我的孩子，但每件事總有代價。我學著讓一個男人自由，也讓自己自由。我也學著把性看淡一點，這對我來說很難，因為我以前不是這樣；況且我也不年輕了，但我正在學。**

一個週末，似乎很長，我心想。

房屋的磚石有個缺口，門廊拆掉的痕跡。桑妮的兒子在後院跑來跑去。

「馬克沒接到球。」年紀較大的葛瑞格喊著。

桑妮要他向我打招呼。

「哈囉。馬克把球扔過棚子，現在找不到了。」

三歲的小女兒（我最後一次見到桑妮時，她剛出生）從廚房門口跑出來，突然煞住腳步，看到陌生人十分驚訝。不過她很快恢復鎮定，對我說：「有隻蟲在我的頭裡面飛。」

桑妮抱起她。我也拿起我的過夜行李，一起走進廚房。邁克．麥考倫正把番茄醬塗在麵包上。

「是你。」我們幾乎異口同聲，兩人都笑了。我急忙朝他走去。他也走向我，伸手相握。

「我以為是你父親。」我說。

我不知道自己是否真的想到鑽井工，我只是想這人好面熟，他是誰？手腳輕捷的男人，彷彿在說從水井爬進爬出根本沒什麼。他理得極短的頭髮看起來轉成了灰色，淺色眼珠的眼眶深陷，臉瘦瘦的，有幽默感；不過性情嚴肅，慣常含蓄，但不致於令人不快。

「不可能，我父親死了。」他說。

喬斯頓拿著高爾夫球袋走進廚房，向我打了招呼，催促邁克快一點。桑妮說：「親愛的，他們認識，以前就認識，就這麼巧。」

「小時候認識的。」邁克說。

喬斯頓說：「真的？太神奇了。」大夥異口同聲地接下去：「這世界真小。」

我和邁克只是笑著對看，似乎想讓對方知道，或許桑妮和喬斯頓覺得這是神奇的偶遇，對我們來說，卻是充滿喜劇感、令人眩暈的好運降臨。

兩個男人打球去了，整個下午我心情大好，活力充沛，為晚餐做了桃子派，念故事給克萊兒聽，哄她乖乖睡午覺。桑妮帶兒子到髒兮兮的小溪去釣魚，什麼也沒釣到。然後我們一起坐在客廳地板上，開一瓶酒，再次變回朋友，聊著讀過的書，不談人生。

邁克的記憶與我不同。他記得我們走在狹窄的水泥地基上，假裝那是世上最高的樓層，一個腳步不穩就會摔死。我說他一定記錯，說成別的地方了。我接著想起一次給車庫地基灌水泥，車庫最後沒蓋成，就在巷子和大馬路交叉口。我們走在上面過嗎？走過。

我記得站在橋下想大喊，但又害怕鎮上的小孩。他不記得任何橋。

我們都想起泥土炸彈和打仗遊戲。

飯後我們一起洗碗，這樣就可以盡情聊天，不會顯得冷落別人。

他告訴我他父親的死因。他到班克羅夫特一帶上工，回家時發生車禍。

「妳父母都還在？」

我說母親過世了，父親再婚。

說著說著，我告訴他我和丈夫分居，我目前住在多倫多。還提到兩個孩子前一陣子跟我住，現在跟著她們父親去度假。

他說他目前住在金斯敦，剛搬去不久，這陣子因為工作認識喬斯頓，兩人都是土木工程師。他妻子是愛爾蘭人，在愛爾蘭出生，兩人相遇時她在加拿大工作，是名護理師。她現在回老家探望家人，在克萊爾郡，孩子也帶去。

「幾個小孩？」

「三個。」

洗完碗我們回到客廳，提議陪兩個男孩玩拼字遊戲，桑妮和喬斯頓可以出去散個步。只玩一輪，然後就該上床睡覺，但孩子堅持再玩一輪，結果他們夫妻回來時，我們的遊戲還沒結束。

「我剛剛怎麼說的？」喬斯頓說。

「還沒玩完，你說可以玩到結束，一場還沒完。」葛瑞格說。

「最好是真的。」桑妮說。

她說今晚真是愉快，她和喬斯頓快被寵壞了，保母就住在家裡。

「昨晚我們去看了場電影，邁克在家顧小孩。一部老片，《桂江大橋》。」

「河，《桂河大橋》。」喬斯頓說。

邁克說：「反正我看過了，很多年前看的。」

桑妮說：「好看，只是我覺得結局不好，根本就錯了。亞歷·堅尼斯早上在水裡看到炸藥的導火線，就知道有人想炸掉這座橋吧？但他卻發狂似的，把事情搞得更複雜，害得大夥都中彈死亡，什麼都毀了。我覺得他看到導火線，知道會發生什麼時就該待在橋上，和橋同歸於盡。我覺得以他的性格會這麼做，而且戲劇效果更棒。」

「不，這樣沒有比較好。」喬斯頓的口氣像是早已爭論過這點。「毫無懸疑可言。」

「我同意桑妮說的。我記得看的當下覺得結局太複雜。」我說。

「邁克？」喬斯頓問。

「我覺得很好，這樣就很好。」邁克說。

「男人對女人，男人贏了。」喬斯頓說。

接著他要男孩把拼字遊戲收好，他們乖乖收了。但葛瑞格說想看星星。「只有在這裡一帶才看得到，在家到處都是燈光之類的狗屁。」他說。

「注意你的言詞。」他父親說。但又說好吧，就看五分鐘。於是我們走到外面，望著天空。

我們搜尋著領航星，在北斗七星的斗杓第二顆星旁邊。喬斯頓說，如果你看得到那顆星，代表視力好到可以當空軍，至少這是二次大戰時的規定。

桑妮說：「我看得到，不過我本來就知道星星的位置。」

邁克說他也能看到。

葛瑞格輕蔑地說：「我看得到。不管我事先知不知道星星在哪裡，我都看得到。」

「我也看得到。」馬克說。

邁克站我旁邊，在我前方一點。其實他站得離桑妮更近一些。我們後面沒人，我想碰觸他身體，輕輕地、假裝不小心掃過他的手臂或肩膀。如果他沒閃躲（出於禮貌，以為我真的是不小心），我想伸出手指碰他的脖子。假如今天站在後方的是他，他也會這麼做嗎？他會只想碰我，不想看星星嗎？

不過我有種感覺，他個性極其謹慎，他會克制。

自然也因為如此，晚上他當然不會來我房間。不管怎麼說都太冒險，不可能這麼做。樓上有三個房間，客房和主臥室同時通往較大的那間房，三個孩子睡在那裡。任何人想進入這兩間房，都得先經過孩子的臥室。邁克昨晚睡在客房，已經搬到樓下，把客廳的沙發床展開來睡。桑妮給他一床新被單，他原先睡過的床沒再重鋪。

「反正他挺愛乾淨的，而且是妳的老朋友。」桑妮說。

蓋著他躺過的被單，一夜不得安眠。我在夢中聞到烈日下黑藻、河底汙泥、蘆葦的氣味。

實。

我知道就算沒什麼風險，他也不會來找我。在自己的朋友（以後也會變成妻子的朋友，即便目前還不認識）家裡做這種事，未免太不堪。何況他如何能確定這是我想要的，抑或是他真正想要的？連我自己也無法確定。在這之前，我一直認為自己能夠在某段時間內，只對單一性伴侶忠實。

我睡得很淺，不斷做夢，夢裡只有性，加上一堆令人不快的次要情節。有時邁克準備好配合，卻又遇到麻煩。有時他搞錯重點，說他買了個禮物給我，但忘記放在哪兒，非得找出來不可。我說不要緊，我對禮物不感興趣，他才是我的禮物，我一直以來心中所愛的人。我這麼告訴他，但他著魔般只想找到禮物。有時夢到他罵我。

整個晚上蟋蟀在我窗外鳴叫，至少我每次醒來都會聽到，而我多次驚醒。一開始我以為是鳥，是不知疲倦的夜鳥大合唱。我住在都市太久，久到忘記蟋蟀的叫聲像瀑布潺潺。

還得提到一點，有時候我醒來，發現自己困在一片乾地。令人失望的清醒。妳知道這個男人多少事？他又知道妳多少？他喜歡聽什麼音樂，支持哪個政黨？他對女人有什麼期望？

「你們都睡得好嗎？」桑妮問。

邁克說：「好極了。」

我說：「還不錯。」

當天早上，附近一位家裡有泳池的鄰居邀請大家共進早午餐。邁克說他比較想去打高爾夫，如果他們不介意的話。

桑妮說：「當然沒關係。」然後看向我。我說：「這個，我不知道要不要——」這時邁克說：「妳不會打高爾夫，是嗎？」

「不會。」

「沒關係，妳可以替我揹球袋。」

「我要去揹球袋。」葛瑞格說。他打算加入我們這一組，不管我們去哪，他覺得我們比他父母來得開明有趣。

桑妮說不行。「你得和我們一起去。有游泳池，你不想去嗎？」

「每個小孩都在泳池裡小便。妳不會不知道吧？」

我們出發前，喬斯頓提醒我們天氣預報提到會下雨。邁克說我們碰碰運氣吧。我喜歡他說「我們」，也喜歡開車時坐在他的副駕駛座，妻子的位置。我們就像一對夫婦，這個念頭讓我一陣愉悅，少女才有的那種輕飄飄的愉悅。我開始幻想成為一名妻子，彷彿我從沒成為過，而這種感覺，我目前的戀人不曾給過我。是否我真的已經找到值得相守的真愛，擺脫過去格格不入的自己，快樂起來？

但當身邊沒有別人時，我們變得有些拘束。

「這一帶鄉下不是很美嗎？」我說，這次是真心的。與昨天炎炎烈日相比，今日的天空飄浮白雲，襯得丘陵的線條更加柔和。夏日將盡時，樹木有種懨懨的感覺，許多葉片邊緣開始顯得斑駁，有些已轉成淺褐或紅色。我今天看得出樹葉的不同了。「橡樹。」我說。

「這裡是砂土，這一帶都是，當地人稱為橡樹嶺。」邁克說。

我說愛爾蘭應該很美吧。

「有些地方光禿禿的，什麼也沒有，只有岩石。」

「你妻子在那裡長大？她有可愛的愛爾蘭口音嗎？」

「如果妳聽到她說話，應該會覺得有。不過每次她回老家，他們都說她沒有口音了。他們說她聽起來像個美國人，他們都說美國人，懶得特別區分加拿大人。」

「你的小孩呢，我猜應該完全沒有愛爾蘭腔吧？」

「沒有。」

「他們是……男孩還女孩？」

「兩個男孩，一個女孩。」

我有股衝動向他傾訴我人生的種種矛盾、悲傷、需求。我說：「我想念我的孩子。」

但他沒說話，沒有同情或鼓勵。也許他是覺得在這種情況下，聊到另一半或小孩不大恰當。

當車子駛進會員俱樂部旁的停車場，他的聲調很快轉趨活潑，像是彌補剛剛的冷淡說：「看起來很多人都擔心下雨，星期天居然沒人來打高爾夫。」停車場只有一輛車。

他下了車，到辦公室付訪客費。

我從沒來過高爾夫球場。我在電視上看過球賽，有一、兩次不小心轉到，我知道在一些俱樂部叫鐵頭球桿，還有一種叫鐵桿，而球場本身稱為沙丘。我告訴邁克這些。他說：「妳待會或許會覺得非常無聊。」

「無聊的話我就去散步。」

他聽了似乎很高興，將溫暖的手掌略微施力放在我肩上說：「妳絕對有機會散步的。」

我一無所知並不要緊，當然也不必真的替他揹球袋，而且我不覺得無聊。我只需要跟著他走，看他打；甚至不用看他，可以看沿著球場邊緣種植的高高的樹，羽毛般的樹冠、樹幹細瘦，我不確定樹種——是洋槐嗎？偶爾被風吹向一邊。我們站在低處感覺不到風。也有成群的鳥，烏鴉和椋鳥全像受驚似的四處亂飛，不過只是從一棵樹的樹梢飛到另一棵而已。我想起來了，鳥不都是這樣嗎，八月甚至七月底，就會聚在一處吵鬧，準備南飛。

邁克不時開口說話，但不是對著我講，我不需要回答，事實上我也無從回起。與一般獨自打高爾夫的男人相比，我想他的話不算少，有一搭沒一搭地囁嚅，有時是對自己的責備，有時是小小的讚美，也有時警告自己，有時根本不是言語，只是嘗試表達的聲音，而當兩人在一起生活久了，心靈契合親密，也真的能夠懂得。

那便是我當時該做的，加強、擴大他本身的存在感。你可以說，像軟墊一般輕輕托住他的孤獨，讓他心安。如果我是男人，或者是無法與他心靈互通的女人，他應該不會有這種期待，也無法這麼輕鬆自然地表達內心的期盼。

我沒有想得這麼清楚，只是在兩人繞著球場時，感到一波波愉悅席捲著我。前一晚使我感到尖銳疼痛的情欲，如今稍稍平復了些，變成微小的火焰，細心守護，如同妻子那樣。我跟在他後面，看他放好球、選球桿、沉思、瞇眼瞄準、揮桿，看著球落下的弧線，在我看來打得很漂亮；但他覺得很有問題。然後前往下一個眼前的挑戰——我們接下來該如何。

走在球場時，我們很少講話。頂多說會下雨嗎？妳感覺到雨滴了嗎？我說我覺得有一點，不過也可能不是。不是認真聊天氣，而是為了球局。我們能夠打完這一場嗎？

結果沒能打完。一顆雨滴落了下來，這次錯不了，又一滴，接著就毫不客氣地啪嗒直落。邁克望著沒走完的球場，盡頭處的白雲變成一片深藍。他說：「這就是我們的天氣。」語氣裡沒有驚惶或失望。他開始熟練地收拾球袋、繫緊。

那時我們已走到另一頭，離俱樂部非常遠。群鳥愈加喧鬧，在頭頂上激動飛著，彷彿不能確定該飛往何處。樹冠搖擺不止，我們聽到上方似乎有某種聲音，像許多石塊投擲到海灘上的聲音。邁克說：「好吧，我們最好躲到那裡。」他拉起我的手，加快腳步跑過修剪齊整的草坪，進入灌木叢和長草之間，再往前就是河流。

草叢邊緣的灌木群葉子深黑，看起來十分肅穆，彷彿它們是圍籬，特別設置，但擠成一團，亂無章法地生長著。乍看似乎難以穿越，但仔細看有狹窄的孔道，是動物或來這裡撿球的人踏出來的。地勢微微下滑，一旦你穿過這片雜亂密集的灌木叢，可以瞥見前方的河流。俱樂部大門招牌上的名字便與這條河有關，「河岸高爾夫俱樂部」。水呈鋼灰色，滔滔滾滾直往前流，不像池塘的水波，遇到這種天氣全變成碎浪。河流與我們之間長滿了野草，開滿了花。秋麒麟草、鳳仙花間紅雜黃鈴鐺樣的花朵，以及我想是蕁麻花的粉紫小花一簇簇生長著，還有野生的紫菀。葡萄藤在地上纏繞著，攫住任何足以攀附的東西。土壤很軟，並不太黏。即使是莖幹脆弱、模樣十分纖細的植物也長得很高，甚至高過我們的頭。我們停下，從灌木林看出去，可以看到前方不遠的樹木左右搖擺，如新娘的捧花。遠方的雲沉黑如午夜，有什麼東西正往這裡來。真正的大雨來了，方才淋到的不過是小雨，尾隨而來的這個看來絕非普通的雨。有如一大塊天空從自身脫離，那形狀難以辨認但生氣勃勃，毫不留情地朝我們身上壓下來。雨水如同好幾重簾幕——不是面紗，是厚實、發狂般拍打的簾幕——趕在它之前落下。在我們能清楚看見雨簾初時，落在我們身上的仍只是緩降的小雨滴。彷彿我們是透過一扇窗戶望出去，不大能相信窗戶會被撞得粉碎，直到窗戶真的碎裂，疾雨暴風一下子合力鞭笞著我們。我的頭髮揚起，被風吹得往後飄散，感覺接下來皮膚也會受到衝擊。

我有一股之前從未感覺過的衝動，想轉身跑開，跑出灌木叢，朝俱樂部跑去。但我動不了，連站直都困難，要是站到外頭，馬上就會被強風吹倒。

邁克微微弓著背，在野草間抬起頭，頂著強風轉過來站在我前面，他的手始終沒鬆開我的手臂。然後他面向我，用身體為我擋住強風，不過就像牙籤一樣沒什麼用。他對著我的臉說了什麼，但我聽不見。他用喊的，而我完全聽不到他的聲音。他握住我兩側手臂，然後試著往下移抓緊我的手腕。他拉著我蹲下，改變姿勢時，兩人都險些站不穩。我們緊靠著蹲伏在地，近到無法對視，只能看著地面。腳邊的小水流沖散了土壤，植物被吹倒，兩人的鞋子都進水，連這景象也是透過從臉上流下的水瀑看到的。

邁克鬆開我的手腕，轉而用力鉗住我雙肩。他的碰觸依然帶著克制，說不上自然。

我們維持同樣的姿勢，直到風勢變小。大概不超過五分鐘，也許只有兩、三分鐘。雨依舊下著，但現在轉為普通的大雨。他放開手，我們踉蹌地站起來，上衣和運動褲緊緊黏在身上，女巫藤蔓般的長髮披散在我臉上，他的頭髮貼覆在額頭，像一截黑短的尾巴。我們試著微笑，卻連笑的力氣都沒有。然後我們短暫親吻，用力擁抱了一下；比起身體的需求，更接近一同劫後餘生的禮貌表現。嘴唇輕掃過對方的，冰涼滑溜，方才的擁抱讓我們感到有點冷，因為衣服上的水被擠壓出來。

每分鐘過去，雨愈來愈小，我們步伐不穩地往前走，先穿越幾乎要被吹倒的野草，再經過浸飽了雨的重重灌木叢。高爾夫球場上散布著吹落的巨大樹枝，之後我才意識到，任何一根樹枝都可能砸死我們。

我們在球場上走著，小心繞過滿地的枝葉。雨幾乎停了，天色變得明朗。我故意低下頭走路，好讓髮上的水滴落地面，不會沿著臉頰流下，同時感到肩膀上太陽的熱度，我抬起頭望著閃耀的日光。

我站著不動，深呼吸，甩開黏在臉上的頭髮。現在正是時候，我們淋得濕漉漉但已經沒事，眼前陽光燦爛。說出來吧。

「有件事我沒告訴妳。」

他的聲音如同突然放晴的天氣，讓我意外，但不是好的預感，沉沉的，像是警告，近乎抱歉的決心。

「我的小兒子，去年夏天死於意外。」他說。

噢。

「被車撞死。是我撞死他的，我從家裡車道倒車出來的時候。」他說。

我停下腳步，他也跟著我停下來。兩人只管盯著前方。

「他叫布萊恩，三歲。」

「問題出在我以為他在樓上睡覺。其他人都還醒著，但他已經被抱去睡了。後來他又起來。」

「不過我應該要注意，我應該看清楚。」

我想像他下車查看的那一刻，他發出的聲音。孩子的母親從屋裡跑出來的那一刻。**這不是他，他不在樓下，什麼都沒發生。**

他在樓上睡覺。

邁克重新邁開腳步，走進停車場。我走在他後面幾步，什麼也沒說，連一句善意的、無濟於事的空洞安慰都沒有。安慰的時機一掠即逝。

他沒說，都是我的錯，我永遠走不出來。我永遠無法原諒我自己。但我盡力過下去。

或者，我妻子原諒了我，但她永遠忘不了這件事。

但我都明白。我知道他是跌到谷底的人，他知道人生的谷底是什麼模樣（而我沒見過，差得遠了）。他和他妻子都知道，這事把兩人綁在一起，這種事若非拆散兩人，便是讓人緊緊相繫，一輩子。並非是他們會一起在谷底痛苦地生活，而是他們共同承擔所經歷的一切——在內心中央，冰冷空虛，鎖上了的回憶。

可能發生在任何人身上。

沒錯，但似乎並非如此，彷彿只會發生在這個人或那個人身上，在某一處某一地特別挑選出來，一次一個。

我說：「多不公平。」我是說這種任意的懲罰，邪惡、毀滅的重擊。發生在這種時候，也許比發生在戰爭或天災等痛苦的極端時期還要糟糕。最糟糕的是，很可能某人因為一個意外行為，而必須承擔全部的責任，永遠不得卸下。

我是這個意思。但也有雙關之意：**多不公平**。**這與我們之間有什麼關係**？

如此殘忍的抗議，聽起來簡直有種無辜的況味，從我赤裸裸的內心發出。無辜，成立於假如你是表達抗議的人，並且沒有實際說出口。

「能說什麼。」他溫和地說。不管是何種意思，都無公平可言。

「桑妮和喬斯頓不知道這件事，這裡沒人知道，我們搬家以後才認識他們。感覺這樣比較好。家裡另外兩個孩子，也沒提起過他，完全不提他的名字。」

我不是他們搬家以後才認識的人。他們打算重新開始，開始辛苦然而正常的新人生，而我不是那新生活圈的一分子。我只是一個知道實情的人，如此而已。一位只屬於他個人的知情之人。

「真奇怪。」他四下瞧瞧，然後打開後車廂，把球具丟進去時說。

「之前停車在這裡的傢伙發生了什麼事？我們進來的時候，妳沒看到另一輛車嗎？但我沒看到球場上還有別人，現在才想到。妳在球場有看到任何人嗎？」

我說沒看到人。

「搞不懂。」他說，然後又說一次：「能說什麼。」

我小時候經常聽到這句話，用的都是同樣的口氣。如同兩件事之間的橋梁，或作為結論，或表示正在說的事沒辦法再說得或想得更清楚。

「井是地上挖的洞[1]。」另一個人往往會開玩笑地說。

因為暴風雨的關係，泳池派對只得提前結束。室內無法容納那麼多人，帶小孩去的大部分選擇回家。

我們開車回去時，我和邁克都注意到自己的上臂、手背、腳踝周圍，有點刺痛搔癢，有灼熱感。先前躲在野草叢裡的時候，這幾個部位沒有衣服保護。我想到了蕁麻。

回到桑妮家後，我們換上乾衣服，在廚房把方才的冒險說給她聽，給她看身上的紅疹。

桑妮知道怎麼處理。昨天並不是第一次她帶克萊兒去當地醫院的急診室。之前一次週末，兩個兒子跑到穀倉後面長滿雜草的泥地上，回來時身上滿是傷口和疹塊。醫生說他們一定是碰到蕁麻，在蕁麻叢裡打滾。冷敷、抗組織胺液、藥丸。那瓶抗組織胺液剩下一些，藥丸也還有，因為馬克和葛瑞格當時很快就康復了。

我們的情況似乎沒那麼嚴重，不想吃藥。

桑妮說，有次公路加油站的女人告訴她，有種植物的葉片做出的膏藥最靈，專治蕁麻的紅疹。那女人說，藥丸沒半點屁用。那種植物好像叫「小牛腳」之類的[2]，有條岔路路口可以找到這種植物，就在一座橋旁邊。

桑妮躍躍欲試，她喜歡傳說中靈驗的草藥。我們不得不提醒她，已經有一瓶藥水了，而且是花錢買的。

桑妮很高興地替我們敷藥。事實上，我們的苦痛讓家裡每個人心情愉快，把他們從取消的泳池派對和下雨天的沉悶中解救出來。我們決定脫隊，因而碰上這場冒險，還在身上留下了證據，似乎讓桑妮和喬斯頓樂不可支。喬斯頓像是快笑出來，桑妮滿臉熱切。假如我們帶回了真正的犯錯證據——紅腫的部位在臀部，大腿或肚子上有紅斑——他們就不會這麼熱情替我們張羅了。

三個孩子看我們坐在那兒，腳浸在盆裡，手臂和手背因為被厚衣物包紮顯得笨拙，孩子們都

1　well是英語常見發語詞，依語境意思變化繁多，此處依上下文譯為「能說什麼」（well），而此單字本身亦有水井之意。

2　文中所指藥用植物應為款冬，其英文名稱為Coltsfoot，發音與小牛腳（Calf's foot）相近。

覺得有趣。克萊兒看到我們伸著光溜溜傻氣的大人腳掌，顯得特別快樂。邁克為了逗她，蠕動他長長的腳趾，她驚駭得咯咯直笑。

能說什麼。日後若再相見，或從此不見，這關係也不會有多大改變。派不上用場的愛，知所進退的愛（有些人會說這份愛不是真的，因為這愛沒有冒著受傷，或成為笑柄，或悲哀地磨損殆盡的風險）。像地底下的水，無須冒險卻依舊生機勃勃，泌出甜甜的涓流。帶著這新的、靜止不動的重量，如同封緘。

這些年來我和桑妮保持聯絡，即便友誼愈來愈淡薄。我沒向桑妮打探過他的消息，她也不曾主動提起。

當時那些開著粉紫色大花朵的植物並不是蕁麻，我後來發現那植物叫紫莖澤蘭。而刺傷我們的應該是比較不顯眼的植物，淡紫花色，莖桿外面覆滿極細的刺，足以刺傷肌膚，導致發炎紅腫，當時也生長在那片生機蓬勃的蕪雜草地上，只是毫不起眼。

梁柱

萊諾告訴他們，他母親死前的情況。

她要求給她化妝品。萊諾替她拿著鏡子。

「總得要一小時。」她說。

粉底霜、粉餅、眉筆、睫毛膏、唇筆、口紅、蜜粉刷。她動作慢，手又抖，不過化得還不錯。

「不用一小時啊。」萊諾說。

她說不，她不是指化妝。

她指的是死亡。

他問她要不要打給父親。他父親、她的丈夫和牧師。

她說，幹麼要打？

照她的預測，她只剩下五分鐘。

他們坐在羅娜和布蘭登屋後小小的陽台上，可以看到布勒內灣和點灰岬角的燈光。布蘭登站起來把灑水器轉向另一塊草坪。

幾個月前羅娜才見到萊諾的母親，是個嬌小的漂亮女人，一頭銀髮，有股英氣勃勃的魅力。她從洛磯山脈的小鎮來到溫哥華，欣賞法蘭西歌劇院的巡迴演出。萊諾邀羅娜一起去。表演結束後，萊諾正準備替她穿上藍色天鵝絨外套，他母親對羅娜說：「我真高興見到兒子的 *belle-amie*。」

「不用故意一直講法文。」萊諾說。

羅娜甚至不確定這個字的意思。Belle-amie，漂亮朋友？情人？

萊諾越過他母親的頭頂，抬起眉毛對她示意，彷彿在說不管她說了什麼，都不是我的錯。

萊諾大學時曾是布蘭登的學生。布蘭登誇他是一塊璞玉，才十六歲，從沒見過這麼棒的數學頭腦。羅娜想這可能是布蘭登誇大的後見之明，因為他總是慷慨讚美有天分的學生，也因為事情後來的演變。布蘭登早年斬斷與愛爾蘭的一切，家人、教會、感傷的歌曲，不過他抗拒不了悲傷的情節。的確如此，因為萊諾儘管一開始光彩耀目，後來卻經歷某種精神崩潰，到了必須住院的地步，大家沒再見過他。直到一天布蘭登在超市偶遇萊諾，發現他的住處離他們家不到一英里，就在北溫哥華市。他完全不再碰數學，在英國國教會附設的出版部門工作。

「來找我們，過來和我太太見個面。」布蘭登說。萊諾看起來有點落魄，而且孤單。

他很高興如今有個家，可以邀請客人來家裡。

「我不知道妳會是什麼樣子，我以為妳可能會看起來很糟。」萊諾對羅娜說。

「噢，為什麼？」羅娜說。

「不曉得。太太嘛。」

萊諾傍晚來訪。家裡兩個孩子都上床了，一般家庭生活常有的干擾——寶寶的哭聲從開著的房間窗戶傳出、布蘭登責怪羅娜沒收好玩具，玩具統統散落在草地上，或在廚房大聲問她有沒有買調琴酒要用的萊姆——這一切都讓萊諾高瘦的身體哆嗦了一下，神經質的緊繃臉龐一緊。必須暫停一下，切回人與人接觸該有的頻道。他輕哼起《聖誕樹》的旋律，唱起：「噢，婚姻生活，噢，婚姻生活……」[1]，他在黑暗中微微笑了，至少羅娜覺得他是在笑。那笑容和她四歲女兒伊莉莎白很像，她在公共場合看到什麼奇怪的事，找母親講悄悄話時，就是這表情。一種祕密的微笑，有點驚慌又帶著滿足。

萊諾騎著他那輛車身很高的老式腳踏車上坡，這年頭除了小孩子，沒人在騎腳踏車了。他還穿著上班服裝：暗色長褲、起皺的白襯衫（領口和袖口都已磨損）、不倫不類的領帶。他們到歌劇院看戲時，他加上了一件斜紋外套，但外套肩膀處太寬，袖子又太短。也許他沒有其他衣服。

「辛苦工作就賺這點錢，而且還不是在上帝的葡萄園，是在大主教的教區裡工作。」他說。

他又說：「有時我覺得自己像狄更斯小說裡的人，好笑的是，我根本不喜歡狄更斯。」

---

1 《聖誕樹》（O Tannenbaum）為源自德語的一首聖誕頌歌，曾被不同語言多次填詞變化，作為其他用途。原曲中反覆出現一句歌詞「噢，聖誕樹——」，此處萊諾亦即興改詞。

萊諾講話時頭歪向一邊，目光稍微越過羅娜的頭，盯著後面不知什麼東西看。他語速很快，聲音極輕，有時會出現某種神經質的興奮怪叫，不管講什麼都帶點驚奇。他講到他工作的辦公室，就在大教堂後面一棟建築裡，小小的哥德式窗戶接近屋頂，木頭上了亮漆，這樣才有教堂的氛圍；說到那裡的帽架和傘桶，不知為何總讓他內心充滿憂傷；說到打字員珍寧，以及《教會新聞報》編輯潘芳德女士；而幽靈似的、心不在焉的大主教有時會出現。珍寧和潘芳德女士為了茶包爭執不休，珍寧喜歡，而潘芳德女士並不。每個人都偷偷吃東西，從不與人分享。珍寧愛吃太妃糖，萊諾自己喜歡杏仁糖，而潘芳德女士究竟愛吃什麼，他和珍寧到現在還沒發現，因為她從不把吃剩的包裝紙丟進紙簍。不過她總是詭祕地咀嚼著。

他提到他住院過好一陣子，醫院有些地方和辦公室很像，比如偷吃東西。總之，什麼都偷偷摸摸。不同的是，院裡的人隔一段時間就會來綁住你，把你帶走，插上插座給你通電。電燈插座，他這麼說。

「其實很有意思，應該說很折磨人，不過我沒辦法形容。這就是最怪的地方，我記得但無法形容。」

他說因為醫院這種做法，他記憶力變得很差，什麼事都記不得細節。他喜歡聽羅娜說她自己的事情。

她向他描述嫁給布蘭登之前的生活。她們家在鎮上，一模一樣的兩棟房屋並立，她在那裡長大。房前有一道深溝流過，叫做染溪，因為流水經常混著編織廠的染料。房屋後頭是一片野草茂盛的草地，不過女孩不准去。她和父親住在其中一棟，她祖母、姑姑碧艾翠絲、表姊寶麗住另一棟。

寶麗沒有父親，大人這麼告訴她。有段時間羅娜真的相信，寶麗沒父親，就像曼島貓沒尾巴。

祖母的客廳裡掛著聖地的地圖，以羊毛織成，繡著《聖經》提到的地方。她在遺囑裡指定留給聯合教會主日學校。而碧艾翠絲姑姑自從那件事（恨不得塗掉的汙點）發生以後，再也不與男人交往，變得矯枉過正，迫切想洗心革面，因此把寶麗想成不知哪裡蹦出來的小孩，的確比較簡單。羅娜唯一向姑姑學到的事，是你得從側邊熨衣服，而不是攤開從正面熨，如此才不會露出熨痕。還有，任何不能遮住你胸罩肩帶的上衣都不該穿。

「嗯，沒錯。」萊諾伸長雙腳，彷彿連自己的腳趾頭都完全理解。「那麼說說寶麗，她在這種愚昧無知的家裡成長，個性怎麼樣？」

羅娜說寶麗沒問題，活力充沛，懂得與人相處，善良又自信。

「噢，再說一次廚房好嗎。」萊諾說。

「哪個廚房？」

「沒養金絲雀的那個。」

「那是我們家的廚房。」她告訴他，她如何用麵包包裝蠟紙，用力將廚房爐灶刷到亮晶晶；爐後是發黑的置物架，上頭放著煎鍋；流理臺以及掛在上方的小鏡子，鏡面玻璃有個三角形缺角；下面放著她父親做的小錫盆，裡頭總是放著一把梳子、一個舊杯柄、一小管乾掉的口紅，應該是她母親留下來的。

她告訴他，自己關於母親唯一的記憶。一個冬日，母親帶她進城。人行道和馬路中間有積雪。她那時剛學會看時鐘，抬頭看到郵局的大鐘，發現她和母親每天都聽的廣播肥皂劇快開始了。她非常著急，不是因為怕錯過故事，是因為她不知道，如果她們沒扭開收音機收聽，故事裡的人不知會怎麼樣。應該說她不只是著急，更覺得恐怖，想到可能消失的事物，無法發生的情節，只因一些不經意的缺席或偶然。

在她的記憶裡，母親的身影只有臂部和肩膀，穿著厚大衣。

萊諾則說，他對他父親的印象幾乎同樣淡薄，雖然他父親還在世。多了套上牧師袍的聲音？他可以多久不開口對他們說半句話，他和他母親常打賭。有次他問母親，父親為什麼這麼不高興，她說她真的不知道。

「我想可能他不喜歡他的工作。」她說。

萊諾說：「那他為什麼不換工作？」

「可能想不出喜歡做什麼吧。」

萊諾此時想起，他母親曾帶他去博物館，他怕木乃伊，於是母親告訴他這些人不是真的死了，等大家回去，他們會從棺裡爬出來。他問：「他不是木乃伊嗎？」他母親聽成「他不是媽咪嗎？」[2]，還把這事當成笑話轉述。他沮喪到無法糾正她。他還那麼小，便已灰心於人類溝通的巨大鴻溝。

這是少數還牢牢跟著他的幾段回憶之一。

布蘭登笑了。羅娜和萊諾並不覺得這故事有那麼好笑。布蘭登會陪他們坐上一會兒說：「你們在聊什麼？」然後像是盡到責任似的，如釋重負地起身說他有工作要忙便進到屋裡。似乎像在表示他相當滿意他們兩人的友誼，他早已預料到所以一手促成，只是他們兩人的談話讓他坐不住。

「他可以過來正常講幾句話，這樣很好，總比整天坐在房間裡好。」布蘭登對羅娜說。「當然他對妳有欲望，可憐的傢伙。」

他喜歡說男人渴望羅娜，特別是當他們出席系上的教職員派對，她是現場最年輕的妻子。她怕別人聽到他這樣說，覺得很難為情，搞不好他們覺得這種說法誇張又自以為是。但有時候，特別當她有點醉意，她會跟布蘭登一樣覺得刺激，心想自己可能真的是萬人迷。至於萊諾，她很清楚他不這麼想，她希望布蘭登不要在他面前說出類似的話。她記得他在母親面前對她露出的表情，算是表達了否認的意味。

2　木乃伊（mummy）與媽咪（mommy）發音相近。

收到詩的事，她沒告訴布蘭登。大約每星期她都會收到一首詩，寫在信裡封緘郵寄給她。不是匿名信，萊諾署了名，字跡潦草，難以辨識，詩中字跡也一樣潦草。幸好字數不多，有時只有十幾二十個字，以奇怪的格式寫滿整張信紙，宛如不確定的鳥類飛行軌跡。羅娜每次第一眼都看不出所以然，她發現不能太認真讀，只要手上拿著信紙，久久盯著上面的字，盯到出神，通常字就會浮現。不是每個字都可以，每封信都有兩、三個字完全猜不到，但不要緊。詩裡沒有標點符號，只有破折號，內容大部分是名詞。羅娜並非不熟悉詩的人，碰到沒那麼容易理解的事物，也不會輕易放棄，但她覺得萊諾寫的詩，和她鑽研佛教有點像，都是她也許有朝一日能夠領悟或碰觸到的智慧之源，只是現在還辦不到。

收到第一首詩後，她不知該說什麼，為此輾轉不安。她覺得該表示謝意，但不能落於俗套。她只趁布蘭登在聽不見的距離時說：「謝謝你的詩。」她努力克制，沒說出「我很喜歡。」萊諾猛力點點頭，喉頭發出一種聲音，表示別再說了。詩仍不斷寄來，但兩人沒再提起。她開始覺得應當把這些詩看成獻禮，而非訊息。但不是愛的獻禮，若是布蘭登可能會那麼想。詩裡找不到萊諾對她的情愫，絕非表白。這些詩讓她想到春天時走在人行道上會得到的淡淡印象，像去年的溼葉子黏在地面留下的影子。

還有一件更為要緊的事，她也沒告訴布蘭登，或是萊諾。她沒說寶麗要來他們家。寶麗，她表姊，打算從老家前來拜訪。

寶麗大她五歲，高中畢業後一直在當地銀行工作。她之前就存夠來這裡一趟的錢，不過決定先幫家裡裝防洪的抽水馬達。此刻她正搭著巴士橫跨加拿大前來找她。對她來說，拜訪表妹一家，認識她的丈夫和家人，是最自然適當不過的事了。但這對布蘭登而言簡直等同騷擾，除非受到邀請，沒人有權這麼做。他不是討厭家裡有訪客（看看萊諾），只是希望出於自己的選擇。羅娜每天都想一定得告訴他，卻一天拖過一天。

這也不是能找萊諾聊的事。任何嚴肅到足以被視為問題的事情，都沒辦法和萊諾聊。拋出問題，代表盼望和尋求解決之道，但這本身不好玩，不是用有趣態度看待人生，只剩下淺薄、令人氣悶的期盼。尋常的焦慮，顯而易見的情感，他都不愛聽。他喜歡完全費解的、簡直難以忍受（但很諷刺地能讓人歡喜承受）的事物。

有件事她說得不盡實。她告訴他，結婚當天她哭得非常慘，尤其是在婚禮上。但她有辦法拿這事說笑，因為她可以說布蘭登不肯放開她的手，害她不能拿手帕擤鼻涕。事實上，她並非不想結婚，或不愛布蘭登而哭。她哭是因為家中的一切突然顯得如此珍貴，儘管她一直想離開這個家，而這裡的人比任何人與她更親，哪怕她從不對他們說內心真正的想法。她哭是因為她前一天和寶麗一起清理廚房置物架，刷洗地上的油布時笑個不停，因為她故作感傷地向廚房的東西一一道別：老油布再見，茶壺上的破洞再見，我在桌底下黏口香糖的老地方再見。

那妳幹麼不直接對他說婚事就算了吧，寶麗說。但當然只是說說而已，她覺得很驕傲，羅娜自己也很自豪，十八歲沒交過真正的男朋友，但看看她現在，即將嫁給這麼好看的三十歲男人，還是個教授。

然而，她還是哭了。婚後不久接到家裡的信，她總是哭了又哭。布蘭登有次看到她哭泣便說：「妳很愛家人，對嗎？」

她以為他能同理她，回答：「是。」

他嘆了口氣說：「我想妳愛他們勝過愛我。」

她說不是這樣，是因為她有時替家人感到難過。他們日子艱難。祖母教四年級的學生教了許多年，如今視力非常差，幾乎沒辦法在黑板上寫字。而姑姑老是緊張兮兮，又愛抱怨，永遠找不到工作。至於她父親，在五金行工作，甚至不是自己開的。

「日子艱難？他們不會住過集中營吧？」布蘭登說。

然後他說，人活在世上該有進取心。羅娜那晚躺在新婚的床上，氣憤地哭了好一會兒，現在想起覺得很丟臉。不久布蘭登走來安撫她，但仍然相信她是因為講不過別人才哭，跟大多數女人一樣。

羅娜有點記不清寶麗的模樣了。她個子高、脖子長長的、有著窄腰、幾乎完全平胸這類的細節。尖下巴不大對稱，嘴有點歪。膚色蒼白，淺棕色頭髮剪得很短，纖細如羽毛。她看起來單薄又強悍，像修長花莖上托著的小雛菊。她穿著皺皺的牛仔裙，上面繡著花紋。

四十八小時前，布蘭登知道了她要來。她從卡加利來電（但由他們付費），電話是他接的。之後他有三個問題要問，語調冷淡，但還算平靜。

她要待多久？

妳為什麼不告訴我？

她為什麼要打對方付費的電話？

「我不知道。」羅娜說。

羅娜在廚房準備晚餐，努力想聽清楚他們的交談。布蘭登剛到家，她聽不到他打招呼的話。不過寶麗扯著嗓門，充滿危險的歡樂感。

「所以我一開始就搞錯了，布蘭登，你先聽我說完。我和羅娜沿著街上從巴士站走回來，我說，噢，老天爺，羅娜你們住的這一帶很高級呢。然後我說，可是看看那一戶人家，在搞什麼啊？看起來就像穀倉。」

沒有更糟的開頭了。布蘭登對他們的房子非常自豪，這是當代西岸設計風格，叫做梁柱式建築。這類建築不上漆，概念就是呼應原始的森林風，因此從外面看來相當樸實，極具功能性，平屋頂突出於房屋牆面之外。屋內橫梁清晰可見，所有的木頭都沒有遮飾。屋裡的壁爐連接石頭煙囪，直通天花板，窗戶呈狹長狀，不加窗簾。這種建築風格永遠是最卓越的，建造商說；每當布蘭登帶第一次來訪的客人參觀，總要重複一遍這說法，不忘加上「當代」兩字。

他懶得對寶麗說這些，也沒拿雜誌給她看，上面有篇文章介紹這種風格的建築，還附上照片，儘管不是在他們家拍的。

寶麗把家裡的老習慣也帶來，說話時總喜歡以對方的名字開頭，像是「羅娜——」或「布蘭登——」。羅娜早已忘了這種說話方式，如今聽起來非常蠻橫無禮。席間寶麗幾乎每句話都是以「羅娜——」開頭，聊的是只有她們兩個認識的人。羅娜知道寶麗不是故意失禮，她已努力裝出自在的樣子。而且她本來試著讓布蘭登融入，她和羅娜兩人都試了，一一解釋現在聊的那個人是誰，不過沒用。布蘭登幾乎不開口，只除了提醒羅娜餐桌上需要什麼，或說丹尼爾把麥芽糊灑到兒童椅旁邊的地上了。

她們兩人收拾餐桌，一起洗碗，寶麗繼續叨叨絮絮。羅娜平常會先替小孩洗澡，讓孩子上床睡覺再洗碗，但今晚她實在太煩躁（她感覺到寶麗快哭出來），沒辦法按部就班做好事情。丹尼爾在地上爬來爬去，而伊莉莎白對社交場合及新鮮的客人總是很感興趣，待在旁邊聽她們聊天。直到丹尼爾撞翻高腳椅（幸好椅子沒倒在他身上，但他嚇得大哭），布蘭登從客廳走過來。

「孩子上床的時間好像晚了。」他說著從羅娜手中抱過丹尼爾。「伊莉莎白，快去，準備洗澡了。」

寶麗講完鎮上的人，開始談到家裡的情況。不太妙。五金店老闆——羅娜的父親每次提到他，總像在說一個朋友而不是老闆——賣掉了店面，事前沒透露半個字，已成定局才告訴他。新老闆忙著擴張店面，生意卻被加拿大輪胎公司搶走，所以他沒有一天不找羅娜父親的麻煩。她父親每天從店裡回家都十分沮喪，躺在沙發動也不動。他沒心思看報紙或新聞，喝小蘇打水但不肯談胃痛的問題。

羅娜提到父親寫來的一封信，信裡輕描淡寫提過這些問題。

「是，他會說，只告訴妳。」寶麗說。

同時維持兩間房子實在令人頭疼，寶麗說。其實大家應該住在一起，賣掉另一間，但現在祖母已經退休，整天找寶麗母親的麻煩，而羅娜的父親沒辦法忍受和她們兩人住在一起。寶麗常想踏出家門一去不回，但少了她，他們該怎麼辦？

「妳應當過自己的人生。」羅娜說。但感覺怪怪的，居然換她給寶麗建議。

「當然當然，等情況好一點，我就可以離開，我老早就該這麼做了。但什麼時機才算恰當？印象中情況從沒好轉過。首先我得先看著妳畢業。」寶麗說。

羅娜聊天的語調帶著遺憾和同情，但她不肯停下手邊工作專心聽寶麗說話。她接收這些訊息的態度，彷彿這些事與她認識也喜愛的人相關，但不該由她負責。她想到父親黃昏時躺在長椅上，自行服用止痛藥，但不肯承認病痛。住在隔壁的姑姑老是擔心別人怎麼講她，怕人家在背後恥笑，在牆上亂塗鴉罵她。她還會哭，因為上教堂時肩帶露出來這種事。想到老家羅娜感到痛苦，但她總覺得寶麗在對她持續轟炸著，想逼她簽投降協定，把她捲入其中，共同承擔悲慘的命運。她絕不投降。

看看妳自己，看看妳的生活。妳們家的不鏽鋼流理臺。妳們的房子有最卓越的建築風格。

「如果要我現在離開她們，我想我一定會有罪惡感。我辦不到。離開她們我會充滿罪惡感。」寶麗說。

當然有些人從來不會有罪惡感。有些人就是沒感覺。

「妳聽了很多悲慘故事。」布蘭登說，夫妻兩人在黑暗中並肩躺著。

「她積在心裡很久了。」羅娜說。

「要記住，我們不是有錢人。」

羅娜嚇了一跳。「她不是要錢。」

「不是嗎？」

「她不是為了這個。」

「別那麼肯定。」

她變得僵硬，沒回話，然後想到可能會讓他心情好轉的一點。

「她只待兩星期。」

換他不回話。

「你不覺得她長得好看嗎？」

「不覺得。」

她本來要說，她的結婚禮服是寶麗做的。她本來打算穿她的海軍藍套裝結婚，但寶麗說：「這怎麼行。」那時離婚禮只剩幾天，於是她拿出自己高中時的正式禮服（寶麗比她活潑受歡迎，她會去參加舞會），加上襯以白蕾絲的馬甲，縫上白蕾絲衣袖。因為她說，新娘不能沒有衣袖。

不過布蘭登哪在意這些。

萊諾這幾天不在。他父親退休，萊諾去幫忙搬家，從洛磯山脈下的小鎮搬到溫哥華島。寶麗來到的第二天，羅娜收到他的信。不是詩，而是真正的信，儘管非常短。

我夢到自己騎腳踏車載妳，妳坐在後座，我們騎得飛快。妳看起來好像不怕；也許妳該害怕才對。對這夢境我們不應該覺得必須闡釋。

布蘭登一早就出門了。他也在暑期授課的學校任教，他說要在學校餐廳吃早餐。布蘭登前腳一走，寶麗立刻從房間走出來。她換掉荷葉邊的裙子，穿著家常褲，臉上的笑意始終不減，彷彿沉浸在一個自己知道的笑話裡。她稍微低著頭，避開羅娜的眼神。

「我最好出門，欣賞一下溫哥華，我想以後應該不大有機會再來了。」她說。

羅娜在地圖標出一些景點，告訴她該怎麼走，說她很抱歉不能陪她去，帶小孩出門是一大麻煩，會破壞她的行程。

「噢，別這麼說，我沒想過要妳陪。我來也不想太打擾妳，妳別整天忙我的事。」

伊莉莎白感覺到氣氛緊張，她問：「為什麼我們是麻煩？」

羅娜讓丹尼爾提早睡午覺，等他睡醒，她把他放進嬰兒車，告訴伊莉莎白要去遊樂場玩。她今天選的不是附近公園的遊樂場，而是山丘下面的另一座，靠近萊諾住的那條街。羅娜知道地址，但她沒看過房子。她知道是一棟獨棟房屋，不是公寓大樓。他住樓上的房間。

沒多久便到了，雖然回程肯定會比較久，因為是上坡路，還得推嬰兒車。但她已經走到北溫哥華的舊城區，這區的房子比較小，蓋在狹窄的空地上。萊諾住的那間裝著兩個門鈴，一個旁邊是他的名字，另一個寫著B．哈奇森。她知道哈奇森太太是房東。她按下電鈴。

「我知道萊諾不在家，很抱歉打擾妳，不過我借他一本書，是圖書館的，已經逾期了，所以我想是不是來他的住處，看能不能找到。」她說。

房東太太只說：「噢。」她是位年邁的婦人，頭上綁著印花頭巾，臉上有大塊黑斑。

「他是我和我丈夫的朋友。我丈夫是他的大學教授。」

教授這個頭銜到哪都有用。羅娜拿到鑰匙。她把嬰兒車停在房子陰涼處，叫伊莉莎白待在原地看著弟弟。

「這裡不是遊樂場。」伊莉莎白說。

「我上樓一趟馬上回來。一下子就好，可以嗎？」

萊諾房間最後面有個壁龕，雙口瓦斯爐和櫥櫃就放在那裡。沒有冰箱，也沒流理臺，只有廁所有洗手臺。窗戶上的活動百葉窗拉下一半，一條四方油布塗上咖啡色，看不出原本的花紋。房間裡有點瓦斯爐的氣味，混合著潮溼的厚重衣物的味道和汗味，以及松樹氣味的通鼻塞劑，是她早已習慣的萊諾本身的味道，她很少去想，也不會不喜歡。

除了這個，沒有其他線索能證明是萊諾的房間。她來當然不是為了圖書館的書，只是想待在他的住處，呼吸他的空氣，從他的窗戶望出去只見其他房屋，也許全都像這間，蓋在格勞斯山的山坡上，隔成小小的套房。這間房空蕩蕩，缺乏個性，讓人看了十分難受。床、書桌、小桌子、椅子，如此基本，僅剛好讓房東能在租房廣告標示為附帶家具。雪尼爾料子的床罩應該也是本來附的。房內沒擺照片，連月曆也沒有，更令人吃驚的是，一本書都沒有。

一定是放在哪裡了。在書桌抽屜裡？她不能看。不單因為沒有時間（她聽到伊莉莎白在院裡喊她），也因為缺乏任何個人財產，萊諾感覺比常人敏銳。除了嚴苛與祕密，還有種隨時戒備的氛圍，幾乎像是他刻意設下圈套，等著看她怎麼做。

她不想再調查下去，現在一心只想往地板的正方形油布中央一坐，坐上幾小時，不為探看房間，而是沉入其中。沉入這個沒人認識她，也沒人對她有所求的地方。久久地待在這裡，變得愈來愈尖、愈來愈輕，如同一根針。

星期六早上，羅娜和布蘭登要帶著孩子開車到彭蒂克頓；一個研究所學生邀請他們參加婚禮。他們星期六晚上便會住在彭蒂克頓，待上一整個星期天，直到星期一早上才會開車回家。

「妳告訴她了嗎？」布蘭登說。

「沒關係，寶麗不會想一起去的。」

「重點是**妳告訴她了嗎**？」

星期四羅娜和寶麗整天都在安布賽海灘。她們帶小孩搭公車去，換了兩趟車，大包小包的東西：毛巾、海灘玩具、尿布、午餐，還有伊莉莎白的充氣海豚。她們發現自己行動困難，其他乘客看到她們帶著孩子來玩，都覺得惱怒厭惡，但反而激起了她們女性的一面，她們感到近乎歡樂的情緒。離開家裡那個她身分為好妻子的地方，對心情也有幫助。她們雖狼狽但得意地抵達海灘，搭好帳篷，兩人輪流下水玩，照顧孩子，遞送冷飲、冰棒、薯條等食物。

羅娜的皮膚曬得略黑，寶麗完全不是。她伸直一條腿和羅娜比較：「妳看，好像生麵團。」

她得照看兩個家，加上銀行的工作，她想曬曬太陽都擠不出一刻鐘的時間。不過她此刻的語氣只像陳述事實，不帶抱怨或暗示自己做出多大犧牲。她身上隱隱散發的、如同舊抹布般的酸腐氣息消失了。她一個人逛溫哥華，這是她第一次隻身在都市旅行；她在公車站與陌生人攀談，詢問當地有哪些景點，有人建議她搭纜車到格勞斯山山頂。

她們躺在沙灘上時，羅娜向她解釋。

「每年這個時候，布蘭登都很不好受，暑期學校的課讓人神經緊繃，得一直趕進度才行。」

寶麗說：「是嗎，所以不是針對我？」

「別傻了，當然跟妳沒關係。」

「嗯，那我就放心了。我以為他討厭我到極點。」

她接著提到家鄉有人想約她出去。

「他太認真了，想找個老婆。我猜布蘭登也是，不過我想妳當初是愛他才嫁的。」

「愛，現在還愛。」羅娜說。

「好吧，只能說我想我不是。」寶麗把臉壓在手肘上說。「我想如果妳還算喜歡一個人，與他交往且下定決心只看優點，這樣可能還行得通。」

「那他的優點是什麼？」羅娜坐了起來，這樣她才能盯著伊莉莎白騎充氣海豚。

「這個嘛，給我點時間想想。」寶麗咯咯地笑。「開玩笑的，其實他優點很多。我故意嘴壞。」

她們收拾玩具和毛巾時，她說：「就算明天的行程跟今天一樣，我也會很樂意。」

「我也是，不過我得準備去歐肯納根。有人結婚，邀我們去婚禮。」羅娜說。她故意說得好像不過是跑腿的差事，因為煩人又無聊，她連提都懶得提。

寶麗說：「噢，這樣，那我可能自己來海邊吧。」

「嗯，對妳有好處。」

「歐肯納根在哪裡？」

隔天晚上，羅娜送小孩上床以後，走進寶麗的客房。她打算去拿櫃裡的行李箱，以為房間沒人，她想寶麗大概還在浴室，浸泡加了小蘇打的溫水，舒緩身上的曬傷。

但其實寶麗在床上，全身用床單包裹住，像披著裹屍布。

「妳洗完澡啦，曬傷好點了嗎？」羅娜故作沒事地說。

「我沒事。」寶麗聲音含糊。羅娜立刻知道她剛哭過，搞不好還在哭。她站在床尾，沒法就這樣離開房間。失望如同噁心一樣襲捲了她，她覺得厭惡。寶麗沒有打算一直躲在被單下，她翻身探出頭來，臉上是剛哭過的痕跡，臉紅紅的，因為日曬也因為啜泣。眼眶裡蓄滿新鮮的淚水。她是悲慘堆出的小山丘，實實在在的控訴。

「怎麼了？」羅娜說。她故作驚訝，裝出同情的樣子。

「妳不想要我來。」

她看著羅娜，雙眼盈滿淚水、傷心及被背叛的控訴；噢，不止這些，還有她可惡的情感勒索，像是嬰兒要人哄抱安撫。

羅娜險些打她。她想問，妳有什麼權利這麼做？妳幹麼這樣賴著我？妳憑什麼？家人，身為家人給了她這權利。她存夠了錢打算投奔她，覺得羅娜應該收留她。這是真的嗎？她真的打算永遠待在這裡，不回去了？分沾羅娜的好運，融入羅娜翻身的世界？

「妳覺得我能怎麼辦？」羅娜不客氣地問，自己都嚇了一跳。「妳覺得我有任何權力嗎？他每次給我錢，從來不會超過二十元加幣。」

羅娜拖著行李箱走出房間。

一切如此虛假、令人作嘔，把自己的處境講得這麼不堪，好顯得跟寶麗一樣慘。到底每次給不會多過二十元和這些有什麼關係？她有個記帳的戶頭，開口向他要錢，他從沒拒絕。

她睡不著，在心中狠狠罵了一頓寶麗。

比起在沿岸的城市，歐肯納根的炎熱讓夏天更顯真實。覆滿蒼白野草的山丘，旱地松樹稀疏的影子，似乎與這場歡樂無比的婚禮融成一片，是最自然的背景。婚禮上香檳無盡供應，賓客忙著跳舞、調情、交朋友，現場滿溢友誼與善意。羅娜很快醉了，訝異地發現酒精非常容易讓她放鬆，拋開精神的束縛。鬱結孤單的感覺似乎消失，她帶著醉意上床，開始挑逗布蘭登，他當然很樂意。即使是隔天，宿醉也不嚴重，淨化過的感覺大過受罪。她躺在湖邊，看著布蘭登幫伊莉莎白蓋沙堡，覺得提不起勁，但沒有半點對自己不滿的情緒。

「妳知道我和爹地是在婚禮上認識的嗎？」她問[3]。

「不過和這個不大一樣。」他意思是他朋友和麥奎格家小姐的婚禮乏味至極（麥奎格家族在羅娜家鄉是名門望族）。婚宴在聯合教會大廳舉行，羅娜是負責分派三明治的其中一個女孩。大家在停車場喝酒，沒多久就散了。羅娜不習慣聞到男人身上的威士忌味，而且覺得布蘭登抹太多髮油，氣味有點陌生。不過她喜歡他厚實的肩膀、粗壯的頸項、大笑的樣子、炯炯有神的金棕色

3　此處應為羅娜向孩子說。（編註）

眼珠。當她知道他是數學老師，她也愛上了他的頭腦。一個擁有她完全不懂的知識的男人令她興奮，不管那是什麼，就算他學的是汽車機械也一樣。

他對她產生的吸引力似乎是個謎。她後來知道他一直在尋覓妻子，年紀不小了，是該定下來的時候。他想要一個年輕女孩，但希望不是同事或學生，甚至不是父母會送去讀大學的那種女孩。未經世事。要夠聰明，但純樸天真。一朵野花，剛結婚充滿熱情的那段日子，他這麼形容；現在有時仍這麼說。

回程時他們開車經過位於基里米奧斯和普林斯頓的某處，把遍地陽光的炎熱鄉間拋在後頭。陽光依然照耀，羅娜只感到些微不安，這種情緒像一根頭髮可以輕易從眼前彈開，也可能自行飄走。

但微微的不安一直回來，愈來愈不祥，逗留不去，最後往她身上一跳，她知道那是什麼。

她心裡害怕，甚至有幾分確定，她們在歐肯納根這幾天，寶麗已經在北溫哥華家中的廚房自殺了。

在廚房。羅娜眼前有幅畫面，寶麗會怎麼做她看得一清二楚。她會在後門內側上吊。等他們回到家，從車庫走進屋裡，會發現門鎖上了。他們會拿鑰匙打開，試圖推門但始終推不開，因為被寶麗身體頂住。他們會趕緊跑到前門，從那裡進廚房，眼前是寶麗死亡的景象。她會穿著荷葉邊的牛仔裙和白色抽繩上衣，那身剛來到他們家時她勇敢穿出門，考驗過他們好客程度的衣服。

修長潔白的腿晃盪著，纖細的頸子上掛著軟垂的頭。屍體前方是廚房的餐椅，她先踩著爬上去，再一腳踢開，看悲慘本身會以何作結。

獨自待在一個沒人歡迎她的屋裡，這些牆壁、窗戶、她喝咖啡的杯子都想必令她沮喪。

羅娜記得一次在祖母家裡，她被大人留下來和寶麗在一起，由寶麗看顧她。也許她父親在店裡，不過她記得他也出門了，三個大人都不在鎮上。一定是什麼特殊場合，因為他們從不逛街購物，更別提出去玩。是葬禮，幾乎可以確定是葬禮。當天是星期六，不用去學校。羅娜還太小，本來就沒上學。她的頭髮還不夠長，綁不成馬尾，散髮披在臉上，就像寶麗現在。

寶麗當時正值熱愛做糖果或各種高熱量的美味甜點，看祖母的食譜學來的巧克力椰棗蛋糕、馬卡龍、牛奶軟糖等等。她那天攪拌材料時，發現櫥子裡缺了其中一種材料，她得騎腳踏車去鎮上商店賒帳買下。當天天冷、風勁，地面光禿禿的，不是秋末就是初春。寶麗臨走前關上火爐的風門，但又想起一些母親出門採買，家裡失火，小孩在屋裡活活燒死的故事。於是她要羅娜穿上外套，帶她到外頭，叫她待在廚房和主屋之間的角落，那邊風沒那麼強。隔壁房子應該是鎖上的，不然她會帶她進去。她叫她乖乖待著，然後騎車到商店。待在這裡，不要動，沒事的，她說。然後她親親羅娜的耳朵。羅娜聽她的話，一動也不動地待著。大約十分鐘吧，或十五分鐘，她蹲在白色丁香叢後面，看著房屋地基每一塊石頭的形狀。直到寶麗哭著衝回來，腳踏車往院子隨地一扔，一路叫她的名字，羅娜，羅娜，羅娜，把裝著紅糖或胡桃的袋子扔在地上，到處親吻她的頭。因為她想到，搞不好有藏在暗處的綁匪看見她蹲在角落；女孩子不能到屋後的田野，就是因為怕碰到這種壞人。她騎回來時一路禱告，千萬別發生這種事。幸好沒事。她忙著牽羅娜進屋，替她捂熱受凍的膝蓋和雙手。

噢，可憐的小傢伙，她說。噢，妳怕不怕？羅娜喜歡看她大驚小怪的樣子，低下頭任她撫摸，彷彿自己是匹小馬。

松樹和滿是光禿土塊的丘陵漸漸消失，取而代之的是更茂密的常綠林與綠意盎然的高山。丹尼爾開始哭鬧，於是羅娜拿出他的嬰兒水瓶。過了一會兒，羅娜叫布蘭登停車，好讓她把寶寶放在前座換尿布，換尿布時，布蘭登走去遠處抽菸。這種換尿布的例行公事總令他有點不快。

羅娜也趁機拿出伊莉莎白的故事書，等大家重新坐好，她念給孩子聽。是蘇斯博士寫的童書，伊莉莎白能背出所有韻腳，就連丹尼爾也知道在哪裡可以加入他的自創字。

寶麗不再是那個用兩手搓熱羅娜的小手，知道所有羅娜不知道的事，可以託付照顧她的人。局面完全逆轉。似乎打從羅娜結婚，這幾年寶麗毫無成長。羅娜越過了她。羅娜有兩個孩子，如今坐在後座等著她照顧和愛護；寶麗這年紀的人竟想來爭奪她的愛，怎麼看都有點不恰當。

再想也沒用。她腦海中的爭論剛止息，就彷彿覺得門後似乎掛著屍體，怎麼也推不開。沉甸甸的重量，泛灰的屍體，什麼也不曾得到過的寶麗的屍體。這個家沒有她立足的地方，而她夢想的生命改變永遠不可能到來。

「現在讀《瑪德琳》。」伊莉莎白說。

「我記得沒帶《瑪德琳》。沒有，真的沒帶。沒關係，妳都會背了。」羅娜說。

她和伊莉莎白一起念出來。

巴黎有間爬滿葡萄藤的老房屋，
住著十二個小女孩，她們分成兩排對坐，
她們對坐聊天吃飯，
然後刷牙上床睡覺。

愚蠢、戲劇化、罪惡。絕對不可能發生。

可是就是會發生，有些人就是死了，沒人及時幫她一把。根本沒人幫她，總有人被扔到黑暗裡。

夜晚漸漸深，
克萊弗小姐打開燈，
她說，有件事好奇怪——

「媽咪，為什麼不念了？」伊莉莎白問。

羅娜說：「我得停一下，嘴巴好乾。」

他們在速食店停留吃漢堡喝奶昔。然後沿著弗雷澤山谷開，小孩在後座睡著了。還有時間。等他們經過智利域，再來是亞伯斯福，接著看到前方新西敏的山丘和其他蓋滿房屋的丘陵，這座城市最初起源的地方。還有橋等著他們穿過，路口等著他們轉彎，街道等著他們駛過，街角等著他們通過。這一切都會是在那一刻之前；下次她再見到這一切，就是在那一刻之後了。

他們經過史丹利公園時，她想到該禱告。真是無恥，不信神的人逮住機會禱告。千萬不要發生，不要發生。**拜託不要發生了**。

天空依然晴朗，車子駛經獅門橋時，他們望向窗外的喬治亞海峽。

布蘭登問她：「今天看得到溫哥華島嗎？妳看看，我看不到。」

羅娜伸長脖子越過他看向窗外。

「很遠，看不清楚，不過在那兒。」她說。

眼看著前方山丘有如浮在海面上，原本是一抹淡藍，然後漸漸消失在視線內，她突然想到還有一件事可以做。來場交易。要相信這事還有希望，直到最後一分鐘都可以和上帝談條件。

態度要嚴肅，提出最終極的、激烈的承諾。拿去吧。我保證。假如可以讓這事不要成真，假如可以不要發生。

不能是孩子。她一把搶過這念頭，像是從大火中救出小孩。也不能是布蘭登，理由恰好相反。她沒那麼愛他。她會說她愛他，在一定範圍以內是成立的，也希望他愛她，但幾乎與愛並行的，是一點點擾攘的恨意，嗡嗡作響。所以拿他交換，根本沒用而且該罵。

她自己呢，她的容貌抑或健康？

她突然想到她可能根本錯了。遇到這種情況，由不得妳選擇，由不得妳開條件。等到某事發生，妳就明白條件是什麼了。妳只須承諾會遵守條件，即使還不知道會是什麼。承諾。

但不可以是孩子。

到了卡皮拉諾路，進入他們居住的地區，世界上屬於他們的小角落，他們的人生在此有了真正的分量，他們的行為會產生後果。路樹之間露出他們房屋堅硬不屈的木造牆面。

羅娜說：「走前門比較容易，這樣就不用走臺階。」

布蘭登說：「走幾個臺階有什麼問題？」

「我沒看到橋。」伊莉莎白突然醒過來，一臉失望。「過橋時你們為什麼不叫醒我？」

沒人理她。

「丹尼爾的手臂都曬傷了。」她聲音聽來不甚滿意。

羅娜彷彿聽見隔壁院子裡傳來聲音。她跟在布蘭登後面繞過屋子，丹尼爾仍沉沉睡在她肩膀。她手上提著兩只袋子，一只裝尿布，一只裝故事書。布蘭登提著行李。

這時她發現聲音來自他們自家後院，是寶麗和萊諾。兩人拉了兩把草坪椅，坐在樹蔭下乘涼，背對著他們。

萊諾，她完全忘記他的存在。

他跳起來，跑出來打開後門。

「這會兒大家都回來啦。」語氣是羅娜從未從他口中聽過的，毫不矯飾的開心，恰如其分的自信，一種家庭友人的聲音。他打開門時筆直望著她的臉（他以前幾乎不曾這樣做），對她笑了一下，笑容裡不再有那種微妙、祕密、妳知我知的共謀、難以言宣的忠誠。所有的複雜，每一句私語，都不在裡面了。

她盡量學他開心的語調。

「哦……你什麼時候回來的？」

「星期六，我忘記你們說要出遠門，大老遠跑來找你們，結果都不在。不過寶麗在家，當然她告訴了我，我就想起來了。」他說。

「寶麗告訴你什麼？」寶麗說，走到他身後。這不是真的問話，而是一個女人半帶戲謔的玩笑話，她知道不論她說什麼，對方都愛聽。她曬傷的部位變成好看的淺棕色，前額和頸間透出之前沒有的紅潤。

「給我。」她對羅娜說，把她手臂上的提袋統統接過來，還有手上的嬰兒水瓶。「都給我，寶寶妳抱。」

萊諾凌亂的黑髮變成棕黑色（當然這是她第一次在充足的陽光下看他），他的皮膚也曬過，想必曬了一段時間，前額不再像以前蒼白。他穿著常穿的黑長褲，但這件襯衫似乎沒看過，黃色短袖襯衫，亮閃閃的廉價料子，看起來熨過多次，肩膀部位顯得太寬，也許是教堂二手拍賣會買的。

羅娜把丹尼爾抱到房間，放進嬰兒小床，站在床邊輕聲哄他，撫摸他的背。

她想萊諾一定在懲罰她偷進他房間，房東太太想必告訴他了。羅娜早該想到，如果她先靜下思考一下的話。但她沒有，或許她覺得應該沒關係。她甚至想過自己告訴他。

我準備去遊樂場時經過，剛好想到可以進去坐在你房間地板上。我無法解釋，彷彿走進你房間坐在地板上，能夠讓我感到片刻平靜。

她原本以為他和她會建立起緊密的聯繫（畢竟他寫過那麼多信給她），當然不是把話挑明，但至少她能依賴他。而她肯定錯得離譜，她嚇到他了，太一廂情願。他決定轉身離去，此時寶麗出現了。羅娜冒犯了他，所以他轉向了寶麗。

但或許不是，或許他只是變了。她想到他房間異常的空蕩，牆上的光線，這種情境很可能會讓他隨時改變對自己的看法，說變就變。也可能只因什麼事不太順利，或突然明白自己無法堅持到底，甚至可能沒有任何確切原因，一個轉眼他就變了。

等丹尼爾真的睡著，她下樓去。她看到寶麗已細心洗過尿布，用可以殺菌的藍色溶液浸泡在桶內。她把擱在廚房中央的行李箱拿上樓，放在大床上，打開箱子整理該洗的衣物，乾淨的放一邊。

房間的窗戶對著後院，她聽到幾種聲音：伊莉莎白因興奮變得尖細的聲音，可能是因為回到家，也可能是因為觀眾變多了想吸引注意；布蘭登充滿權威但愉快的聲音，敘述這趟旅程。她站到窗邊往下看。布蘭登走到倉庫，打開倉庫門，拖出小孩的淺水池。門晃了幾下碰在他身上，寶麗趕緊跑過去打開。

萊諾起身走過去解開水管。她訝異他居然知道水管在哪。

布蘭登不知向寶麗說什麼。謝謝她嗎？你會以為他們處得多好呢。

到底怎麼了？

或許因為現在寶麗是萊諾選擇的人，值得重視。萊諾的選擇，不是硬攀附羅娜的關係。

至於布蘭登，也可能是出門一趟，心情變好了。他暫時卸下包袱，不必在意家裡是否秩序井然。可能他看出改變了的寶麗不會造成威脅。

這一幕如此家常卻令人讚歎，像是魔法。每個人都高興。

布蘭登開始往塑膠游泳池吹氣。伊莉莎白脫到只剩內褲，在旁邊迫不及待地跳舞。布蘭登也沒要她去換泳衣，說內褲不適合玩水。萊諾打開水龍頭，在泳池吹飽之前，他先站著替旱金蓮花澆水，模樣就像他是屋主。寶麗對布蘭登說話，泳池充到一半，他旋緊剛吹著氣的洞口，把塑膠管遞給她。

羅娜想起來，去海灘那天也是寶麗替充氣海豚吹氣，她說她很會吹氣。此時她以穩健的節奏吹著，看來毫不費力。她穿著短褲，光裸的雙腿堅定地打開，皮膚像白樺樹一般發出光澤。而萊諾看著她。正是我需要的，他大概這麼想。這麼能幹又懂事的女人，順從可靠，不會貪慕虛榮，不會只知做夢、老是不滿足，是他將來會娶的那種女人，可以接管他的一切，然後他會改變，持續改變，也許有一天愛上另外一個女人（以他的方式），但這妻子忙著張羅一切，根本不會注意到。

寶麗和萊諾，這兩人可能會在一起，也可能不會。寶麗可能按原定計畫回家；若她真的走了，也不會有人傷心，至少羅娜這麼想。寶麗可能結婚也可能未婚，但不管結不結，與男人有關的一切都不會令她心碎。

塑膠游泳池的邊緣很快鼓脹起來，變得平滑。然後把小池放在草地上，水管放到裡面，伊莉莎白伸長腳踢著水玩。她抬頭看向羅娜，彷彿知道她一直在那裡。

「好冷，媽咪，水好冷。」她興奮地喊。

布蘭登也抬起頭看羅娜。

「妳在那裡幹麼？」

「整理行李。」

「那個不用現在做，到外面來。」

「好，很快就來。」

從她進屋以後——應該說從她聽出後院講話的聲音是萊諾和寶麗以後——羅娜就不再想起她在路上（經過一英里又一英里）的幻想，以為寶麗會吊在後門上。她對此十分訝異，就像人有時醒來很久之後回想夢境會有的驚訝。她的幻想就像夢充滿力道、令人羞愧，也和夢一樣無用。

過了一會兒，她才慢半拍地想起那筆交易。她出於本能、軟弱與神經質訂下的交易。

但她承諾了什麼？

與小孩沒關係。

所以與她有關？

她承諾願意做任何必須做的事，哪天出現了她會知道。

不過是防護措施，不算交易的交易，全無意義的承諾。

但她還是設想了幾種可能，簡直像在構思說給某人聽的故事版本——那人現在不會是萊諾了——總之是另外一個人，當作調劑。

放棄閱讀。

收養問題家庭或落後國家的小孩。努力治癒他們的傷口和被忽略的痛苦。

上教堂，開始信仰上帝。

剪短頭髮，不再化妝。不再穿鋼圈胸罩擠高胸部。

她在床上坐下，這些亂七八糟的瞎想累壞了她。

比較說得通的是，她的交易是繼續過日子，一如以往。約定已經生效。接受已經發生的事，明白接下來會發生的事。日復一日年復一年，感覺沒什麼改變，除了小孩會長大，搞不好再生一、兩個，而他們也會長大。她和布蘭登愈來愈年邁，變老。

直到此刻她才清楚深刻地了解，她正在等待某件事發生，改變她的人生。她承認婚姻是生命中的一大改變，但不會是最後一個。

所以，現在只剩她或任何人都能預見的——她的快樂，那就是她得交換的東西，不是什麼祕密或怪事。

她想，得小心留意。她突然想雙膝跪下，很戲劇化，但是是認真的。

伊莉莎白又在叫：「媽咪，妳來。」然後其他人——布蘭登、寶麗、萊諾——此起彼落地喊她，開她玩笑：

媽咪。

媽咪。

妳來。

這是很久以前的事了，當時他們還住在北溫哥華，住在梁柱式建築的房裡。當時她只有二十四歲，剛學會與生命討價還價。

記憶

溫哥華一間旅館房間，年輕的梅芮歐正戴上夏季的白色短手套。她穿著米色亞麻洋裝，頭上綁了條極薄的白絲巾，當年髮色還是黑的。她微笑，因為她想起雜誌上提到泰國詩麗吉皇后講過，或該說是引述別人的話。詩麗吉皇后提及皮爾．帕門的話是：

「我的時尚全是向帕門學來的。他說：『只戴白手套。白手套最好。』」

白手套最好。可是她為什麼微笑？這樣一句輕柔如私語的建議，如同荒謬卻不容分說的智慧。她戴上手套的手顯得正式，看起來卻如小貓爪子一般稚嫩。

丈夫皮爾問她在笑什麼。她說：「沒事。」然後講給他聽。

他問：「帕門是誰？」[1]

1　皮爾．帕門（Pierre Balmain，又譯皮耶爾．巴爾曼），為法國傳奇時裝設計師。與女主角丈夫皮爾同名不同姓。

他們著裝準備參加葬禮。昨晚就從溫哥華島的家中出發，搭渡輪過來，這樣才能準時出席今早的儀式。這是他們自新婚之後再一次住旅館，因為現在出門度假都得帶著兩個小孩，他們會找適合一家人入住的便宜汽車旅館。

這是他們婚後第二次一起出席的葬禮。皮爾的父親和梅芮歐的母親都已過世，不過那是他們相遇前的事。去年皮爾學校裡一位老師驟逝，舉辦了精心的儀式，學校男生唱詩班吟誦十六世紀埋葬死者的禱詞。這位老師六十多歲，梅芮歐和皮爾聽到他死去的消息有點驚訝，但談不上難過。他們覺得六十五歲走，與七十五或八十五歲走其實沒多大差別。

不過今天的葬禮不一樣。下葬的是強納斯，皮爾的多年摯友，二十九歲，與他同年。兩人一起在西溫哥華長大，還記得當地在獅門橋建造前的樣子，當時還只是小城鎮。兩人的父母是朋友。他們十一、二歲時合力建造了一艘小船，在丹達瑞夫碼頭啟航。大學時他們變得比較疏遠，因為強納斯讀工程，而皮爾讀的是希臘羅馬古典文明。文科和工科學生向來瞧不起對方。不過大學過後，他們的友誼又稍稍回溫，仍然單身的強納斯會來找皮爾和梅芮歐，每次總要在他們家住上一星期。

兩個年輕人對他們的人生機緣都感到驚訝，有時會拿來開玩笑。強納斯選擇的專業，在他父母看來算是很穩當，就連皮爾的父母也暗自妒忌，但後來是皮爾先結婚，找到教職，開始擔負起普通人該負的責任。而強納斯，大學畢業後沒有一份工作做得長久，女朋友換了又換。他總是停留在試用期，無法成為公司的長期員工，至於女孩子（至少聽他這麼說）也都不想和他定下來。

他最後一份工程師的工作是在卑詩省北部，不知是辭職還是被開除。「在雙方同意下終止雇傭關係。」他在給皮爾的信上這麼寫，又說他目前住在旅館，房客都是上流人士，他或許可以在伐木隊找到一份工作。他正在學開飛機，希望成為叢林飛行員，駕機在無人地帶飛行。他說一旦度過目前的經濟難關，會再去他們家拜訪。

梅芮歐不希望他來。強納斯會睡在客廳的沙發上，每天早上她得替他收拾扔在地上的棉被。他拉住皮爾聊到半夜，講的都是青少年時期（甚至更早）的事情。他喊皮爾「皮毛」，小時候的綽號，提到他們其他共同朋友則是「大便丹」、「臭湯」、「破壞王」，從來不叫梅芮歐常聽到的「史丹」、「唐」、「睿克」。他鉅細靡遺地回憶每件往事，像在炫耀記憶力，但梅芮歐實在不覺得了不起或好笑（把一袋狗屎放在老師家的臺階上，然後點火；老男人給男孩五分鎳幣，叫他們脫下褲子）。如果話題轉到當下的事情，他就會開始惱怒。

當她不得不把強納斯的死訊轉告皮爾時，她覺得歉疚而且驚駭。歉疚是她從未喜歡過強納斯，驚駭是同齡的朋友圈裡面，他是第一個走的。但皮爾似乎並不驚訝或特別難受。

「自殺。」他說。

她說不是，是意外。他在礫石路上騎摩托車，那時天色已黑，因此翻了車。及時被路人發現（也可能是他載的人）送進醫院，但不到一小時就死了。他傷得很重，救不回來。

這是他母親在電話裡說的：「**他傷得很重**，救不回來。」聽起來像是立刻便接受現實，毫不驚訝，就像皮爾說「自殺」時的口氣。

在這之後，皮爾和梅芮歐不再談起他的死，只談葬禮、訂房、需要找能過夜的保母。西裝該拿去洗，白襯衫應該是個安全的選擇。梅芮歐一手包辦所有事，皮爾不斷像個典型的丈夫確認細項。她知道他希望她保持冷靜，做好該做的事，不要表現出悲傷（但他應當知道她沒那麼悲傷）。她問他為什麼說是自殺，他回答「我第一個念頭就是想到這個」。她覺得他言詞閃爍，像在警告她，阻止她再追問。他似乎懷疑她對這起死亡（或說此事與他們如此切身相關）有種不應有的、自我中心的感覺。病態的興奮，洋洋得意。

那個年代的年輕丈夫都很嚴厲。不久前，他們還在苦苦追求女孩、受性欲擺布什麼事都願意做，往往引人發笑。但同睡一張床之後，他們態度變得堅決，對每件事都有意見。一早出門上班，鬍鬚刮得乾淨，年輕的脖子下打好領帶，做著妻子不了解的工作；晚餐時間回到家，用批評的眼光審視著晚餐，抖開報紙當作屏障，好把他們自己和廚房的髒亂、疾病和情緒、剛出生的孩子隔開。他們得在短時間內學會多少事——如何拍老闆馬屁、如何駕馭妻子。對貸款、擋土牆、草地、排水系統、政治，以及接下來的四分之一世紀都得靠它養家的這份工作，都擺出權威姿態。而女人卻悄悄倒退了——白天時，陡然落在她們手上的可怕責任（也就是孩子）可以稍微放鬆，回到第二次青春期。丈夫前腳一出門，心情就變得輕快。如夢的反叛、顛覆常規的聚會、發瘋似的大笑（多像回到高中時期），快速在丈夫供養的這四面牆之間滋長，趁著他不在家。

葬禮結束後，一些人受邀回強納斯父母位於丹達瑞夫的家。圍籬上杜鵑花開得正盛，有紅色、粉紅、紫色的花朵。大家誇讚強納斯父親的花園很美。

「真的嗎，其實是趕著整理好的。」他說。

強納斯的母親說：「不是像樣的午餐，只是一些外帶餐點。」大多數人喝著雪莉酒，也有些男人喝威士忌。展開的餐桌上放著琳瑯滿目的食物：鮭魚慕斯、香菇塔、香腸捲、清淡的檸檬蛋糕、切好的水果、杏仁脆片餅乾，以及蝦仁、火腿、酪梨小黃瓜等口味的三明治。皮爾每樣都夾，小小的瓷盤上堆滿食物。梅芮歐聽到皮爾的母親對他說：「其實你可以再來夾第二次。」

他母親已經不住在西溫哥華，是從白石市過來參加葬禮。她不好意思直接責罵，畢竟如今皮爾已經是個老師，還結婚了。

「還是你覺得都不會有剩？」她又說。

「搞不好沒我想吃的。」皮爾漫不經心地回答。

他母親對梅芮歐說：「好漂亮的洋裝。」

「嗯，可是妳看。」梅芮歐說，順了順裙身起皺的地方，剛剛追思儀式坐皺的。

「這是缺點。」皮爾的母親說。

「什麼缺點？」強納斯的母親愉快地問，她把一些香菇塔倒在加溫的餐盤上。

「亞麻布的缺點。」皮爾的母親說。「梅芮歐剛說她的洋裝都皺了。我就說這是亞麻的缺點。」她沒提是因為追思儀式。

強納斯的母親似乎沒聽見，她看向房間另一頭說：「那位是負責照顧他的醫生。他自己開飛機從史密瑟斯飛過來。真的，他人實在太好了。」

皮爾的母親說：「那樣真的很冒險。」

「是啊，不過我想他經常這樣，替叢林裡的人看診。」

她們講的這個人正在和皮爾說話。他沒穿西裝，不過外套還算體面，裡面穿著高領毛衣。

「看得出來。」皮爾的母親說。強納斯的母親則回：「是啊。」梅芮歐想她們兩人對他的穿著大概達成了共識。

她低頭看著桌上折成四等分的餐巾。不像平常晚餐用的那麼大，也沒有雞尾酒會上的那麼小。每張餐巾的折角都整齊鋪開成一排，每個露出的折角皆繡有一朵小花，有藍色、粉紅、黃色，相鄰兩張的折角花樣絕不相同。沒人拿餐巾。就算有（她確實看到幾個人繫著），他們也都小心翼翼從最尾端開始拿，沒人敢弄亂。

追思儀式上，牧師說強納斯在這世間的人生就像小寶寶在子宮裡；一個未出生的嬰兒，不知道其他生命的存在，獨自住在溫暖、黑暗、環繞著水的洞穴中，對這個他即將面對的光明世界一無所知。我們活在人世的人了解這世界，卻難以想像，經歷過死亡痛苦之後即將擁抱的那道光。假如小寶寶預先知道未來的去處，他難道不會懷疑、害怕？大部分時候我們也是一樣，但我們不該害怕，因為我們已經有信念。但即使如此，我們愚鈍的頭腦依然無法想像即將去到的世界。小嬰兒被愚昧無知所包圍，只相信自身喑啞、無助的存在。而我們，既非全然無知，亦非全然知悉，應該小心把自己的心安放在信仰及上帝的言語中。

梅芮歐看著牧師。他站在大廳玄關，一手拿著雪莉酒，聽著一個金髮蓬鬆明豔活潑的女人說話。她不覺得他們兩人是在聊死亡的痛苦或前方的光芒。如果她現在過去問他這個問題，他會怎麼回應？

沒人真的忍心做這種事，也可以說沒人會這麼無禮。

她轉而看皮爾和叢林醫生。皮爾說話時臉上有種孩子氣的活潑，已經一陣子沒看過他這神情了，至少梅芮歐很少看到。她心中忙著幻想，今天是她第一次見到他。他鬈曲的深黑短髮退到太陽穴兩側，露出充滿光澤的乳白色皮膚。他挺而寬大的肩膀、修長好看的四肢、形狀美好的小巧頭顱。他微笑起來充滿魅力，但不帶策略目的，而且自從他成為要管教男孩的老師以後，似乎就不大笑了。煩躁引起的細紋在他額頭生了根。

她想起一年多前一次教職員派對上，他和她發現兩人站在房間的兩端，都沒跟附近的人說話。她繞過整個房間，趁他不注意時走到他身邊，裝成陌生女子，若有似無地挑逗著他。他當時就像現在這樣笑著，但有點不同，是一種和上鉤女人講話的表情，跟她玩起偽裝遊戲。兩人交換曖昧的眼神，說了幾句無聊的話，最後都忍不住笑出來。某人走到他們身邊，告訴他們不許說夫妻間的笑話。

「你怎麼曉得我們真的結婚了？」皮爾說，而他在這種宴會的舉止通常謹慎。

她走向他，心中沒有再玩一次的念頭。她只想提醒他各自都該走了。他得開車到馬蹄灣搭下一班渡輪；而她必須搭公車橫跨北岸到林谷。她事先安排好趁這機會去看一位女士，是她已逝的母親喜愛且崇仰的友人，母親甚至以這位朋友的名字替她命名，梅芮歐喊她阿姨，儘管兩人沒有血緣關係。莫芮歐阿姨。（梅芮歐離家上大學時，才稍稍把名字改為目前的拼法）。老婦人如今住在林谷的安養院，梅芮歐一年多沒去看她了。全家人有時休假會去溫哥華，但去林谷得花上許多時間，孩子都不喜歡安養院的氣氛，也不喜歡裡面老人的樣子。皮爾也不喜歡，儘管他不願意承認。他只是反問，這個人到底是妳的誰？

她又不是妳真的阿姨。

所以梅芮歐打算自己去看她。她曾表示，假如她有機會卻沒去，會覺得良心不安。當然，還有一句話沒說出口，她期待著暫時脫離家人的時光。

「也許我可以載妳去，誰知道公車得等多久。」皮爾說。

「你不能載我，你會錯過渡輪。」她提醒他已經與保母約好時間。

他說：「也對。」

本來與他聊天的男人，那位醫生，別無選擇只得聽他們對話，出其不意地說：「我載妳吧。」

「我以為你是開飛機來的。」梅芮歐說。皮爾這時說：「抱歉忘了介紹，這是我太太梅芮歐。」

醫生說了個她沒聽過的名字。

「霍利本恩山很難降落，所以我把飛機留在機場，租車過來。」

他的口氣有種刻意的禮貌，梅芮歐想她剛才那句話可能太粗魯。她有時太大膽，有時又太過害羞，老是這樣。

「真的可以嗎，你有空嗎？」皮爾問。

醫生直視著梅芮歐，看起來沒有不愉快，不是大膽或狡詐的表情，也沒有打量的意味，但也並非出於社交上的禮貌。

「當然。」他說。

於是就說定了。他們現在就要開始向大家告辭，皮爾去搭渡輪；而亞樹爾，他叫這名字，或說是亞樹爾醫生，會載她去林谷。

梅芮歐本來打算在見過莫芮歐阿姨之後（也許和她一起用完晚餐），就從林谷搭巴士去市中心的巴士站（到市區的巴士班次較多），再從那裡搭末班車去渡輪碼頭，然後回家。

安養院名為公主莊園，是一棟只有一樓的平房建築，兩排側翼很長，粉棕色灰泥外牆。外面街上熙來攘往，但卻沒有園區可言，沒有樹籬或籬笆隔絕噪音或保護草坪。安養院一側是福音堂，屋頂豎著可笑的尖塔，另一側是加油站。

「『莊園』這個詞名不符實，可不是嗎？甚至不代表有二樓，只表示你該知道這個地方不需要任何矯飾。」梅芮歐說。

醫生沒回話。或許他覺得沒道理，也可能覺得這即便是事實，也沒什麼好說。從丹達瑞夫過來這一路上，她發現自己說個不停，覺得很悶。不是指她喋喋不休，想到什麼講什麼；不，她只是想聊她覺得有趣的事物，或說假使她說得好會很有趣的事。不過這些念頭聽來就算不蠢，也有點做作。她這樣說個沒完，看起來一定像個不只想閒聊，而是想要有個**真的**對話的女人。儘管她知道沒用的，對方一定覺得勉強，她就是停不下來。

她不知道這種不自在怎麼開始的，純粹因為她現在已經非常少會與陌生人聊天。車上坐著的不是丈夫，是另一個男人，感覺怪異。

她甚至冒失地問他，皮爾認為這樁車禍其實是自殺，他怎麼看。

「遇到任何嚴重意外，妳都可以說是自殺。」

「不用專程開進去，我可以在這裡下車。」她覺得很難堪，只想趕快離開他，逃離他近乎無禮的冷漠。汽車還在行駛，她的手已經握住車門把，一副馬上要跳車的樣子。

「我打算找個地方停車。」他說著一面拐入車道。「我不會把妳一個人丟在這裡。」

她說：「但我沒那麼快出來。」

「沒關係，我可以等。我也可以進去看看，如果妳不介意的話。」

她正要說安養院這種地方沉悶又令人難受，猛然想起他是醫生，這種場面他見多了。何況他那句「如果妳不介意」，禮貌的語氣中有種不確定的意味，令她驚喜。他似乎表示樂意付出時間，不是出於禮貌，而是為了她。他提議的口氣有坦率的謙卑，但並非請求。假如她說不願意再占用他的時間，他也不會苦苦相求，應該會禮貌地說那麼再見了，驅車離開。

於是他們下了車，並肩穿過停車場，往大門走去。

幾個老人或行動不便的人坐在外面的廊道上，廊道前有灌木叢，旁邊擱著幾盆矮牽牛盆栽，營造庭院的感覺。沒看到莫芮歐阿姨，但梅芮歐發現自己開心地向大家打招呼。她變了，突然有種神祕的力量和喜悅席捲了她，彷彿跨出的每一步都傳遞喜悅的訊息，從腳跟一路傳至頭顱。

她之後問他：「你為什麼想跟我進去？」他回答：「因為我的視線不願離開妳。」

莫芮歐阿姨坐著輪椅，獨自一人在房門外，走廊很暗。她看起來有點臃腫，散發出微光，不過那是因為她身上綁著防火的石棉圍裙，方便她抽菸。梅芮歐覺得，許多個月前自己向她道別時，她也是坐在同一個地方的同一把椅子上，只是身上沒繫石棉圍裙；這可能是新規定，也可能表示她更退化了。很可能她每天都坐在鋪滿沙的固定式菸灰缸旁邊，望著肝紅色的牆面（漆成粉紅或紫紅，但看起來是肝紅色，因為走廊很暗），牆上吊著三角托架，人工常春藤草從架子裡漫出來。

「梅芮歐嗎？我就猜想是妳，我聽得出妳的腳步聲、妳的呼吸。我現在有該死的白內障，只看得到一團團影子。」她說。

「沒錯是我。妳好嗎？」梅芮歐親親她的額頭。「妳為什麼不出去曬曬太陽？」

「我不喜歡陽光，我怕皮膚會曬老。」老婦人說。

她可能是開玩笑，不過也可能是真心話。她蒼白的臉頰和手上布滿了大塊斑點，死魚白的斑塊曬到日光變成混濁的銀白色。她曾是真正的金髮美女，粉紅臉頰，身材苗條，修剪適宜的一頭直髮，三十多歲就轉白了。如今她的頭髮參差不齊，有種一夜睡醒後的凌亂，耳垂從髮絲間露出，像扁扁的乳頭。她習慣戴上小小的鑽石耳環，耳飾到哪裡去了？耳上的鑽石、真正的黃金手鏈、貨真價實的珍珠、琥珀色或茄紫色等顏色特別的絲綢襯衫、優雅的窄版淑女鞋。

她身上有醫院爽身粉及甘草糖的氣味。她每天分幾次抽完配給的菸，其他時間不停嚼著甘草糖。

「我們需要幾把椅子。」她說。她身子往前探，拿菸的那隻手在空中揮了揮，試著吹口哨說：「有人嗎？拜託，給我椅子。」

醫生說：「我去拿。」

留下老邁和年輕的兩位莫芮歐。

「妳丈夫叫什麼名字？」

「皮爾。」

「你們有兩個小孩對吧，珍和大衛？」

「沒錯，不過剛剛和我一起來的人……」

「噢，不是，那不是妳丈夫。」莫芮歐說。

莫芮歐阿姨屬於梅芮歐外婆的世代，不是她母親的同輩。她是梅芮歐母親的美術老師。剛開始她母親受她啟發，然後成為她的助手，最後變成朋友。她畫大幅抽象畫，其中一幅送給了梅芮歐的母親。梅芮歐記得，那幅畫平常掛在屋子的後廳，畫家本人來訪時，就會掛到飯廳裡。畫的用色相當陰暗模糊（各種深紅和咖啡色，梅芮歐的父親將那幅取名為「著火糞肥」），不過莫芮歐阿姨本人總是神采奕奕，無所畏懼的樣子。她年輕時住在溫哥華，後來搬到內陸的小鎮教美術。如今常在報上看到的藝術家都是她朋友。她很想回那個圈子，後來也真回去了，與一對專門贊助藝術家的有錢夫婦同住，替他們打理相關事務。她住在他們家時，手頭似乎很寬裕，但他們一死，她就什麼也沒有了。她靠養老金過活，買水彩因為買不起油彩，經常幾餐不吃（梅芮歐的母親猜想），省下錢好請當年只是大學生的梅芮歐吃午餐。兩人一道用餐時，她會滔滔不絕地講笑話，批判事物，主要述說一般人瘋狂喜愛的作品或想法全是垃圾；但一些出自默默無名的當代畫家，或上世紀快被遺忘的人物的作品，才真正不凡。那是她最極致的讚美——不凡。她聲音有點嘶啞，彷彿自己也驚訝於身處其時其地，她居然能與這樣仍值得尊崇的品質素面相逢。

醫生搬回兩張椅子，開始介紹自己，態度自然，像只是剛才找不到機會說似的。

「艾瑞克・亞樹爾。」

「他是醫生。」梅芮歐說。她正打算解釋葬禮的事、那場意外、從史密瑟斯開飛機過來，他搶先一步說話了。

「不過我不是以醫生身分來，不用擔心。」醫生說。

「噢，當然不是，你是陪她來的。」莫芮歐阿姨說。

「是的。」他說。

這時他遠遠伸過手到另一張椅子，執起梅芮歐的手，緊握好一會兒，然後放開。他問莫芮歐阿姨：「妳怎麼知道？光聽我的呼吸？」

「我就是知道。」她有點不耐煩地說。「我以前也很敢玩。」

她顫著聲音說，像是在竊笑，跟梅芮歐印象中的聲音完全不像。她覺得眼前的老婦似乎變了一個人，背叛在底下騷動著。彷彿即將透露不為人知的往事，或說些什麼洩漏她母親或她曾珍視的富人朋友的祕密。也許即將顛覆梅芮歐午餐約會那些精深談話的印象。某種墮落已近在眼前。梅芮歐感到混亂，又隱約興奮起來。

「噢，我也交過一些朋友。」莫芮歐阿姨說。梅芮歐附和：「妳交遊很廣闊。」順口提了兩個名字。

「都死了。」莫芮歐阿姨回答。

梅芮歐說沒有，她最近才在報上看到，似乎要辦回顧展還是領獎。

「哦？我以為他死了。我大概想成另一個人了。你認識迪藍尼嗎？」

她對著醫生問，不是問梅芮歐。

「不認識。」他說。

「有人在鮑恩島上有棟房子，以前我們常去，就是迪藍尼家。我以為你聽過這個家族。島上發生的事可精彩了，所以我說我以前很敢玩。大冒險。嗯，看起來像大冒險，但其實照著腳本，如果你們懂我的意思，所以也不算真正的大冒險。每個人都喝到一身酒氣沖天，一定要的。他們總是點上一圈蠟燭，放音樂，算是慣例。不過不是所有人一起。當然你有時候會遇到新來的人，才不管什麼腳本，第一次見面就狂吻，一起跑到森林裡。天都黑了，你們也跑不了太遠。沒關係，反正在哪兒都可以。」

她開始咳嗽，邊咳邊講，但因為咳得太凶而不得不放棄，只是急促地喘息。醫生站起身，在她彎著的背上專業地拍了幾下。咳嗽停住，她嘆了口氣。

「好些了。」她繼續說：「總之，你知道自己在做什麼，但裝作不知道。有一次他們給我戴上眼罩，不是在樹林，是在房子裡。可以，我答應了。不過不是太成功，我的意思是，畢竟我實際上知道這把戲，在場的人應該沒有我不認得的吧。」她說。

她又開始咳，不過咳得沒那麼凶。然後她抬起頭，粗重地深呼吸幾分鐘，舉起雙手示意先別說話，彷彿她等下還有更多更重要的情節要說。然而她最後只是笑了笑說：「現在我永遠戴上眼罩了。白內障。白內障。但也沒人要來占我便宜了，早就沒那檔事了。」

「白內障多久了？」醫生的口吻關切又不失尊重，接著兩人開始專注聊白內障生長的原因、如何移除、動手術的優缺點，莫芮歐阿姨還提到她不信任那位眼科醫生，他是被貶到這裡替他們看病的。梅芮歐大大鬆了一口氣。一連串放蕩的幻想（梅芮歐此時決定視為幻想會比較好），不著痕跡地被醫學名詞取代。莫芮歐阿姨表情和悅但不抱希望，醫生斟酌用詞要她放心。這地方應該常聽到這類對話吧。

過了一會兒，梅芮歐和醫生對望一眼，用眼色詢問對方是不是該離開了。帶點鬼祟、經過思量的，近乎夫妻間的眼神，那種既假面又平凡日常的親密感，在這兩個根本不是夫妻的男女之間升起。

就快了。

莫芮歐阿姨自己先開口：「抱歉，我很失禮，不過我有點累了。」她的態度跟方才講出那番話的她判若兩人。梅芮歐心不在焉又有點羞愧，煞有介事地彎下腰親她，然後道別。她有種感覺這是最後一次見到她，也的確是。

他們兩人走過轉角，兩側的房門都開著，裡面的人不是在睡覺，就是坐在床上望著外頭。醫生碰觸她兩側肩胛骨的中間，一隻手往下游走，來到腰際。她發現他在幫她拉開洋裝的布料，方才她坐著時緊緊靠住椅背，衣服黏在她汗溼的肌膚上，腋下也都溼了。

她得去一趟洗手間。她四下張望訪客洗手間，記得進來時看到過。

在那裡，沒記錯。她鬆了口氣，不過又有個問題：她不得不突然撇開他，離開他手碰觸的範圍，要他等她一下。聽在她自己耳裡，似乎疏遠又惱怒。他說：「好。」一陣風似的走向男廁，方才微妙的片刻就這麼消逝。

等她走到陽光熾熱的戶外，看到他在汽車旁踱步，抽著菸。之前沒看他抽菸，在強納斯父母家、開往這裡的路上，或跟莫芮歐阿姨在一起時都沒抽。他像是把自己孤立起來，顯得有點不耐煩，也許是因為要趕著完成手邊的事，接著做下一件。她不太確定自己應該算是下一件事，還是手邊趕著做完的那件。

「去哪？」他發動車子後問她。然後彷彿覺得口氣太直接，又問一次：「妳想去哪裡？」聽起來像在對小朋友或莫芮歐阿姨這個他得義務陪伴一下午的人說話。梅芮歐說：「我不知道。」

彷彿她沒別的選擇，只能任由自己變成給人添麻煩的孩子。她克制不發出哀嘆，壓下內心喧囂的欲望，羞怯的、偶爾探出頭的、但不受控制的欲望，突然之間顯得如此不恰當，一廂情願。如今擱在方向盤上的手又是他自己的了，彷彿從來沒碰過她。

「史丹利公園如何，想不想去走走？」他說。

她說：「噢，史丹利公園，我好久沒去了。」彷彿這提議讓她精神一振，沒有更棒的提議了。她加了一句話讓氣氛更糟糕：「今天天氣真好。」

「是的，天氣的確不錯。」

兩人像諷刺漫畫裡的人物在對話，實在令人難以忍受。

「他們沒附音響給你。這些出租車有時候會附，有時候不會。」

車子正行經獅門橋，她搖下車窗，問他是否介意。

「不介意，一點也不。」

「這對我來說才是夏天，搖下窗戶，手肘探出去，微風吹進來，我想我永遠都沒辦法習慣冷氣。」

「看調幾度吧。」

她逼自己安靜，直到眼前出現了公園的大片森林，樹葉豐茂的高大樹木或許可以嚇下無意識冒出的蠢話和丟臉的感覺。她為了表示欣賞，深深嘆了口氣，又毀了一切。

「觀景角。」他念出告示牌上的字。

即使現在是五月的平日下午，假期還沒開始，周圍仍有不少人。等下可能會聊起這點吧。沿著餐廳的車道停滿了汽車，瞭望臺上架著投幣式望遠鏡，吸引不少人排隊。

「啊哈。」他發現一輛車正準備開出來，有那麼幾分鐘兩人如蒙大赦，暫時不必說話，他靜靜等著，倒車好讓對方出來，接著熟練地把車駛進窄小的車位。兩人同時下了車，各自走到人行道上會合。他四下轉身，像是無法決定該走哪一邊。眼前每一條小徑都有人來來去去。

她的腿開始發抖，沒辦法再多忍受一秒。

「帶我去別的地方。」她說。

他直視她的臉。他說：「好。」

就在人行道的眾目睽睽下，兩人狂吻了起來。

帶我去，她是這麼說的，**帶我去別的地方**，而不是**我們去別的地方**。這對她很重要。把權力交付到對方手上有風險。絕對的風險與交付。使用「我們」也有風險，但不算棄權，而棄權對她而言是放縱情欲的開始（她日後無數次的回憶都從這一刻開頭）。但若他也想棄權怎麼辦？若他問**該帶去哪裡**？那也不行。他得說出剛才說的那個字，他必須說**好**。

他帶她到目前在基斯蘭諾暫住的公寓，是他一個朋友的房子。朋友目前出海釣魚，在溫哥華島西岸某處出航。那是棟好看的建築，不算大，三、四層樓高。她只記得入口門廳是用不透明的玻璃磚蓋成，還有那個年代相當先進的高傳真音響，似乎是客廳裡唯一的家具。

但她寧願是另一個地方，她在記憶裡偷偷掉了包。溫哥華西端區的六、七層樓狹小旅館，改建自曾經時尚氣派的住家。內裝是黃蕾絲窗簾、高高的天花板、部分窗戶或許裝了鐵窗，偽裝的陽臺。不是真的多骯髒或低級，只是有種氛圍，長期累積自不同房客的悲傷與罪惡。走進大廳時，她會低下頭，雙臂緊緊貼住身體兩側，全身被微妙的羞恥感貫穿。他對櫃檯人員說話時會放低聲音，不要太張揚，但也不打算掩飾來此的目的，或為此感到抱歉。

然後走進舊式的鴿籠般的電梯，守著的是個老人，也可能是老婦人或殘疾者，或專幹壞事的鬼祟僕人。

她為什麼要在腦中編織，為什麼要無中生有？是為了那暴露在人前的一刻，當她走過（根本不存在的）大廳時，刺痛般的恥辱與自尊，也為了他的聲音，他對櫃檯說話時的謹慎與威嚴，儘管她聽不清楚。

在藥房裡，他也是用這種語調說話吧。離公寓幾個街區之前，他停下車說：「在這等我一下。」然後走進藥房。婚姻生活中令人沮喪氣悶的務實安排，在不同情境下，竟讓她微微發熱，內心湧起前所未有的慵懶與服從。

天黑之後，他載她回去，重新駛過公園和獅門橋，穿越西溫哥華，還經過強納斯父母家附近。她抵達馬蹄灣時最後一班船幾乎就要開了，接著她上了渡輪。五月最後幾天是一年當中白日最長的時候，透過碼頭燈光與倒映在船腹的車流燈光，她仍能看見西邊天空的紅光，以及襯著天空背景的黑色土塊般島嶼（不是鮑恩島，是她不知道名字的小島），如同船隻停泊港灣地穩妥好看。

她擠進人潮裡，走上碼頭階梯，登上乘客甲板後，便在離她最近的座位上坐下。她甚至懶得像平日那樣揀選靠窗的座位。船一個半小時後才會停靠海峽對岸，這段時間她有許多事得做。

船剛剛開動，她旁邊的人們就開始聊天。並非乘客間萍水相逢，隨意攀談，而是熟識的朋友或家人，可以不停地聊直到下船。於是她站起來走到甲板上，爬到最頂層，那裡人比較少，坐在放救生器具的箱子上。她發現許多地方疼痛著，一些預料得到，一些出乎意料。

船程中她該做的事，是將所有細節回想一遍——而所謂回想，是在心中重新經歷一次——然後收好，放在心裡。將今天發生的事按順序回想一次，沒有遺漏或欺瞞，如同珍寶兜攏在一處。事情就此結束，只需收好。

她心中只有兩項預測，第一項令她感到安慰；第二項，目前容易接受，雖然毫無疑問往後會愈來愈難受。

她和皮爾的婚姻會持續下去，兩人將白頭偕老。

她不會再見到亞榭爾。

結果證明兩者都正確。

她的婚姻持續下去，這事之後過了三十多年，直到皮爾過世。他的病初期症狀還不大嚴重，她會為他朗讀，把兩人以前讀過且一直想重讀的書找出來念。其中一本是《父與子》，念到巴札羅夫向安娜表白內心熾熱的愛，安娜嚇得不知所措時，他們停下來討論（不是爭辯，兩人的稜角早就磨平）。

梅芮歐希望能是另一種局面，她覺得安娜不該是這種反應。

「是作者的問題，屠格涅夫很少給我這種感覺，不過這裡我覺得是他本人跑出來，硬要拆散他們兩人，而且一定是基於個人目的。」她說。

皮爾虛弱地微笑。他所有的表情都變得模糊，像草略的畫作。「妳覺得她會屈服？」

「不，不是屈服。我不相信她是這樣，我覺得她會和他一樣積極。他們會做那件事。」

「真浪漫。妳扭曲事情，好讓結局美滿。」

「我指的不是結局。」

「聽著——」皮爾心平氣和地說。他喜歡這類談話，不過對他來說很辛苦，每隔一段時間就得休息一下，才有氣力說下去。「假如安娜讓步，一定是因為她愛他。完事了她只會更愛他。女人難道不是這樣嗎？我是說戀愛的女人。至於他呢，他隔天早上就會起身離開，也許連說都不說一聲。那是他的本性。他**恨**自己愛她。這樣哪裡比較好？」

「他們會得到某樣東西，兩人之間的體驗。」

「他很快就會忘掉這件事；而她會因為羞愧、被拋棄而死。她很聰明，她明白這點。」

「這個嘛——」梅芮歐頓了一會兒，覺得自己被困住了。「嗯，屠格涅夫不是這麼說。他說她嚇壞了，他說她冷淡。」

「聰明使她冷淡。對一個女人來說，聰明代表冷淡。」

「不是。」

「我指十九世紀，當時是如此。」

那晚在渡輪上，梅芮歐想著要把所有回憶打包妥當，卻完全沒這麼做。她只是經歷了一波又一波熱情的回憶。而且她未來還會這麼做（只是每次的間隔會愈來愈長）。她會繼續撿拾她先前遺落的細節，每次都感到震盪。她還會再聽到（或看到）兩人一塊發出的聲音，看對方的表情，認出彼此、相互鼓勵的神情。那種表情乍看也許相當冷淡，卻是互相尊重，比任何夫婦或相互虧欠的兩個人都更親密。

她想起他淡灰的眼珠，近看時粗糙的皮膚，鼻梁旁的圓形舊傷疤，以及從她身上起來時寬闊光滑的胸膛。但她說不出他實際上長什麼樣子。她覺得打從一開始她便強烈感受到他的存在，尋常的觀察根本不可能。乍然回想起兩人一開始相互試探的時刻，她會想緊緊裹住自己，彷彿想保護好她肉體赤裸裸的驚訝，喧囂的欲望。**我的愛我的愛**，她會下意識地輕聲呢喃，這幾個字是她祕密的藥。

當她在報上看到他的照片，她當下並未感到心痛。剪報是強納斯母親寄來的，她直到死前都不忘保持聯絡，盡她所能提醒他們別忘了強納斯這個人。標題不大：「叢林醫生墜機身亡」，她在上方寫著：「記得強納斯葬禮上那位醫生嗎？」顯然是張舊照，報紙重印之後更加模糊。胖團團的臉微笑著——她沒想到他會這樣對著鏡頭微笑。他並非死在自己駕駛的飛機上，而是救難直升機墜毀。她把剪報給皮爾看：「你想過他為什麼來參加葬禮嗎？」

「他們應該有點像死黨吧。這些迷失的心靈，一起流浪到北方。」

「你當時和他聊些什麼？」

「他說他有次帶強納斯去山上學開飛機。他說：『再也沒機會了』。」然後他問：「他不是開車載妳去哪裡嗎？去了哪兒？」

「林谷，去看莫芮歐阿姨。」

「你們聊了什麼？」

「我發現他不健談。」

他死了這件事對她的白日夢沒有太大影響，如果稱之為白日夢的話。她曾幻想不期而遇，或費盡心機安排重聚，但不管怎麼說在現實中都沒有立足點，而且如今他死了，無須再修正。幻想的畫面會慢慢磨損，以她無法控制也不明白的方式。

當晚她回家的船程中，天空下起雨，雨不算大。她留在甲板上，但一度站起來繞甲板走了一圈，回來後無法再坐回救生衣箱子上而不把洋裝弄溼。於是她繼續站著看船駛離後水面的泡沫，突然想起某類現在已經沒人在寫的小說，按劇情此時她應該投海才是。就像她現在這樣，打包起所有的快樂，往後人生再也不可能這麼滿足，身體裡每個細胞都因甜美的自尊變得飽滿。從禁忌的角度來看，浪漫的行為可以看作絕對理性。

她被引誘了嗎？或許她只是幻想被人引誘。可能遠說不上屈服，儘管屈服是那天她給自己下的命令。

皮爾死後，她才想起另一個細節。

亞榭爾載她到馬蹄灣搭渡輪。他下了車，走到她身旁。她站在那裡，等著與他道別。她朝他靠近一步，打算吻他——應該再自然不過了吧，想想最後幾個小時發生的一切。但他說：「別——」

「別——我從不這樣。」他說。

當然不是真的，他從不這樣。從不在眾目睽睽下親吻？當天下午他才在觀景角吻她。

別。

簡單的一個字，口頭告誡，一道拒絕。你可以說這是保護她，也保護他自己。即使他稍早時不曾費心這麼做。

我從不這樣則完全是另一回事。另一種告誡，隱含她不會高興得知的訊息，儘管可能是想阻止她犯下大錯。別讓她抱著虛假的希望，進一步自取其辱。

他們怎麼說再見的？有握手嗎？她想不起來了。

但她耳邊響起了他當時的聲音，語調輕快卻也嚴肅，表情果決中帶點怡然，她感到他的注意力已經轉移，不在她身上了。她確信這段記憶沒錯，不敢相信自己居然一直以來成功壓抑住，壓抑了這麼多年。

她覺得這段記憶若沒被壓下，她的人生或許會不同。

變得如何？

她可能無法繼續和皮爾在一起，可能無法保持平衡。想想他在碼頭上說的話，和他那天稍早時說的話，兩相比較，她會變得警醒，更想發掘真相。也許自尊（或恰好相反）是其中一個因素（需要男人嚥下這些話，她不肯學到教訓），但不是主因。她可能會過另一種人生，不能說她會比較喜歡。或許因為她的年紀（她常忘記把年齡納入考慮），也因為皮爾死後，她呼吸到的空氣稀薄寒冷，使她有時會思考另一種人生可能（純粹出於假設）。另一種人生，有著不同的陷阱與成就。

或許妳根本不會發現這麼多，或許只是同樣的事一再重複，一些關於妳自己明顯但令人不安的事實。以她自己來說，審慎精明（至少別太輕易浪費感情）一直指引著她人生的道路。

他保全自己的舉動，和善卻不容分說的警告，缺乏彈性的生命態度，都使他顯得有些陳腐，像個守舊的自大狂。她現在可以用家常而馬虎的眼光看他，彷彿他是她丈夫。

她不禁想，剩下的歲月裡，在她心中他是否會仍保持原貌，抑或她會分派新的角色給他，讓他派上新用場。

昆妮

「妳最好別再那樣叫我比較好。」昆妮在聯合車站和我碰面時說。

我說：「什麼？昆妮嗎？」

「史丹不喜歡，他說會讓他想到一匹馬。」

我很驚訝聽她叫他史丹，這比告訴我她不再叫做昆妮而是萊娜，更令我吃驚。不過我總不能期待她在結婚一年半以後，仍舊稱丈夫「傅奎拉先生」吧。自從她結婚，我就沒再見過她，方才她站在一群等車旅客當中，我幾乎認不出她。

她染黑了頭髮，在兩頰旁堆成蓬鬆的髮式，忘了叫什麼，總之是繼蜂窩頭後流行的髮型。她原本的絲滑長髮，以及頂部金黃、往下漸深如玉米糖漿般的美麗髮色已然消失。她穿了件合身的黃色印花短洋裝，裙長離膝上幾寸。埃及豔后般濃重的眼線和紫色眼影，反倒使眼睛顯小，故意藏起來似的。她如今也穿了耳洞，金色圓耳環在耳下擺盪。

我發現她也略帶驚訝地望著我，我努力做出主動隨和的樣子，問她：「那是洋裝還是修飾臀部的褶邊？」她笑了。我又說：「火車上真夠熱的，我一身汗。」

我發現自己的聲音聽起來興奮爽朗，像我繼母貝特。一身汗。

現在我們搭電車去昆妮家，我忍不住開始問一些蠢話：「我們還在市中心嗎？」高樓大廈很快被拋在後面，但我不覺得這一帶可以稱為住宅區。滿街都是同類型的商店和建築——乾洗店、花店、雜貨店、餐廳等，店面不斷重複。人行道上放著一箱箱的水果、蔬菜，二樓窗戶掛著各式招牌：牙醫、裁縫師傅、水電材料。一路都是低矮的樓房，也沒有路樹。

「不是真的市中心，記得剛剛我指給妳看的辛普森餐廳嗎？我們等電車的地方，那裡才是市中心。」昆妮說。

「所以我們快到了嗎？」我問。

她說：「還有段小距離。」

然後又說：「有段『距離』。史丹也不喜歡我說『小距離』。」

或許是景物不斷重複，或許是天熱，我覺得焦躁，甚至有點想吐。我們把行李箱放在膝蓋上，一個男人的肥頸和禿頭近在我指尖前方兩英寸不到，頭顱上還黏著幾根汗溼的黑髮。不知為何我憶起收在藥櫃裡的傅奎拉先生的假牙，昆妮在替他們一家工作時讓我看過。他們住在隔壁，那時絕沒想到傅奎拉先生有天會變成史丹。

兩顆相連的假牙旁邊是刮鬍刀、修容刷，以及沾著鬍鬚的噁心刮鬍皂。

「那是他的牙橋。」昆妮說。

牙橋？

「牙齒之間的橋。」

「真噁。」我說。

「這副是備用，他嘴裡還有一副。」她說。

「噁心，不是黃的嗎？」

昆妮趕緊伸手摀住我的嘴巴。她怕傅奎拉太太聽到，她在樓下飯廳沙發上躺著，儘管大部分時候閉著眼睛，但可能沒睡著。

等我們終於下了電車，眼前還有一段難走的上坡路，我們兩人合力提行李箱，動作有點可笑。幾棟房屋乍看很像，其實各自不同。幾間房子的屋頂下斜連著牆壁，像一頂帽子；也有些是整層二樓像屋頂，覆著板瓦；板瓦顏色有墨綠、栗紅、棕色。門廊與街上人行道距離不過數英尺，房屋與房屋之間距離窄到可以把手伸出窗戶，跟隔壁的人握手。小孩在人行道上玩耍，但昆妮看都不看他們，彷彿他們是路上啄食的小鳥。一個極胖的男人赤裸上身，坐在前門臺階上眼睛眨也不眨地瞪著我們，表情陰鬱像是有話要說。昆妮快步經過他。

半山腰有條岔路，她走上兩旁放著一些垃圾桶的礫石小徑。一個女人從樓上窗戶喊了我聽不懂的話，昆妮也喊回去：「我妹啦，她來找我。」

「她是房東太太，房東一家住前廳和樓上，是希臘人。她幾乎不會講英文。」她說。

後來才知道昆妮和傅奎拉先生與希臘人共用浴室。你得自己帶衛生紙去廁所，要是忘了，裡頭不會有半張。我馬上就得去，因為剛好月經量很多，必須換棉墊。之後多年，每回大熱天看到某些街道，或是棕色磚塊或深色板瓦投下的陰影，還是電車的聲音，都會讓我憶起下腹絞痛、不斷奔流的體液、熱到發昏的那天。

昆妮和傅奎拉先生睡其中一間臥室，另一間臥房改成小小的起居室；窄小的廚房、日光室。日光室裡有張小床給我睡。窗戶外頭底下，房東太太和一個男人正在修理摩托車。汽油、金屬、機械的氣味中，混雜了陽光下熟透番茄的氣味。收音機震耳欲聾的音樂從樓上窗戶傳出。

昆妮說：「有件事史丹不能忍受，收音機。」她拉攏著印花窗簾，依舊擋不住噪音和陽光。「要是有錢加遮光簾就好了。」她說。

我把沾血的棉墊用衛生紙包起來，拿在手裡。她拿來一個紙袋，叫我裝進去丟到門外的垃圾堆。「每次都要馬上丟，千萬別忘了。也不要把包裝盒放在他看得到的地方，他最討厭想起這事。」她說。

我仍然裝成毫不在意的樣子，彷彿把這裡當成自己家。「我想要一件好看的短洋裝，像妳身上這件。」

「也許我可以給妳做一件。」昆妮說著把頭探進冰箱。「我想喝可樂，妳呢？這裡有個賣剩布的地方，我去買布做了身上這件，只花了三塊錢左右。妳現在到底穿幾號？」

我聳聳肩，說我最近在減肥。

「嗯，也許可以找到點合用的布。」

父親說：「我打算與一位女士結婚，她有個和妳差不多大的女兒。這個小女孩沒有父親，所以妳要答應我一件事，就是妳絕不會拿這件事笑她或捉弄她。妳們兩人可能有時會吵架或意見不合，就像一般姊妹，不過妳絕不能拿這點出來說。如果其他孩子講了什麼關於這點的話，妳也不能在旁邊幫腔。」

我為反駁而反駁，回他說我沒有母親，也沒人講過難聽的話。

父親說：「那不一樣。」

他沒有一件事說對。我們差了好幾歲，因為父親與貝特結婚時，昆妮九歲，而我六歲。儘管之後我在學校跳了一級，昆妮留級一年，我們兩人在校的年級拉近了。我也沒見過誰欺負她，每個人都想與她交朋友。即使她打球很不用心，籃球隊依然第一個選她；就算她拼字程度差，拼字小組也是先挑她。何況我們從不吵架，一次也沒有。她待我相當親和，我則非常崇拜她。她金色帶一點黑的頭髮和迷濛欲睡的黑眼睛令我只想膜拜，光是她的容貌和笑聲便已足夠。她的笑聲甜美又帶點粗糙質地，像砂糖。令人驚訝的是她優點這麼多，卻仍然溫柔善良。

昆妮不見的那天是初冬時節，我一早醒來便感覺她離開了。

天色很黑，大約六、七點之間，屋內很冷。我披上和昆妮共穿的棕色羊毛浴袍，我們稱為

「水牛比爾」[1]，早上誰先下床就先抓過來穿。沒人知道浴袍從哪來的。

「可能是貝特與妳父親結婚前，某個朋友留下來的。不過什麼都別說，她會殺了我。」昆妮說。

她的床鋪空著，人也不在浴室。我沒開燈逕自下樓，不想吵醒貝特。我走到前門，從門上的小窗戶往外瞧。堅硬的路面、人行道、屋前院裡平坦的草都結了霜，那年雪下得遲。我打開走道上的恆溫器，火爐在黑暗中發出令人信賴的聲響。那時我們剛買汽油爐，父親說他仍然每天早上五點就醒來，想著要去地下室生火。

父親睡在廚房外面，那間原本是食物儲藏室。他有一張鐵製的床，一把椅背壞了的椅子，上面堆放一大疊《國家地理雜誌》，睡不著時就翻翻。天花板上的電燈開關用繩索控制，綁在床架上。在我看來，這個安排再自然不過，很適合一家之主的父親。這樣他就能像個哨兵般睡覺，身上蓋著粗糙的毛毯，散發出衛生習慣不大好的氣味，混著發動機與菸草的味道。隨時都能醒來閱讀，即使在睡眠中也保持警戒。

即便如此，他也沒聽見昆妮下樓。他說她一定還在家裡。「妳找過浴室了嗎？」

我說：「她不在那裡。」

「可能是和她母親在一起，她又開始神經緊張了吧。」

每當貝特從惡夢中驚醒，或有時半夢半醒，父親就說她又神經緊張了。她會踉踉蹌蹌走出房間，說不清受到什麼驚嚇，這時得由昆妮帶她回床上。昆妮會親暱地靠在她背上，用如幼犬舔食牛奶般的療癒聲音安撫她。隔天早上貝特什麼也記不得。

我打開廚房的燈。

「我不想吵醒貝特。」我說。

我看著用洗碗布過度擦拭、底部鏽蝕的麵包盒，洗乾淨但沒收起來的幾個罐子放在爐子上，以及費爾霍姆乳品店附贈的箴言：「**上帝是這個家的心**。」這一切事物遲鈍地等待一天的開始，不明白方才發生的慘劇已將這天掏空。

通往側門廊的門沒鎖上。

「有人進來過，有人進來帶走了昆妮。」我說。

父親出來時穿上了長褲。貝特穿著鬆絨的睡袍、踩著拖鞋大步下樓，一路打開電燈。

父親說：「昆妮不在妳那裡？」回頭對我說：「門鎖是從裡面打開的。」

貝特說：「昆妮怎麼了？」

「她應該是出門散步吧。」父親說。

貝特不理他。她臉上敷著粉紅色面膜，已經乾掉。她是美容產品的業務員，任何產品她都得親身試過才賣給別人。

1 Buffalo Bill，美國西部開拓時期最具傳奇色彩的馬戲表演者之一。

她對我說：「妳去傅奎拉家看一下，她搞不好是想起那邊有工作要做。」

大約一星期前舉辦了傅奎拉太太的葬禮，但昆妮照常去他們家工作，幫著把餐盤、日用織品打包裝箱，傅奎拉先生準備搬進一間公寓，但他忙著籌備學校的聖誕音樂會，抽不出時間做。貝特叫昆妮趕緊辭掉這份差事，趁著聖誕節前，很多商店會雇用人手。

我懶得上樓找自己的鞋，直接穿上父親的橡膠長筒靴出門，跌跌撞撞走過庭院來到傅奎拉家的門廊，按下電鈴。鈴聲悅耳，似乎在宣示這戶人家具備音樂素養。我攏緊了水牛比爾，開始禱告。噢，昆妮，昆妮，開燈吧。我忘了如果昆妮在裡面工作，燈應該早就亮起。

沒人回應。我敲敲木門。如果吵醒傅奎拉先生，他一定會火大。我側身貼著門，注意聽裡面是否有動靜。

「傅奎拉先生，傅奎拉先生，很抱歉吵醒你，傅奎拉先生。有人在嗎？」

傅奎拉家另外一側有扇窗戶往上推，老單身漢哈維先生和他妹妹住在那兒。

「不會用眼睛看嗎？」哈維先生朝下面喊：「看一下車道。」

傅奎拉先生的車不見了。

哈維先生重重摔上窗戶。

我打開廚房的門，看到父親和貝特坐在桌子前，面前放著兩杯茶。有那麼一會我以為一切都沒事了，也許他們接到報平安的電話了。

「傅奎拉先生不在，車子開走了。」我說。

「噢，我們知道，我們什麼都知道了。」貝特說。

父親說：「妳看。」把一張紙條推到我面前。

上面寫著：**我要嫁給傳奎拉先生。昆妮筆**。

「放在糖罐下面。」父親說。

貝特捧了湯匙。

她大聲說：「我要告他。我要送她去感化院，叫警察來。」

父親說：「她十八歲了，她可以決定要不要結婚，警察不會為此設下路障的。」

「誰說他們在路上？他們一定是先躲在哪家汽車旅館。蠢孩子和那個暴眼爛屁股的傳奎拉。」

「說這些也沒法讓她回來。」

「我不要她回來，她就是爬回來我也不要。她已經鋪好床，可以和那隻暴眼畜生躺在一起。他愛怎麼搞她我才不管。」

「夠了。」父親說。

昆妮給我兩片可待因，配著可樂吞下去。

「等妳結婚以後，每個月就不會再痛了，真的很神奇。所以——妳父親去找妳，告訴妳我們的事？」

當我告訴父親，我打算在秋天去讀教育學院前，先找份暑期工作。他說或許我該先去多倫多看昆妮；昆妮把信寄到卡車公司給他，問他是不是可以先借他們一點錢，度過這段難熬的時期。

「要不是史丹去年得了肺炎，我絕對不會寫這封信。」昆妮說。

我說：「我這才知道妳在這裡。」淚水湧上我的眼睛，但我不明白為什麼。因為當我知道時，我多麼高興，之前找不到她我多麼孤單；我多希望她當下可以說：「當然，我一直想與妳聯絡。」但她沒說。

「貝特不知道我來找妳，她以為我自己一個人。」我說。

「我希望不要。」昆妮平靜地說。「我是說我不希望她知道。」

我有許多事要告訴她，關於家裡的事。我告訴她卡車公司從三輛車增加到十二輛；貝特買了件麝鼠毛大衣，還擴大生意，現在在家裡經營美容門診。為了做生意，她整修父親睡覺的房間，他已經把小床和《國家地理雜誌》搬到辦公室，就是他之前拖到卡車場存放的一個空軍流動營舍。我在廚房桌上看書，準備教師高級證書考試會聽到她說：「這麼細緻的皮膚，妳不能再用洗顏布洗臉。」接著在一個皮膚粗糙的女人臉上敷塗厚厚的乳霜和乳液。有時她會用同樣激烈但毫無希望的語氣說：「我告訴妳這裡有魔鬼，魔鬼住在我家隔壁，但我從來沒想到。沒人會這樣想，對吧？我總是把人想得太好，非得等到他們踢掉我的牙，才知道真相。」

顧客會說：「沒錯，我也一樣。」

有時她會說：「妳以為自己知道什麼是悲傷，但其實妳根本不懂。」

然後貝特送女人到門口，回來時嘟噥著：「黑暗中摸她的臉就跟磨砂紙差不多。」

昆妮似乎不大想聽這些，而且也沒剩多少時間。我們還沒喝完可樂，就聽到礫石路上傳來急促沉重的腳步聲，不一會兒傅奎拉先生走進廚房。

「看看誰來了。」昆妮叫道。她半站起來像是要碰他，但他略略一閃，逕自走向水槽。她的聲音聽來愉快又驚喜。我不禁想，她之前是否向他提過我的信，或我要來找他們的事。

「是克瑞絲。」

「我看到了。妳一定很喜歡熱天吧，克瑞絲，才會選在夏天來多倫多。」傅奎拉先生說。

「她打算找工作。」昆妮說。

「妳拿到了哪些證照？」傅奎拉先生問。「妳有證照可以在多倫多找工作嗎？」

昆妮說：「她拿到了教師高級證書。」

「只能希望這樣就夠了。」傅奎拉先生說，背對著我們接了一杯水一飲而盡。跟他以前的動作完全一樣，他還住在我們家隔壁時，我、昆妮、傅奎拉太太常坐在廚房桌邊看著他喝水。傅奎拉先生可能剛在哪兒練完琴，也可能在前廳教鋼琴課中間休息。每回聽見他的腳步聲，傅奎拉太太會微笑著警告我們，我們便低下頭看拼字圖版上的字母，由他決定要不要注意我們。有時他看都不看我們一眼。打開餐具櫃、扭開水龍頭、玻璃杯放在廚房工作臺上，每個動作都像是小小的一次爆炸，彷彿是說我在這裡，誰敢呼吸？

他在學校教我們音樂也是一樣。腳步聲像在說這男人一分鐘也不能浪費。他走進來，拿起教鞭敲了下桌面，開始上課。他在課桌間的通道來回闊步走動，豎著耳朵，鼓突的眼珠滿是戒備，神情緊繃，像是打算找人吵架似的。他隨時可能停在你的課桌旁仔細聽，看你是不是張嘴假唱，或是否走音。然後他會低下頭，眼睛鼓突地盯住你的雙眼，揮揮手叫其他人別唱，存心要你出糗。他另外還指導幾個唱詩班和合唱團，據說他同樣獨裁，但團員都最喜歡他，尤其是女性，聖誕節時會織東西給他：襪子、圍巾、手套，免得他到校上課或返家路上，或在不同唱詩班之間奔波時不小心凍著了。

傅奎拉太太病重無法主持家務後，昆妮去他家幫忙，從抽屜裡偷偷拿來一件毛線織物，在我面前晃了一晃。這東西送來時沒寫贈送人的名字。

我看不出那是什麼。

「這是給男人那個地方保暖用的，傅奎拉太太說不要讓他看到，他一定會生氣。妳該不會不知道這東西吧？」昆妮說。

「嗯。」我說。

「只是個玩笑嘛。」

昆妮和傅奎拉先生晚上都得出門工作。傅奎拉先生在餐廳穿著燕尾服彈鋼琴。昆妮找到在電影院售票的工作。電影院離住處只有幾條街遠，我陪她走過去。當我看見她坐在票亭裡，才突然明白她臉上的妝、染過的蓬鬆鬈髮、大圓耳環一點也不奇怪。昆妮就像街上走著的或挽著男友來看電影的女孩，也像周圍海報裡的女孩。她看起來就像從戲劇世界走出來，熱辣辣的韻事與危險，正在戲院螢幕上演。

她看起來——套句父親對她的形容——絕不向誰屈服。

「妳何不去附近逛一下。」她對我說。但我覺得這樣太醒目。我不能想像獨自坐在咖啡館裡喝咖啡，彷彿在對這世界宣布我無事可做，沒地方可去；也不想走進商店裡試衣服，明明不打算買。我再次走上山坡，希臘女人探出窗戶叫喊，我揮手招呼回應，然後用昆妮給我的鑰匙開了門。

我坐在日光室的小床上，找不到地方掛我帶來的衣服，所以我想或許不該把衣物拿出來。傅奎拉先生大概不喜歡看到我待在他們家的痕跡。

我想傅奎拉先生的外表改變了，如同昆妮也變了，她變得充滿異國的華麗風情，精緻世故。但他改變的方向不一樣，原本略帶紅色的頭髮如今幾乎轉為灰白，而他過去常有的表情（只要發現任何人表現出一點點不尊重或做出不得體的行為，或家裡有任何物品沒歸位，就準備大動肝火），如今似乎變成天長地久的憤懣，彷彿誰當面侮辱了他，或他眼睜睜看著別人犯下滔天大錯卻能免受責罰。

我起身到處看看。主人在家時，妳永遠無法好好打量他們的住處。

廚房是最棒的一間，只是有點太暗。常春藤爬滿水槽上方的窗戶，是昆妮種的，她也學傅奎拉太太的做法，把木製湯匙插在漂亮的無把馬克杯裡。客廳擺了一架鋼琴，是從先前那棟房子的客廳搬來的。扶手椅、磚頭與厚木板搭成的書架、留聲機，地板上堆著許多唱片。沒有電視。胡桃木製的搖椅、織錦窗簾沒了，連羊皮紙燈罩上畫著日本風光的那盞落地燈都沒了。但這些東西的確運到多倫多，在一個下雪天。那天午餐時間我在家，看到搬家的卡車。貝特只是站在客廳的窗前看著，最後她拋開她總在陌生人面前展現的尊嚴，打開大門對搬家工人喊：「你回多倫多告訴他，如果他膽敢再回這裡，他會後悔的。」

搬家工人快活地揮揮手，像是他們早已習慣這類場面，也許他們真的是。搬家具很容易引起他人的謾罵及怒火。

但東西都去哪裡了，賣掉了，我想。一定是賣掉了。父親說聽起來傅奎拉先生到了多倫多，很長一段時間找不到工作，而昆妮曾說「快撐不下去」。倘若他們不是快撐不下去，她絕不會寫信給父親。

在她寫信之前，他們一定先賣掉了家具。

我看到書架上擺著《音樂百科全書》、《全世界歌劇導讀》、《偉大作曲家的人生》，也有大而薄、封面漂亮的《魯拜集》，傅奎拉太太經常擱在沙發椅旁邊。

還有另一本封面很相似的書，但我忘了確切的書名，只記得是個讓我覺得內容我應該會喜歡的書名，好像有「花朵裝飾」或「香味」字樣。我打開書，還能記得讀到的第一句話是：「後宮裡的宮女也學會如何細心地使用指甲」。

我不確定宮女是什麼意思，但後宮這個字是個線索。我繼續往下讀，書上提到她們學會運用指甲做許多事。我一直讀下去，讀了快一小時，然後讓這本書滑落到地上。我覺得興奮、厭惡、不可置信。這就是成年人感興趣的事嗎？即使是封面設計，纏繞彎曲的藤蔓，也給我一種不友善、墮落的感覺。我撿起書打算放回原本的位置，結果掉下去剛好翻開到扉頁，看到上面的簽名：史丹與梅莉朵·傅奎拉，女性的筆跡。史丹與梅莉朵。

我想起傅奎拉太太高而蒼白的前額，有點泛白的黑髮梳成小捲，戴著珍珠耳環，上衣在頸後打上蝴蝶結的模樣。她比傅奎拉先生高上好些，人們在背地裡說難怪他們從不一道出門。但其實是因為她容易喘不過氣，爬樓梯或晾衣服都會喘，最後連坐在餐桌邊玩拼字遊戲都會喘不過氣。

一開始我們替她跑腿買日用雜物，或幫她晾衣服，父親都不准我們拿錢，說鄰居本該互相幫忙。

貝特說她想她是不是也可以躺下來，看大家會不會來免費服侍她。

不久傅奎拉先生來我們家，商量請昆妮去他們家幫忙。昆妮想去，因為她高中留級，不想再回去讀了。最後貝特說好吧，但告訴她不准做照顧病人的工作。

「如果他小氣到不肯請看護，那也不是妳該做的事。」

昆妮說傅奎拉先生每天早上數好該吃的藥丸，每天傍晚用海綿替妻子擦澡。他甚至想在澡盆裡洗她的被單，彷彿家裡沒有洗衣機這樣東西。

我想到有幾次我們在他家廚房玩拼字遊戲。傅奎拉先生照例喝完水後，一隻手放在妻子肩上，嘆口氣，彷彿剛從疲憊的長途旅行回來。

「哈囉，小乖。」他這樣叫她。

傅奎拉太太會側過頭，在他手上乾乾地一吻。

「哈囉，小乖。」她也這麼回他。

然後他會望望我和昆妮，像是表示他完全不在意我們在場。

「哈囉，妳們兩個。」

那天稍晚，我和昆妮在黑暗中躺在床上咯咯直笑。

「晚安，小乖。」

「晚安，小乖。」

我多麼希望我們能回到那時候。

除了白天會去使用浴室，再偷偷出門把棉墊丟進垃圾堆，我總是坐在日光室臨時架起的小床上，等著傅奎拉先生出門。我本來怕他無處可去，但顯然他有。他一走出家門，昆妮就會叫我。她已經替我準備好去皮的柳橙、玉米片、咖啡。

她說：「喏，報紙在這。我剛看過徵人啟事。不過首先我得先替妳弄頭髮。我想後面剪掉一些，再上捲子。可以嗎？」

我說好，即使我正在吃著東西，昆妮在我旁邊繞來轉去，不停端詳我，想著怎麼弄比較好。

然後她叫我坐在凳子上（我咖啡還沒喝完呢），她先替我梳頭，接著拿起剪刀開始剪。

她問我：「現在打算找什麼工作？我看到有家乾洗店在徵人，徵櫃檯小姐。妳覺得怎麼樣？」

我說：「可以吧。」

「妳還是打算去學校教書嗎？」

我說我不知道。我以往的印象裡，她似乎覺得教書是枯燥的職業。

「我想妳應該當老師，妳夠聰明。老師賺得比較多，比我這種人賺得多。妳更能夠獨立。」

她說，不過其實在電影院工作也還可以。去年聖誕節前一個月前左右，她很高興能得到這份工作，因為現在總算有自己的錢可以買材料做聖誕蛋糕。而且她也認識一個開著卡車賣聖誕樹的男人，一棵才賣她五十分錢，她自己獨力把樹拖上山坡，掛上紅紅綠綠的皺紋紙，都很便宜。她在厚紙板上貼了些銀箔裝飾，也另外買了些裝飾物，趁著聖誕節前一天藥房大特價。她還做了餅乾，學雜誌上把餅乾掛在樹上，這是古老的歐洲傳統。

她想辦場派對，但不知道該邀誰好。當然要邀希臘人，史丹也有兩個朋友。她想到還可以邀他的學生。

我還是無法習慣她喊他史丹。不單因為這提醒了我，他們兩人目前的親密關係；這當然是原因之一；更因為這給我的感覺，彷彿他這個人是她一手打造出來。一個新的人，史丹。彷彿我們都認識的傅奎拉先生（更別提有個傅奎拉太太），從一開始就不曾存在。

現在史丹教的學生都是成人。他真的偏好教成年學生，不必傷腦筋準備那些小孩的遊戲。派對選在星期日傍晚舉行，因為其他日子晚上史丹得去餐廳工作；昆妮也要去電影院上班。

希臘人帶了自製的酒，幾個學生帶了蛋酒、蘭姆酒、雪利酒，也有人帶了適合跳舞的唱片。他們猜想史丹不可能有播那種音樂的唱片，的確沒猜錯。

昆妮做了臘腸捲和薑餅麵包，希臘女人帶來幾種她家鄉的餅乾。每件事都很棒，宴會很成功。昆妮與一個叫安德魯的中國男孩跳舞，她非常喜歡他帶來的唱片。

她說：「轉，轉，轉。」我跟著轉過頭去。她笑了說：「不，我不是說妳。就是這張唱片，就這首歌，飛鳥樂團的歌。」

她開始唱：「轉，轉，轉，每件事物都有對應的季節……」

安德魯是牙科學生，但他想學會彈〈月光奏鳴曲〉，史丹說這得花上很長時間。安德魯耐心學琴。他告訴昆妮他沒有足夠的錢回北安大略省過聖誕節。

「我想他是從中國來的。」我說。

「不，不是剛從中國來的中國人。他們家在這裡有段時間了。」

他們倒是玩了個孩子會玩的遊戲，大風吹。每個人都瘋狂玩耍，包括史丹。昆妮正在跑的時候，他一把拉住她坐他腿上，不肯放她走。客人離開後，他不讓她收拾家裡，要她到床上去。

昆妮說：「妳知道男人就是那樣。妳交男朋友了嗎，有沒有喜歡的人？」

我說沒有。先前父親雇的一個司機總愛來我們家傳一些不重要的話，父親就說：「他只想找機會和克瑞絲說話。」我對他很冷淡，所以他到現在還沒膽約我出去。

「所以妳還不懂那回事囉？」昆妮說。

我說：「我當然懂。」

「嗯哼。」她說。

客人幾乎吃光所有食物，除了蛋糕，還剩下許多蛋糕，但昆妮並不介意。蛋糕餡料很豐富，端上時大家肚裡都已經裝滿臘腸捲和其他東西，何況蛋糕沒有足夠時間浸潤，像書上說的那樣，所以她很高興剩下一部分。她正在想應該用一塊浸透葡萄酒的布裹住蛋糕，放到陰涼處時，就被史丹拉上床。總之她當時不是想著要這麼做，就是正在做，所以第二天早上當她發現蛋糕不在桌上，便以為自己拿去放了。她想，很好，蛋糕放到該放的地方了。

又過了一天，史丹說：「我們吃塊蛋糕吧。」她說等再溼潤一點，但他堅持要吃。於是她先去餐具櫥櫃，又打開冰箱，都沒有蛋糕的蹤影。家中大大小小地方她都找遍了，還是沒有。她回想最後一次看到是在桌上，突然她想起拿了一塊乾淨的布浸飽葡萄酒、小心翼翼地包住剩下的蛋糕，再用一塊蠟紙裹住這層布。但她是何時做的？她真的這麼做了嗎，抑或只是夢境？包裹妥當後，她到底把蛋糕放哪兒去了？她試著回想當初的動作，但腦中一片空白。

她又打開餐具櫥櫃仔細找一遍，但心知蛋糕太大，如果放那裡，不可能看不到。接著打開烤箱，甚至連梳妝臺抽屜、床底下、盥洗室架上這種地方也不放過。不見了。

「如果妳放在家裡，一定就在某個地方。」史丹說。

「我是啊，我放在家裡某個地方。」昆妮說。

「可能妳喝醉了，丟掉了。」他說。

她說：「我沒醉，沒丟掉。」

但她還是翻了一下垃圾桶。沒有。

他坐在餐桌邊看著她，說如果妳放在家裡，一定就在某個地方。她覺得快要瘋了。

「妳確定？妳確定沒丟掉？」史丹問。

當然確定，她確定沒丟掉，她把蛋糕包起來打算留著，她幾乎確定自己做了這個動作，確定沒扔掉。

「噢，這樣嗎？那我想妳可能送人了，而且我應該猜得到送給誰。」史丹說。

昆妮停頓著。送給誰？

「我想妳是送給安德魯了吧。」

給安德魯？

噢，可憐的安德魯，他告訴她沒錢回家過聖誕節，她覺得他很可憐。

「所以妳就把我們的蛋糕給他了。」

沒有，昆妮說。她為什麼要這麼做？她不會做這種事，根本沒想過把蛋糕給他。

史丹說：「萊娜，別撒謊。」

於是昆妮開始了冗長痛苦的辯解。她只能反覆說沒有。沒有，我沒把蛋糕給任何人，我沒給安德魯，我沒騙人。沒有就是沒有。

「妳可能喝醉了。妳喝醉了，所以記不清楚。」史丹說。

昆妮說她沒醉。

「喝醉的人是你。」她說。

他站起來，走到她面前揚起手作勢要打，說別告訴他他喝醉酒，永遠不准說這種話。

昆妮哭叫：「我不說，不說了。對不起。」最後他沒打她。但她開始哭著說服他。她為什麼要把好不容易做好的蛋糕送人？他為何就是不相信她？她何必對他說謊？

「每個人都說過謊。」史丹說。她愈是哭泣，求他相信她，他愈是拒人於千里之外，冷嘲熱諷。

「這是簡單的邏輯。如果東西在家裡，站起來，找出來。如果家裡沒有，那就表示妳送給別人了。」

昆妮說那才不是什麼邏輯，就因為她找不到也不代表送人了。然後他再次走到她面前，樣子十分平靜，甚至半帶著笑，她一度以為他要吻她。但他雙手掐住她脖子，有那麼一秒鐘她無法呼吸。他甚至沒留下掐痕。

他說：「現在妳還要不要教我什麼才是邏輯？」

他去換衣服，準備出門到餐廳演奏。

他不再和她說話，寫了張紙條給她，說等她說出實情，他才會和她說話。整個聖誕假期她只是哭。聖誕節當天，她和史丹理應要去希臘人家，但她的臉哭得一團糟，出不了門。史丹只好自己去，說她生病了。希臘人或許知道真相吧，他們大概隔著牆壁聽見兩人大吵的聲音。

她化了濃妝去上班。經理對她說：「妳是想告訴觀眾這部戲有多悲情嗎？」她說她得了鼻竇炎，經理叫她回家。

史丹那晚回家時，假裝沒她這個人。她翻過身看著他。她知道他會上床，像根柱子一樣地躺在她身邊；即使她靠過去，他也會一動不動，等她自己轉過去。她知道他可以這樣生活下去，但她沒辦法。她想再這樣下去，她會死的。就像被他掐住脖子透不過氣的感覺，她會死的。

所以她說，原諒我吧。

原諒我，的確像你說的，我送人了。對不起。

拜託拜託，真的對不起。

他在床邊坐下，沒說話。

她說她真的忘記蛋糕送人了，但現在她記起來的確有這件事，她很抱歉。

「我不是故意騙你，我忘了。」她說。

「妳忘記自己把蛋糕送給安德魯？」他說。

「一定是，我忘了。」

「送給安德魯，妳把蛋糕給了安德魯。」

對，昆妮說，沒錯沒錯，她的確這麼做了。然後她開始哭嚎，抱住他不放，苦苦求他原諒。

好了，不要再歇斯底里，他說。他沒說原諒她，但拿來一條熱毛巾替她擦臉，在她身邊躺下，摟著她，沒多久就開始別的動作。

「月光奏鳴曲先生的課到此為止。」

更糟的是，她後來找到了蛋糕。

她發現蛋糕是用乾淨的擦碗布包起來，外面裹著一層蠟紙，正如她所記得的，然後放進購物袋，掛在後面門廊的掛鉤上。當然在這裡，日光室最理想不過，因為冬天太冷人們不會在那裡曬太陽，但又不至於太凍。她一定是想到這一點，才把蛋糕掛在那裡，因為是最理想的地方。然而過後她就忘了。她喝得有點醉，肯定是的，因為她忘得一乾二淨。而現在，蛋糕就掛在那裡。

她把找到的蛋糕扔到外面，沒告訴史丹。

「我扔掉蛋糕，雖然看起來根本沒壞，上面擺滿昂貴的水果和其他餡料，但我絕對不願意再提起這件事，所以乾脆扔掉。」她說。

她說話的聲音變了，剛才講到這件事最糟的部分聽來有點悲傷，現在變得頑皮、帶著笑意，彷彿她告訴我的是一則笑話，而扔掉蛋糕是結尾的笑點。

我頭一甩，離開她手的掌握，轉過去看著她。

我說：「但是他錯了。」

「嗯，當然他**錯了**，男人不**正常**。克瑞絲。妳哪天結了婚就會明白。」

「那我不結婚，我永遠都不結婚。」

「他只不過是嫉妒，嫉妒過頭了而已。」她說

「不結婚。」

「只能說妳和我很不一樣，克瑞絲，非常不同。」她嘆了口氣說：「我是愛的動物。」

我想這是在電影海報會看到的字吧。「愛的動物」。或許昆妮那家電影院其中一張海報上就有。

她說：「等等我拿下捲子，妳就會非常漂亮。用不了多久，妳就不會說自己沒男朋友了。不過今天這時間去找工作太晚了，明天早上吧，早起的鳥兒有蟲吃。如果史丹問妳，妳就說去了幾個地方，留了電話給店家。隨便說一家店或餐廳的名字，只要讓他知道妳正在找。」

第二天我出去找事，誰知道進去問的第一家店馬上決定錄用我，儘管我那天沒當成早鳥。因為昆妮決定替我換個髮型，塗上眼影，但結果不如她預期。「妳比較適合走自然風路線。」她說。我擦掉全部的妝，只塗口紅，是普通的紅色，不是她塗的那種粉粉亮亮的。

這時昆妮已經沒時間和我一道出門去郵局拿信了，她得換衣服去電影院上班。那天是星期六，所以她從下午到晚上必須上班。她拿出鑰匙，要我幫她忙，替她收信箱的信。她告訴我信箱的位置。

「我寫信給妳父親，必須開個自己的信箱。」她說。

我在一家公寓大樓地下室的藥房工作，負責顧中午時段的櫃檯。第一次上工時，我不知道如何是好。我的髮型因為天熱已塌垮，上唇浮著細細的汗珠，簡直像鬍鬚。幸好經痛沒那麼嚴重了。

穿著白制服的女人坐在櫃檯後面，喝著咖啡。

「妳來工作的嗎？」她問。

我說是。這女人有著方形的臉，面容嚴肅，畫了眉毛，紫色頭髮呈蜂巢狀。

「妳會說英語嗎？」

「會。」

「我的意思是妳不只學過一點；妳不是外國人吧？」

我說我不是。

「前兩天我試用過兩個女孩子，結果都得叫她們走人。一個告訴我她會說英語，其實她不會；另外一個，每件事都要我說十遍以上。去水槽洗手，我給妳拿圍裙。我丈夫是藥劑師，我負責收錢。」（我這才第一次注意到一個頭髮泛白的男人站在角落高高的櫃檯後面一直看我，但假裝沒在看）「現在沒什麼人，不過等一下就會開始忙了，都是這一帶的老年人，午睡起來就會過來買咖啡。」

我繫上圍裙，站到櫃檯後方。在多倫多找到工作。我試著自己找東西在哪兒，盡量不多問，最後只問了兩個問題：咖啡機怎麼用，收進來的錢怎麼辦。

「妳給他們結帳單，他們拿來找我結帳，不然呢？」

沒問題。顧客零零星星進門，大部分是買咖啡或可樂。我有空就洗杯子、擦乾，保持櫃檯整潔，而且顯然發票都對，因為沒人抱怨。客人泰半是老人，正如女人所說。一些客人很親切，說以前沒看過我，甚至問我從哪裡來。其他人則心不在焉。一個女人點了烤麵包，我弄好給她。之後又出了一份火腿三明治。中間一度一下子來了四個客人，有點手忙腳亂。一個男人點了派和冰淇淋，結果冰淇淋像水泥一樣難舀，無論如何最終成功了。我變得比較有自信，把客人點的東西放在櫃檯上時會說：「這是你的餐點。」再把結帳單交給他們說：「這是消費金額。」

等客人少了些，管帳的女人走過來。

她說：「我看到妳出烤麵包給一位客人。妳不識字嗎？」

她指指櫃檯後方鏡子上貼的告示。

上午十一點後不供應早餐。

我說我以為能賣烤三明治，烤麵包應該也可以。

「那妳搞錯了，烤三明治可以，多加十分錢；單點烤麵包，不行。妳現在懂了嗎？」

我說懂了。我不像一開始那麼挫折了，方才工作時我只想著可以回去告訴傅奎拉先生，嘿，我找到工作了。現在我能找個自己的住處，也許明天吧，剛好是星期日，假使藥房不營業。我想，若我有自己的住處，要是傅奎拉先生再對昆妮發飆，她就有地方可以投奔。如果她決定離開他（我相信不是不可能，無論昆妮描述蛋糕事件的時候如何總結），憑我們兩人的收入，或許可以弄一間小公寓棲身。至少找個套房，裡頭有獨立的電烤盤、廁所、淋浴間，就像住在家裡時一樣，只不過父母不住裡面。

我在三明治裡面加上撕碎的生菜和酸黃瓜，鏡子上貼的告示是這麼寫的。但當我從罐子裡夾出酸黃瓜，我覺得一根似乎太多了，於是對切成一半。我照這方式做了一份三明治給一個男客人。女人從錢櫃後面走過來，給自己倒了杯咖啡。她走回原來位置，站著喝咖啡。男人吃完三明治後付了錢，走出店裡之後，女人又走過來。

「妳給那男人半根酸黃瓜。妳每份三明治都是這麼做的嗎？」

我說對。

「妳不知道怎麼把酸黃瓜切片嗎？一根可以做成十份三明治。」

我看看告示：「上面沒寫幾片，上面只寫酸黃瓜。」

女人說：「真是夠了，脫下圍裙，我不能接受員工頂嘴，就是這樣。妳帶著妳的皮包離開這裡，還有別跟我要薪水，因為妳根本沒幫上忙，今天本來就是訓練。」

頭髮灰白的男人覷著外頭，笑容有點緊張。

於是我又回到街上，走到電車站搭車。我現在知道幾條街的走法了，也知道如何轉車。我甚至真的工作過，可以告訴別人我站過中午時段的櫃檯。如果他們要雇主推薦信，那就有點麻煩，但我可以說是在家鄉做的。我在等電車時，拿出昆妮給我的地圖和一張清單，上面是原本打算應徵的其他地方。但我這時發現時間有點晚了，上面的地方都很遠。我很怕得告訴傅奎拉先生今天的事，於是決定走路回去，希望到家時他已經出門了。

我走上山坡才想起郵局領信的事。於是又回頭，從信箱裡拿出一封信，再次走回家。這時候他總該出門了吧。

但他沒出去。我從房屋旁邊的小徑走回來，經過起居室開著的窗戶，聽見音樂聲傳出。不是昆妮會放的音樂，而是複雜無比的，以前有時會聽見傅奎拉家傳出的音樂，需要妳非常專注，而且感覺沒有盡頭（或至少不會很快就到）的古典音樂。

昆妮在廚房忙，身上是另一件布料很少的洋裝，頂著一臉濃妝，雙臂套著手環。她正把茶杯放到盤子上。我眩暈了一會兒，剛從烈日底下走回來，身上每寸肌膚都在冒汗。

「噓——」昆妮說，因為我關門太用力。「他們在聽唱片。他和他朋友萊斯理。」

她正說著，音樂突然戛然而止，兩人一陣激烈的交談。

昆妮說：「他們一個人放唱片，另一個人聽一小節就要猜是哪一首，所以他們放一下子就停，不斷重複，真的會把人搞瘋。」她拿出熟食店買來的雞肉，切成薄片，夾入抹了奶油的麵包。「找到工作了嗎？」她問。

「嗯，但不是長期的。」

「噢，是嗎。」她不大感興趣的樣子。等音樂再度響起，她抬起頭微笑問道：「妳有沒有去……」她馬上看到我手裡的信。

她扔下刀子，很快跑過來輕聲說：「妳手裡拿著信就走進來，我應該提醒妳放進皮包的。這是我私人的信。」她一把從我手裡搶過，就在此時爐上的水壺嗚嗚響了。

「噢，快拿起來，克瑞絲，快，快點。把水壺拿起來，不然他會走過來，他不能忍受這種聲音。」

她轉身背對我撕開信封。

我從爐上拿起水壺，她又說：「幫忙泡茶好嗎，拜託——」用非常輕且全神貫注的聲音，像是正在讀什麼緊急的訊息。「直接倒開水就好，茶葉都量好了。」

她笑了，像是讀到什麼祕密笑話。我把熱水倒在茶葉上，她說：「謝謝。噢，謝謝妳克瑞絲，謝謝。」她轉過來面對我，臉龐如玫瑰盛放，身體微微一動，臂上的手環便叮噹作響。她把信摺好，撩高裙子，把信塞進內褲的鬆緊帶裡。

她說：「他有時會翻我的皮包。」

我說：「茶是他們要喝的嗎？」

「是啊。我還得回去工作，咦，還要做什麼呢？對了，切三明治，刀子在哪兒？」

我拿起刀子，切好三明治，放到盤子上。

「妳不想知道信是誰寫給我的？」她問。

我猜不出，說出：「貝特？」

因為我很希望是貝特私下表達了寬諒，讓昆妮綻開花朵般的笑靨。

我甚至沒看信封上的字跡。

昆妮的臉色一變，有那麼一刻，她彷彿不記得這個人。但她很快恢復快樂的模樣，走過來摟住我的肩膀，悄悄在我耳邊告訴我，聲音有點發顫、害羞，又像是勝利。

「是安德魯。妳可以替我端給他們嗎？我沒辦法，我現在不能出去。噢，謝謝妳。」

昆妮出門工作前，走進起居室親吻傅奎拉先生和他的朋友，親在兩人的額頭上。她手臂如蝴蝶般揮舞，對我說：「拜拜。」

先前我把托盤端出去時，傅奎拉先生發現我不是昆妮，露出惱怒的神色。但出乎意料，他對我說話的態度還算容忍，介紹我給萊斯理認識。萊斯理個子矮胖、禿頭，剛開始我以為他和傅奎拉先生差不多年紀，但經過交談，再納入禿頭這個原因，猜想他應該年輕許多。他不是我覺得傅奎拉先生會交的朋友，沒有那種輕慢、一副什麼都懂的樣子，而是很溫和，懂得鼓勵人。像是我向他提到值中午櫃檯的那份工作，他說：「這已經很厲害了，嘗試應徵的第一個店家就得到錄用，這表示妳知道如何給人良好的第一印象。」

我不覺得這次經驗難以啟齒，有萊斯理在場，每件事都變得輕鬆，傅奎拉先生的態度也溫和許多，彷彿要在朋友面前展現禮貌。也可能他感覺出我的轉變。當你不再怕對方，人們會察覺到不同。儘管他無法確知，也不明白轉變從何而來，但他會疑惑，知道不該大意。他也同意萊斯理的話，覺得那種工作不做也罷，甚至接話說那女人聽起來像是那種尖酸難搞的騙子，在多倫多一些見不得光的店家有時會遇到。

說。

「而且她怎麼可以不付妳工資？」他說。

「一般會以為她丈夫會過來查看發生什麼事，因為如果他是藥劑師，他就是老闆。」萊斯理說。

傅奎拉先生說：「他搞不好有一天會調製特殊劑量的藥，給他老婆。」

當你知道面前的人面臨危機，而他自己不知道，替他倒茶、加牛奶和糖、遞三明治，變得毫無困難。只因傅奎拉先生毫不知情，我對他除了厭惡之外，竟還能升起別種情緒。不是因為他這個人改變了，就算是，也是因為我先改變了。

不久他就說該去上班了，於是進去換衣服。萊斯理問我願不願和他共進晚餐。

「附近有家店我常去，不算多高級，不像史丹工作的地方。」他說。

我很高興聽他說不是高級的地方，於是說：「好啊。」萊斯理先載傅奎拉先生到餐廳，然後繼續開車到一家賣炸魚和薯片的餐廳。萊斯理點了超級特餐（雖然他剛才吃了幾塊雞肉三明治），我點普通餐。他要了啤酒，我點可樂。

他開始聊自己，說他希望當初選了教育學院，而非音樂，音樂無法支持穩定的生活。

我一心想著自己的事，忘了問他是哪一類音樂家。父親早替我買好回程車票並說：「妳永遠不知道他們兩人會變得怎樣。」當我看到昆妮把安德魯的信塞進內褲鬆緊帶，我想起這張車票，即使那一刻我還不知道信是安德魯寫來的。

我來多倫多不只是來找一份暑期工作。我來參與昆妮的生活，或者必要的話，參與昆妮和傅奎拉先生的生活。即使在我幻想昆妮與我同住的情節，當中也有傅奎拉先生。昆妮會讓他學到教訓的。

當我想到回程車票時，我也把其他事看得理所當然——回家和貝特、父親住在一起，成為他們生活的一部分。

父親和貝特、傅奎拉先生和第一任妻子、昆妮和傅奎拉先生，即使是昆妮和安德魯，他們都是伴侶，而他們各自，不管彼此多麼疏離，現在或是過去都有屬於自己的地洞，裡頭埋著他們的熱情或紛擾，且都與我無關。我非得如此，也希望如此，因為在他們的人生裡，我找不到值得學習和足以鼓勵我的地方。

萊斯理也是與人無涉的人。然而他向我談起他家人朋友，像是他的姊姊、姊夫、外甥、外甥女、一起度假的夫妻檔朋友的事。這些人都有問題，但也各具價值觀。他極富興味地談著他們的工作（或沒有工作）、天分、好運、錯誤的判斷，但話中缺少熱情。似乎他也與愛或仇恨無涉。以後的人生裡，我或許會看出這件事的破綻，或許會感覺出一個女人在面對一個缺乏動機的男人時會感到的不耐或可疑。這男人只想付出友誼，而且如此輕易地付出，即使遭受拒絕仍能快活下去，像什麼事也沒發生。這個男人不是因為孤獨，想隨便勾搭女人，連我都看得出來。他只是一個活在當下，對人生合理樣貌感到心安的人。

他的陪伴正是我需要的，儘管當時我還不明白。或許他是存心待我特別好，我想到自己片刻之前，也突然想對傅奎拉先生好一點，至少給他一點保護。

我在教育學院讀書時，昆妮又跟人跑了，是父親寫信告訴我的。他說他也不知道事情是怎麼發生，何時發生的。傅奎拉先生瞞了一陣子，但後來還是告訴他，覺得昆妮搞不好會回家。父親回他這不大可能。在寫給我的信上，父親說至少我們無法確定昆妮會不會這麼做。

許多年過去，即使我結了婚，傅奎拉先生還是每年寄聖誕卡片給我。卡片上畫著雪橇載滿鮮豔的禮物，快樂的一家人站在布置好的玄關迎接朋友。或許他是覺得這些圖片符合我目前的生活與心境；也可能他隨便從架上拿一張下來。他總是附上回寄地址，提醒我他還活著，若有任何消息，我也知道怎麼通知他。

我自己早已放棄期待了。我甚至不曉得跟她私奔的到底是安德魯還是別人；是否安德魯就是真命天子，她是否還和他在一起。父親死的時候留了些錢，那時花費不少力氣找她，但徒勞無功。

如今有件事發生了。孩子都長大成人，丈夫也退休之後，這些年我們經常到處旅行，我覺得自己有時見到了昆妮。並不是我特別想見她，或努力想找到她，也不是我真的相信見到的人是她。

一次是在人潮擁擠的機場，她穿著紗籠、戴著花邊草帽。曬成古銅色、雀躍愉快，看起來很有錢，身邊圍繞著朋友。另一次她擠在教堂門口，等著看婚禮進行。她身上的仿絨外套滿是髒汙，看來日子過得不大寬裕。還有一次她在斑馬線前停下，領著一隊幼稚園的孩子像是正要去游泳池或公園。天氣很熱，她臃腫的中年婦女身材穿著花短褲和印有標語的T恤，悠閒自在地出現在眼前。

最後一次，也是最奇怪的一次，是在美國愛達荷州雙瀑城一家超市。我提著為野餐採購的幾樣東西，轉過通道，看到一名老婦人斜靠在購物車上，像在等我。滿臉皺紋的老婦人，嘴巴歪斜，看起來氣色不佳的棕色皮膚。黃褐色的頭髮豎立，上衣收進紫色長褲裡，長褲蓋不住略突的上腹部，是那種瘦削的女人，隨著年齡增長，卻失去了腰圍帶來的好處。褲子可能是在二手商店買的，原本鮮豔如今褪色縮水的對襟毛衣在胸前扣上，胸部乾癟如十歲小孩。

推車裡空無一物，她連皮包都沒帶。

不像前面那幾個，這個女人似乎在表示她就是昆妮，愉快地朝我投以認得的微笑，渴求我也能認出她來，你會覺得這對她是喜從天降，像是她總算脫離連年的陰霾，享受這非比尋常的一刻。

但我只是表情和悅但不置可否地微微拉動嘴角，把她當成不認識的瘋子，逕自走到結帳櫃檯。

過後在停車場，我向丈夫編了個理由，說漏了某樣東西，匆匆趕回店裡。我在通道間到處找，但似乎就在那麼短的時間裡，老婦人已經不見了。或許我一離開，她就跟著走了；或許她正在雙瀑城的街道上走路，或者坐在好心的親戚或鄰居的汽車裡，搞不好自己開車。還有一種可能，儘管機率極低——她或許還在店裡，我們兩人不停走過通道尋覓對方，卻又不停錯過彼此。我朝不同方向四處尋找，在冷氣開得極強的夏季商店裡發抖，直勾勾盯著別人的臉，可能嚇到他們，因為我用目光默默懇求他們告訴我昆妮在哪裡。

最後我恢復理智，告訴自己那不可能；不管她是或不是，昆妮早就拋下了我。

山裡來了熊

菲歐娜住在父母家，在她和格蘭特念大學的鎮上。房子寬敞，有突出的窗臺，在格蘭特眼裡既豪華又有點凌亂，地毯不平整，杯底的水漬蝕掉桌面的亮漆。菲歐娜的母親是冰島人，個性強悍，一頭霜雪般的白髮，政治立場極左，絕不妥協。父親是心臟科醫生權威，在醫院備受尊敬，但在家時甘心退守第二線，帶著心不在焉的微笑聽一室的滔滔雄辯。菲歐娜家總有形形色色的人，有的富裕有的寒傖，各個都愛高談闊論，來來去去，爭論著商議著，一些人帶著外國口音。菲歐娜自己有輛小車，還有一整疊喀什米爾羊毛衫，不過她大學時沒加入姐妹會，大概和家中的活動有關。

倒不是她在意這些，對她來說，姐妹會很可笑，政治也差不多。雖然只要家中來了對這立場會感到緊張的客人，她便喜歡用留聲機播放〈四位叛將〉[1]，有時還把〈國際歌〉[2]播得震天

1 〈*The Four Insurgent Generals*〉，國際左派流行的抗議歌曲。

2 〈*The Internationale*〉，國際著名的共產主義運動頌歌。

響。曾有個滿頭鬈髮、神情陰鬱的外國人想追她（她說人家是西哥德人[3]），還有兩、三個品行端正，緊張兮兮的年輕實習生也對她有意思，這幾個人都讓她捉弄著玩，格蘭特也不例外。菲歐娜會拉長語調模仿格蘭特的小鎮用語。格蘭特覺得，那個晴朗乾冷的日子，在史丹利港的海灘上，她向他求婚，很可能也是在開玩笑。沙子刺痛兩人的臉頰，腳上是一波波海浪衝激而來的砂礫。

「你覺得——」菲歐娜大喊：「你覺得如果我們結婚會不會很好玩？」

他抓緊這個機會，大喊回應她，會。他永遠都不想與她分開。她閃耀生命的火花。

他們正要出門前，菲歐娜注意到廚房地板上有塊污漬，應該是她早先穿的黑色便宜拖鞋搞髒的。

「我還以為不會再弄髒了。」語氣裡是平常的懊惱與困惑，一邊擦拭那塊像是油膩蠟筆劃出的痕跡。

她發現她不必再這麼麻煩了，因為她沒帶那雙鞋來。

她說：「看來我得隨時盛裝打扮，或是半盛裝，像待在旅館那樣。」

她洗過抹布，晾在流理臺底下門內的架上。然後她穿上金棕色毛皮領滑雪外套，內搭白色高領毛衣，配上剪裁合身的淺褐色休閒褲。菲歐娜身材高䠷，雙肩細窄，即使七十歲了，依然苗條挺秀。她腿長腳底板也長，手腕腳踝纖細，耳朵小巧到近乎奇趣。她的頭髮像馬利筋草的絨毛一樣輕盈，格蘭特沒注意到她的髮色幾時已從淺金轉白，髮長依舊過肩，就像她母親一樣（格蘭特自己的母親對此十分驚駭，她是寡婦，在小鎮診所當櫃檯人員。菲歐娜母親的白長髮，比她家的屋況更足以說明她的態度和政治立場）。

但其實菲歐娜骨架細緻，小小的寶藍色眼珠，跟她母親一點也不像。菲歐娜的雙唇長得稍稍撇向一邊，現在她喜歡塗上口紅，那通常是她出門前的最後一個動作。這天她看來跟平常一樣，如同真實的她一般直率而曖昧，甜美中帶著譏誚。

一年多前格蘭特開始注意到屋裡貼滿黃色便條貼。這不完全是新現象。菲歐娜向來喜歡把東西寫下來，無論是廣播電臺提到的書名，或當天一定要完成的事情，甚至還會把每天早上的時間安排也寫下來，分秒不差這點讓格蘭特費解又感動。

早上七點瑜伽。七點三十至七點四十五，刷牙洗臉梳頭。七點四十五至八點十五，散步。八點十五，與格蘭特吃早餐。

但新的便條不一樣，貼在廚房抽屜上——餐具、擦碗布、刀子。打開抽屜不就看到了嗎？他想起一個笑話，大戰時有個德國士兵在捷克斯洛伐克的邊境巡邏。有些捷克人告訴他，巡邏犬

3 羅馬時期的一支日耳曼民族。

身上都掛著牌子，上面寫著「**犬**」。捷克人問德國士兵原因，德國人說，因為這是一隻**犬**。

格蘭特想告訴菲歐娜這個笑話，但想想還是別說比較好。他們笑點一向相似，但萬一這次她覺得不好笑呢？

還有更糟的事。菲歐娜去鎮上，從電話亭打電話給他，問他怎麼開車回家。她穿過草地去森林散步，卻從籬笆處回來，繞了好大一圈。她說她知道籬笆一定能帶領她到某個地方。

情況很難判斷。她提到籬笆時像在開玩笑，而且電話號碼她記得很清楚。

她說：「我不覺得有什麼好擔心，大概只是變笨了吧。」

他問她是不是服用了安眠藥。

她說：「就算是我也不記得了。」然後她又道歉，說她不該回得那麼隨便。

「我確定自己沒吃藥。也許我該吃一點，維他命之類的。」

維他命也沒有用。她會站在門口，卻想不起要去哪裡。她煮菜忘記開爐火，煮咖啡忘記加水。她問格蘭特他們什麼時候搬進這棟房子。

「去年還是前年嗎？」

他說是十二年前。

她說：「真沒想到。」

「她個性向來這樣。」格蘭特對醫生說。

「有一次她把毛皮大衣放在儲藏室裡，就這麼忘了。那些年我們都到溫暖的地方過冬。然後她說自己彷彿是下意識這麼做的，像把罪惡留下來。一些人讓她覺得穿毛皮大衣是種罪惡。」

還有更多他解釋不了的事。像是菲歐娜有時表現出訝異或道歉，好像只是出於禮貌，其實心裡暗暗覺得有趣，彷彿踏上一場意外的冒險，或者在玩一場等著格蘭特捉到她的遊戲。他們向來有自己的小遊戲——胡謅的方言、自己發明的人物。菲歐娜會裝出一些聲音，啁啾嗚叫或甜言蜜語（這個他不方便告訴醫生），不可思議像極了他外面的幾個女人，但其實她從來沒見過她們，或甚至不知情。

醫生說：「嗯，這個嘛，一開始可能是選擇性地遺忘，我們也不清楚，對吧？我們要看惡化的情形如何，不然真的難說。」

不久貼什麼標籤似乎不重要了。菲歐娜不再單獨出門購物，但有一天在超市，格蘭特轉個身，菲歐娜就不見了。一個警察發現她走在馬路中央，離超市好幾條街。警察問她的名字，菲歐娜很快說出來。警察又問她國家總理的名字。

「年輕人，如果你連這個都不知道，那你真不該做這份工作。」

警察笑了。但隨後菲歐娜做錯一件事，問警察有沒有看到鮑里斯和娜塔莎。

鮑里斯和娜塔莎都是俄羅斯獵狼犬，許多年前菲歐娜從朋友那裡收養過來，之後就全心照顧兩隻狗，到牠們死為止。菲歐娜收養兩條狗，也差不多那時候她發現自己不大可能生育。她的輸卵管堵塞或是扭曲什麼的，格蘭特現在記不得了，他一向不願意去想女性器官。也可能是菲歐娜母親過世不久後。兩隻狗長長的腿、絲滑的毛髮、瘦長的臉溫和而倔強，與菲歐娜一起在街上散步十分相稱。而格蘭特本人，那陣子得到第一份在大學的教職（政治立場儘管是個汙點，但岳父的錢還是很好用）。在別人眼裡，或許他也是菲歐娜突發奇想下的一個選擇，對他照顧有加，溫柔疼愛。幸運的是，格蘭特直到很久以後才明白這一點。

在超市裡迷路那天，晚餐時菲歐娜對格蘭特說：「你知道要拿我怎麼辦對吧？你終究得把我送去那個地方。叫什麼，淺湖？」

格蘭特說：「是米德湖。還不到那個程度。」

「淺湖，蠢湖。」她說，好像在和格蘭特鬥嘴。「傻湖，就叫傻湖好了。」

格蘭特雙手支著頭，手肘撐在桌面上。他說就算真的考慮去，一定也不會是永久留在那裡，會像實驗治療，當作休養。

米德湖有個規矩，十二月時不收病人，到了節慶假期，人容易情緒失控。所以他們一月時前往，開了二十分鐘的車。開上公路前，駛過鄉村道路上一個如今完全結凍的積水凹坑。沼澤橡樹與楓樹在明亮的白雪上，投下柵欄一般的影子。

菲歐娜說：「噢，想起來了。」

格蘭特說：「我也在想那件事。」

「不過那時有月光。」她說。

她說的是有一次他們晚上去溜冰，當時滿月照耀，腳下白雪映著道道黑影，這地方只有隆冬積水結凍時才進得去。他們能聽到樹枝凍裂的聲響。

如果她這麼清楚記得這件事情，她的問題真有那麼嚴重嗎？

他只能努力不要調頭開回家。

主管向格蘭特解釋，還有一項規定，剛入住的前三十天不要來探視，大多數人需要這麼長時間習慣。實施規定以前，總有人苦苦哀求、涕泗縱橫、大發脾氣，就算是自願住進來的人也不例外。大概到第三、四天，住客就會開始哀聲嘆氣、求人帶他們回家。有些親人會心軟，所以有的人就這樣被帶回家，狀況和來之前一樣糟。不出半年，有時只要幾星期，過往在家裡的那些令人沮喪煩擾的處境又全部重來。

主管說：「而且我們發現，如果讓他們自己留在這裡，最後他們會過得開心平靜，有時要到鎮上去，還得連哄帶騙他們才肯搭上巴士。回家日也是一樣，到那時期就可以讓他們回家一、兩個小時了，他們還會擔心沒辦法準時回院吃晚餐呢。那時米德湖就是他們的家了。當然，這些規定不適用二樓的住客，我們不能讓他們外出，太麻煩了，而且反正他們連自己人在哪裡都搞不清楚。」

「我妻子不會住到二樓去的。」格蘭特說。

「當然。」主管若有所思地說。「我只是喜歡一開始就講清楚。」

幾年前他們去過米德湖幾次，探視他們的鄰居法夸先生。他沒結婚，是個農夫，獨居於他通風良好的磚造房屋裡，除了添購冰箱、電視，那屋子從世紀初以來毫無改變。以前他會來拜訪格蘭特和菲歐娜，雖然不會先通知，但時間都很得當，除了談談地方上的事，還會討論他正在讀的書，關於克里米亞戰爭、極地探險、軍火的歷史等。但自從他搬進米德湖，他只談日常的事，格蘭特和菲歐娜也了解，儘管他很感激，這已變成他的社交負擔。而且菲歐娜特別討厭尿味和揮之不去的漂白水氣味，也討厭低矮昏暗的走廊上插著塑膠花的壁龕。

米德湖的舊館五〇年代才建成，現在卻已不在。法夸先生的房屋也是，取而代之的是一棟虛有其表的城堡，給週末從多倫多來此度假的人住。米德湖的新館是一幢通風良好的拱頂建築，空氣中隱隱有股松香，巨大的陶缸裡栽種真正的綠色植物，欣欣向榮。

然而，在格蘭特見不到菲歐娜那漫長的一個月裡，他想像的畫面，菲歐娜總是在舊館裡。格蘭特想，這是他生命中最難熬的一個月，感覺比十三歲時和母親到拉納克郡探親的那個月還長；也比賈姬．亞當斯回去陪家人過節的那個月來得長，當時他們的婚外情剛萌芽。格蘭特每天都打電話到米德湖，希望能與那位叫柯絲蒂的護理師通上話。他這樣鍥而不捨地來電，讓她覺得有點想笑，不過柯絲蒂的說明比其他護理師都詳盡。

菲歐娜感冒了，但這在新進來的人很常見。

柯絲蒂說：「就像小孩剛入學，會接觸到一大堆新細菌，所以有一陣子很容易生病。」

病情好轉後，她不必再服用抗生素，而且似乎不像剛來時的困惑（格蘭特第一次聽到抗生素和困惑的事）。她胃口不錯，而且似乎很喜歡坐在日光室。她好像很喜歡看電視。

早年舊址的米德湖還有一件事讓人難以忍受，就是到處都開著電視，不管坐在哪，電視聲音都會蓋過你的思緒和談話。有些囚犯（那時他和菲歐娜都這樣稱呼他們，不叫他們住客）會抬眼看著，有些和電視對罵，不過大部分人只是坐著，默默忍受電視的攻擊。他記得新館裡，電視是放在另一間獨立的起居室或臥房裡。你可以自行選擇。

想來菲歐娜一定選擇看了。看的是什麼節目呢？

住在這棟房子的這幾年，他和菲歐娜一起收看過不少電視節目，觀賞攝影機所能拍攝到的野獸、爬蟲、昆蟲、海洋生物的生活，定時收看十幾部取材自十九世紀小說的電視劇。他們最愛看一部描述百貨公司生活的英國喜劇，看了許多遍，連對白都能倒背如流。劇中演員在真實世界中去世或改行，他們感到難過；若是演員因為角色復活重回劇中，他們便感到欣喜。他們看著商店警衛的頭髮由黑轉灰，最後又變回黑髮，廉價的布景總沒變過。然而一切依舊褪色了，最後連布景和最黑的髮色也褪色，彷彿倫敦街頭的塵埃從電梯門縫底下飄進來，還有一股愁緒，感染了格蘭特和菲歐娜，比電視台《傑作劇場》系列裡的任何一齣悲劇都更令人傷心，於是還沒到最後一集，他們就不看了。

菲歐娜交到一些新朋友，柯絲蒂說。她一定是快從自己的殼中走出去了。

什麼殼？格蘭特想問，但及時忍住，不想惹柯絲蒂不快。

如果有人打電話來，格蘭特就讓電話轉到答錄機。他們偶爾來往的朋友都不住附近，而是住在鄉下，也都和他們一樣退休了，出遠門通常不會通知。第一年，格蘭特和菲歐娜待在房裡度過整個冬天，寒冬的鄉居生活是新體驗，整修房子有很多事可以忙。後來他們覺得趁還走得動，該出去旅行，於是去了希臘、澳洲、哥斯大黎加。其他人會以為他們現在大概也是出外旅行了吧。

格蘭特溜冰當作運動，但從不溜到沼澤那麼遠的地方。他在房子後面的原野溜了一圈又一圈，太陽西下時，天空是整片粉紅色，泛藍的雪封住鄉間。他數著自己溜了幾圈，然後回到暗下的屋子，打開電視新聞，一面準備晚餐。他們通常一起準備晚餐，一個人負責飲料，一個人煮食，討論他的工作（他正在寫一份關於挪威狼族的研究，特別是在世界末日吞掉奧汀天神的芬利斯巨狼），以及菲歐娜那時讀的書。他們住在一起，但有各自的事做，所以也會和對方分享當天的一些想法。這段時間是最愉快的親密時光，當然，鑽進被窩後，也有五到十分鐘甜蜜的身體接觸，儘管不算經常做愛，但讓他們放心，知道欲望都還在。

格蘭特做了個夢，夢中他把一封信拿給一位同事友人看。寫信的是他久未想起的一名女孩的室友。信上振振有詞又充滿敵意，以埋怨的口吻威脅（他認為寫信的這位室友是未出櫃的女同志）。他和這個女孩和平分手，她不大可能小題大作，更別提自殺，但信中顯然處心積慮地試圖表達這女孩想自殺。

看信的同事已為人夫人父，是他們之中第一個扯掉領帶離家，每晚和妖媚年輕情婦睡在地板床墊上的人。每天出現在辦公室和教室課堂時，都是一副邋遢樣，身上有種毒品和焚香的氣味。但現在他很不看好這類惡作劇的出現。格蘭特想起來，他最後和其中一個他外遇的女孩結了婚，而她最後也變得愛辦餐會、生小孩，與一般妻子無異了。

「要是我可笑不出來。」他對格蘭特說。格蘭特想自己根本沒笑。「如果我是你，我會先讓菲歐娜做好心理準備。」

於是格蘭特去米德湖找菲歐娜（而且是以前的米德湖），沒想到進了一間演講廳。大家都在等他講課。最後一排高高坐了一群眼神冰冷的年輕女子，穿著黑袍，滿臉哀傷，用痛苦的眼光直盯著他，不管他講授什麼，她們都不做筆記也不想聽。

菲歐娜坐在第一排，一臉坦然。演講廳就像她常在聚會裡找的一個遠離人群的角落，喝混了礦泉水的葡萄酒，抽普通香菸，說說家裡狗的趣事。她和一群志同道合的朋友挺身對抗潮流，彷彿在角落裡、臥房或黑暗露臺上演的喧鬧不過是幼稚的喜劇。彷彿純潔才是時髦，靜默是福。

「呿，這個年紀的女孩子總是嚷著自殺。」菲歐娜說。

她的話不能讓格蘭特安心，反而讓他渾身發冷。他怕菲歐娜錯了，壞事已經發生，他看到菲歐娜看不到的事——黑色的繩圈愈來愈粗、愈扯愈緊，縊住他的氣管，就像那排黑袍勒住教室上方。

他拖著身子醒來，努力分清什麼是現實，什麼是夢境。

他確實收過一封信，外加他辦公室門上被用黑漆噴上「卑鄙」兩字。菲歐娜聽說有個女孩瘋狂迷戀他，說過和夢中女孩差不多的話。現實裡沒牽扯到同事，沒有穿黑袍的女人出現在教室，也沒人自殺。格蘭特沒丟臉，幾年後想想原本可能發生的醜聞，他算是輕鬆脫身。但消息畢竟傳開了，大家刻意冷落他們，聖誕節幾乎無人邀請，獨自度過新年除夕。格蘭特喝醉了（但感謝老天，他沒傻到坦承一切），他主動承諾要給菲歐娜全新的生活。

格蘭特覺得羞愧，是因為感覺被愚弄了，沒注意到情況正在改變。沒有一個女人讓他意識到這點。情況曾經改變過，突然間好多女人任他選擇，至少他看來是這樣，而現在又變了，那些女人說她們從來沒想過這段感情會發生。她們只是無助、困惑才配合，整件事對她們只有傷害，沒有欣喜。就算主動的是她們，也只是因為她們搞不清情況。

沒有人認可過一件事——當一名花花公子（格蘭特只能想到這個稱呼，其實他的征服和成就還不及夢中那個同事的一半呢）必須善良、慷慨，甚至懂得犧牲奉獻。一開始也許不會，但往下發展就會。有幾次，格蘭特付出他並未實際感受到的感情或狂野激情，只為了迎合女人的自尊與脆弱。但一切只換來如今的指控，說他傷害、剝削、踐踏別人的自尊；指控他欺騙了菲歐娜。當然他的確對她不忠，但如果他像其他人離開老婆那樣離開她，情況會更好嗎？

格蘭特從沒想過離開。就算其他女人有煩人的需求，他也從未停止和菲歐娜做愛。他沒有一晚離開過菲歐娜身邊，從來不會精心編理由，好到舊金山或馬尼圖林島的帳篷度週末。嗑藥喝酒他都很節制，持續發表論文，在委員會任職，繼續發展他的學術生涯。他從沒想過拋棄工作和婚姻，搬到鄉間做木工或養蜂。

但這事最後還是發生了。他提前退休，領了扣減的退休金。菲歐娜的父親獨自住在大房子，過了一段茫然寡欲的日子後便離開人世。菲歐娜繼承了大房子，還有靠近喬治亞灣的土地和農舍，後者是他父親成長的地方。她放棄了醫院志工組長的工作（她說，醫院是一個人們的問題其實不是來自毒品、性愛或為想法爭執的場所）。全新的生活誕生。

鮑里斯和娜塔莎相繼死去。其中一隻生病先走，格蘭特忘了是哪一隻，另一隻沒多久也跟著走了。

他和菲歐娜整修房屋。兩人滑雪的範圍橫跨鄉間，交際不多，但也漸漸交到一些朋友。日子裡不再有興致勃勃的調情，午間派對不再有女人的腳趾鑽進男人褲管，不再有放蕩的老婆。不公平的感覺逐漸消退，格蘭特恢復思考，覺得這生活來得正是時候。那些女性主義者、傻女孩本人，還有他那些懦弱的所謂的「朋友」，排擠他排擠的正是時候。過去的生活麻煩愈來愈多，不值得繼續，最後很可能還讓他賠上菲歐娜。

第一次回米德湖探視那天，格蘭特起得很早。他慎重又興奮，就像過去頭一次和新認識的女子約會，感覺不完全是性欲（等見面成了例行公事，就完全是性欲了），而期待有新發現，近乎心靈的拓展，並覺得膽怯、謙遜、驚慌。

他太早出門了，下午兩點過後才是訪客時間。他不想坐在停車場裡枯等，於是調轉車頭朝另外的方向駛去。

雪融了。地上積著許多殘雪，但冬日冰霜結出的耀眼景致已經崩裂。灰色天空下，一堆堆布滿孔洞的殘雪看來像是院中的垃圾。

他在米德湖附近的小鎮找到花店，買了一大束鮮花。他以前從未送過花給菲歐娜，事實上也沒送過任何人。他走進米德湖，感覺自己像卡通裡希望渺茫的情人或犯錯的丈夫。

柯絲蒂說：「哇，水仙花今年開得這麼早啊，你一定花了不少錢。」她領在前頭，帶他穿過走廊，來到儲藏室或有點像廚房的地方，扭開燈找花瓶。她很年輕，身材很胖，看起來除了頭髮，她好像已經不在意身上其他部位。她的金髮豐厚，走雞尾酒女侍或脫衣舞孃那種高蓬華麗的風格，這樣的頭髮底下卻是平庸的臉孔與身材。

「到了。」柯絲蒂點點頭，示意他房間在走廊盡頭。「門上有名字。」

他找到了，名牌上裝飾著青鳥。他猶豫著不知該不該敲門，還是敲了門，接著打開喊她的名字。

菲歐娜不在房裡。衣櫃門關著，床單齊整，床頭櫃上空無一物，只有一盒面紙和一杯水。房裡沒有半張照片或畫，沒有書或雜誌。也可能那些東西只能收在櫃子裡。

他又回到護理站，或是櫃檯，不管叫什麼。柯絲蒂說：「不在？」他覺得她表情敷衍，只是故作驚訝。

他躊躇了一會兒，手上還捧著花。柯絲蒂說：「好吧，我們先把花放在這兒。」說完嘆口氣，彷彿他是個發展遲緩的小孩第一天上學。柯絲蒂領著他穿過走廊，走入巨大天窗射入的陽光裡。天窗所在的地方是個寬闊的中庭，有大教堂般的天花板。有些人坐在靠牆的休閒椅上，其他人分散坐在幾張桌旁，桌子集中放在房間中央，地上鋪了地毯。他們狀況都還不壞，年紀大，少數行動不便需要輪椅，但看來還算體面。以前他和菲歐娜探訪法夸先生時，有些景象讓人看了心驚。老女人下巴長了鬍鬚，有人兩眼鼓凸像腐爛的梅子；口水滴淌、搖頭晃腦的人，還有幾個不停喃喃囈語。他們現在似乎已不收狀況太糟的人，也可能是使用藥物或手術，處理外觀損毀、語言障礙或其他失禁問題，這些方式幾年前還沒出現。

不過，有個極度憂鬱的女人坐在鋼琴前，一根手指按著不成調的音樂。另一個女人愣愣瞪著雙眼，面前是一只咖啡壺和一疊塑膠杯，無聊發悶，面容僵硬如石頭。但她應該是員工，穿著像柯絲蒂一樣的淡綠色衣褲。

「看到了嗎？」柯絲蒂語調變得溫柔。「你就走過去打招呼，盡量不要嚇到她。你要知道她可能不會……反正，你走過去就是了。」

他看到菲歐娜的側臉，她坐在一張牌桌邊，但沒在玩牌，臉看起來有點浮腫，臉頰肉垮下來遮住嘴角，以前從不會這樣。她看著坐她身旁的男人玩牌，對方把牌略偏一邊，好讓她看得到。格蘭特走近，菲歐娜抬起頭，全部的人——桌邊所有玩家都抬起頭，神情不悅。然後他們馬上低頭看自己的牌，彷彿要抵擋任何入侵打擾。

但菲歐娜天生微斜的嘴角笑了，羞赧、淘氣而迷人，椅子往後一推，手指放在唇上地走到他身邊。

「橋牌。」她低聲說。「玩得可認真了，他們對橋牌很狂熱。」她帶他走到咖啡桌交談。「我記得大學時有一陣子也是這樣。我和幾個朋友會蹺課，坐在交誼室裡抽菸打橋牌，玩得你死我活。一個叫菲比，其他幾個人我不記得了。」

「菲比・哈特。」格蘭特回答。他腦中出現一個矮小駝背的黑眸女孩，現在可能已經過世了。菲歐娜、菲比和其他人，身邊煙霧繚繞，像女巫一樣全神貫注。

「你也認識她？」菲歐娜說，對那個面容僵硬的女人微笑。「想喝什麼，來杯茶好嗎？這裡的咖啡不怎麼樣。」

格蘭特從不喝茶。

他伸不出手摟菲歐娜。一部分是她的聲音和笑容裡有說不上來的感覺，即便看上去熟悉依舊。一部分是因為她似乎想護送他離開玩牌的人，甚至那個咖啡女人，也像是想保護格蘭特遠離那些人的不悅。要伸手阻礙重重。

「我帶了些花給妳，可以讓妳的房間更有生氣。我去過妳房間，但妳不在。」格蘭特說。

「對，我不在，我在這裡。」她說。

格蘭特說：「妳交了新朋友。」他撇撇頭指向坐在菲歐娜身邊的男人。就在此刻，男人抬起頭看菲歐娜，菲歐娜也轉過頭去，可能是因為格蘭特的話，也可能是感覺到身後的視線。

她說：「哦，你說奧伯理。很有意思，我多年前就認識他了。他以前在商店工作，就是我爺爺常去的那家五金行。當時我們兩人很愛互開玩笑，但他不敢約我出去。直到最後一個星期他帶我去看球賽，球賽一結束，爺爺就開著車出現，載我回家。那個夏天我只是去探望爺爺奶奶，他們住在農場。」

「菲歐娜。我知道妳爺爺奶奶住哪，我們現在就住在那裡，應該說妳之前和我住那裡。」

「是嗎？」她有點心不在焉，因為玩牌的男人在看她，不像懇求，比較像是命令。他年紀和格蘭特相當，也許更老些，粗糙濃密的白頭髮覆住額頭，皮膚蒼白發黃，像小孩子用皺的舊手套。他的一張長臉威嚴而憂鬱，像一匹強健有力卻意志消沉的老馬。但他看著菲歐娜的眼光並不消沉。

「我得回去了。」菲歐娜說，紅暈爬上她新養胖的臉頰。「他覺得我不坐在旁邊，他就不會玩了，真是好笑，我都快忘記怎麼玩了。對不起，我得走了。」

「妳會很快結束嗎？」

「噢，差不多了吧，不過很難說。你可以請那位陰沉臉色的小姐倒茶給你。」

「沒關係。」格蘭特說。

「我得走了，你可以自己逛逛吧？你一定覺得一切都很陌生，不過放心，你很快就會習慣的。你會慢慢認識大家，除了有些活在自己世界裡的人，你也知道的，不能期望每個人都來認識**你**。」

她坐回位子上，附在奧伯里耳邊說了幾句，拍拍他的手背。

格蘭特起身去找柯絲蒂，看到她在走廊推著手推車，車上放著幾壺蘋果汁和葡萄汁。

「等我一下。」她對格蘭特說，然後從門口探頭問：「蘋果汁來了，還是想喝葡萄汁？要不要餅乾？」

他在一旁等著。柯絲蒂斟滿兩個塑膠杯的果汁，端進房間，然後回來把兩片葛粉餅乾放到紙盤上。

她問：「如何？看到她這麼融入，你不該高興嗎？」

格蘭特說：「她真的認得我是誰嗎？」

他不確定。菲歐娜可能在開玩笑，這也像她的行事風格。最後她說的那些話好像把他當成新來的房客，這麼刻意就有點露出馬腳了。

她應該是刻意的，應該是裝出來的吧。

可是玩笑開完了，她不是應該追過來笑他嗎？她肯定不會就這樣回去觀牌，假裝忘記他，實在太殘忍了。

柯絲蒂說：「你只是來的時機不對，她正在打牌。」

「她根本沒打。」他說。

「好吧，不過她朋友奧伯里在打。」

「奧伯里到底是誰？」

「奧伯里就是奧伯里，她的朋友。要喝果汁嗎？」

格蘭特搖搖頭。

柯絲蒂說：「聽我說，他們找到寄託的對象很常見。這種關係會有好一陣子，對他們很重要，結交好哥兒們，這是一個階段。」

「妳是說她可能真的不認得我？」

「可能吧。今天認不出你，但明天呢？你也不知道。狀況會不斷反覆，你也無能為力。等你來一段時間就會了解，會學著不要把事情看得太嚴重，一天天學著接受。」

日子一天天過去，但狀況並未有什麼改變，他也沒辦法習慣。習慣的反而是菲歐娜，但她只是把他當成一個常來的訪客，對她特別感興趣。或許對她甚至是種困擾，但她向來有禮，不會讓格蘭特曉得自己造成她的困擾。她態度親切，卻心不在焉，像在應酬，格蘭特連最簡單、最重要的問題也無法開口。他無法開口質問她，是不是忘了他們已經是結縭快五十年的夫妻。他有預感，這問題會讓菲歐娜覺得難為情，而且是替他感到難為情。她會侷促不安地笑，那副客氣、慌張的樣子讓他更難受，最後不了了之，不承認也不否認。或者她會承認或否認，但還是不會讓人滿意。

格蘭特能討論這件事的護理師只有柯絲蒂。幾名護理師把整件事當成笑話，一個沒禮貌的傢伙甚至當面笑了出來：「奧伯里和菲歐娜？不是正打得火熱嗎？」柯絲蒂告訴他，奧伯里以前是一家公司的地方業務，賣除草劑那一類的東西給農夫。

「他還不錯。」她說，格蘭特不知道這是什麼意思，是指奧伯里誠實、慷慨、善良，還是他能言善道、衣著體面，開一輛好車。也許兩者皆是。

柯絲蒂說，但在他還不算太老，甚至還沒退休時，卻出了嚴重意外。

「平常是他妻子在照顧。她在家照顧，只是暫時帶他來這裡，讓自己喘息一下，她姊姊邀她去佛羅里達。想想看，她日子不好過，誰曉得好端端一個男人會……他們只是去度假，莫名他被蟲咬，之後發高燒昏迷，就變成這樣了。」

格蘭特問到住客之間的戀情，有沒有人踰矩？現在他能用比較寬容的語調談這事，希望她不會對他說教。

「要看你是什麼意思。」她說。繼續寫紀錄簿，一邊思考怎麼回答。寫完以後，她抬頭對格蘭特坦率一笑。

「我們這裡的麻煩呢，挺有趣的，通常來自以前完全不熟識的人，可能完全不認識對方，連對方是男是女都不知道。你可能以為是老先生想爬到老太太的床上，但其實至少一半的情況剛好相反，是老太太在追老先生。我猜，可能是女人的狀況比較好吧。」

說完她收起微笑，彷彿怕自己說得太多或太無情。

「別誤會，我不是指菲歐娜。菲歐娜是淑女。」她說。

是嗎，那奧伯里呢？格蘭特想問，但記起奧伯里坐輪椅。

「菲歐娜是真正的淑女。」柯絲蒂語氣果斷，想讓格蘭特放心，反而讓格蘭特更擔心。他腦海浮現一幅畫面，菲歐娜穿著她有小孔裝飾的藍色緞帶長睡袍，戲謔地掀起老先生的床罩。

「這個嘛，有時我會想——」他說。

柯絲蒂銳利地反問：「你想什麼？」

「我會想她是不是在演戲。」

「什麼？」柯絲蒂說。

下午時刻，多半可以在牌桌旁看到他們兩人。奧伯里有雙粗指大手，很難拿好牌。菲歐娜幫他洗牌、理牌，有時迅疾地替他推直差點滑落的牌。格蘭特在房間另一頭，看她俐落的身手，緊接笑著道歉。他能看到菲歐娜一綹髮絲拂過奧伯里臉頰，奧伯里則像個丈夫般皺眉。只要菲歐娜在旁邊，奧伯里選擇對她視而不見。

但只要菲歐娜笑著和格蘭特打招呼，只要她椅子向後推、起身幫格蘭特倒茶，表現出她接受格蘭特出現在這裡的合理性，或許也覺得對格蘭特有義務，奧伯里臉上就會隱隱露出驚慌。他會讓牌從手中滑下，落在地板上，打亂牌局。

於是菲歐娜又得忙起來，把事情搞定。

如果他們沒在牌桌旁，大概就是沿著走廊散步，奧伯里一手緊握欄杆，另一手緊抓菲歐娜的手臂或肩膀。護理師覺得菲歐娜能讓奧伯里離開輪椅，真是奇蹟。不過路程比較遠的時候，像是要到另一頭的溫室或電視間，就需要輪椅了。

電視好像總是轉到體育頻道，奧伯里什麼體育項目都看，但最喜歡的似乎是高爾夫。格蘭特也會和他們一起看，隔幾張椅子坐下。大螢幕上，一小群觀眾和評論員跟著球員，踏過寧靜的綠地，適時響起一點禮貌的掌聲。不過球員揮桿，孤伶伶的球照著規畫好的路線劃過天際時，四周一片寂靜。奧伯里、菲歐娜、格蘭特，或許還有其他人，會一起屏住呼吸，然後奧伯里率先吐一口氣表達滿意或失望。菲歐娜隨即也會應和他的反應。

溫室內沒有這樣的寂靜。他們會找個最具熱帶風情且茂盛濃密的植物區坐下，形容為隱密處也可以；格蘭特得非常自制，才能忍住不偷窺。枝葉沙沙作響，噴泉水聲淙淙，間雜著菲歐娜輕柔的話語和笑聲。

然後傳出類似咯咯笑的聲音，是他們哪一個發出的？

也許都不是，也許只是幾隻住在角落籠裡，羽色鮮麗、不知羞恥的鳥兒。

奧伯里能說話，雖然聲音聽起來也許和以往不一樣。此刻他好像說了些什麼，發出幾個混濁的音節。**小心，他在這裡，親愛的**。

噴泉藍色的池底有幾枚許願硬幣，但格蘭特從沒看過任何人丟錢。他盯著這些五分、一角、兩角五分的硬幣，心想這些硬幣會不會其實黏在池底的磁磚上，是這棟建築又一種用來勉勵人心的裝飾。

兩個青少年去看棒球比賽，離男孩子的朋友遠遠的，坐在看臺頂端。兩人坐在光禿禿的木凳上，相隔幾英寸，夜色降臨，暮夏傍晚忽地變涼。他們的雙手輕輕拂過木凳，臀部略略挪動，目光始終沒有離開球場。假使他穿了外套，他會脫下來，披在她柔弱的肩上。他的手便能在外套底下把她拉近，攤開手掌摟住她柔軟的手臂。

不像現在的小鬼，第一次約會說不定就能伸手進女孩褲子裡。

菲歐娜的手臂柔軟纖細。青少年的情欲讓她驚詫，沿著她陌生敏感的身體，繞過每一根神經。光線照亮球場的塵土，夜色漸濃。

米德湖很少有鏡子，所以格蘭特看不到自己跟蹤徘徊的身影。但每隔一段時間他會想到，自己這樣尾隨菲歐娜和奧伯里，看起來一定十分愚蠢、可悲，甚至不正常。想質問菲歐娜或奧伯里也不可得。他愈來愈不確定自己有沒有權跟在他們身邊，卻又無法撤守。即使在家裡，坐在桌前工作、不得不打掃環境或剷雪時，心裡都有一個滴滴答答的節拍器，設在米德湖的位置，設在下次探訪的時間。有時他覺得自己像個頑固的男孩子，執拗地追求對方，但人家根本對自己沒意思。有時候又像那些可憐蟲，沿街跟蹤女明星，認為有一天對方會轉身發現自己才是真愛。

格蘭特竭力限制自己只能在週三和週六探視。他也逼自己觀察院內的其他事物，把自己想成某種參訪員，進行探查或社會研究。

週六有假日的喧囂和緊張。家屬成群來訪，母親通常主導大權，就像歡快又固執的牧羊犬，驅趕男人和小孩。只有最小的孩子無憂無慮，立刻發現走廊白綠相間的方塊地板便跳起格子。膽大一點的孩子會搭在輪椅後面搭順風車。一些小孩不管怎麼被罵還是繼續搗蛋，只好請人抓回車裡，而父親或一些較大的孩子會自告奮勇做這個工作，這樣就能從探視抽身了。

女人負責談話，男人看到院內的情況大多飽受驚嚇，青少年則尷尬不耐。有人來探訪的房客坐著輪椅前進，或拿著枴杖跌跌撞撞地走，或自己僵直地前行，站在隊伍最前方帶隊，為眾多家人探視自豪，但又因為壓力而不自覺雙眼茫然或喋喋不休。現在外面的人環繞在旁邊，院裡的人看來一點也不像正常人了。女人下巴的短鬚也許刮乾淨了，不全的眼睛可以藏在眼罩或深色鏡片後，胡言亂語可以用藥物控制，但他們目光依舊呆滯，動作依然惶惑僵直，彷彿能成為自己的回憶，進入最後的幾張照片，就心滿意足了。

格蘭特現在更清楚當時法夸先生想必有過的感受。這裡的人即便沒有參與活動，只是坐在各處看著門窗外，腦中都過著忙碌的生活（更別提他們的身體了，腸子古怪地蠕動，全身從頭到腳一路刺痛），對多數人來說，這不是他們能向訪客好好描述或甚至拐彎抹角談論的生活。他們只能坐在輪椅或用某種方法讓自己移動，並希望想出些能展示或談論的東西。

院裡有溫室可以炫耀，還有大螢幕電視，通常那些父親會覺得很不錯，母親則覺得蕨類植物漂亮。不久大家圍坐在小桌子邊吃冰淇淋，只有青少年不要，他們覺得噁心死了。女人幫老人把口水從顫抖的垂老下巴擦掉，男人則撇開視線。

這種儀式一定多少讓人覺得滿足，說不定連青少年也是，有一天他們會高興自己當時來了。格蘭特不太了解家庭情感。

奧伯里沒有兒孫探視，而且當桌子坐滿吃冰淇淋的人，他們不能打牌，所以他和菲歐娜會避開週六的盛會。溫室太熱門了，容不下他們的親密交談。

當然交談可能照舊進行，只是改到菲歐娜關上的房門後頭。格蘭特想敲門卻辦不到，雖然他十足厭惡地死盯著門上的迪士尼小鳥，在門口站了好一會兒。

也許他們在奧伯里房間，但他不知道在哪。他探索這地方愈久，就發現愈多走廊、座位區、斜坡道，遊蕩的時候依然容易迷路。他會記住一幅畫或一張椅子當路標，但不管他的路標是什麼，下禮拜似乎都移到了別的地方。他不想和柯絲蒂提這件事，以免她認為自己也心智錯亂了。他猜測這樣不斷改變、重新布置，可能是為了住客著想，讓他們的日常運動更有意思。

他也沒向她提有時候他從遠處看到一個女人，以為是菲歐娜，但後來看到女人身上穿的衣服，便覺得不可能是她。菲歐娜幾時穿過亮色系花朵上衣或亮藍色的休閒褲了？一天週六，他望向窗外，看到菲歐娜（一定是她），推著奧伯里的輪椅，走在清除了積雪的路上。她戴著一頂醜毛帽，穿著藍色和紫色漩渦圖案的外套，他在超市常看到婦女穿。

一定是因為院方懶得挑揀，身材相似的女人衣物都混在一起，而且盤算著反正她們也不認得自己的衣服。

他們也替她剪了頭髮，剪掉了她的天使光環。一個星期三，一切恢復平常，牌局又得以恢復，女人在工藝室做絹花或穿衣服的洋娃娃，沒有人黏在旁邊讚歎或糾纏她們。奧伯里和菲歐娜又出現，因此格蘭特才能親切但又帶著惱怒地和菲歐娜簡短說幾句話。他問她：「他們為什麼亂剪妳頭髮？」

菲歐娜伸手摸摸頭。

「噢，反正我也不喜歡。」她說。

格蘭特想自己應該搞清楚二樓在做什麼，被安排住在樓上的人，照柯絲蒂的說法是瘋了。有些人在一樓到處走動、自言自語，或問路人怪問題（「我把毛衣留在教堂了嗎？」），顯然只能算是半瘋。

不夠瘋不能上二樓。

有座樓梯通往二樓，但頂端的門上了鎖，只有工作人員有鑰匙，要進電梯，也得他們從櫃檯後方按下開關才能打開。

瘋了以後，他們怎麼了？

柯絲蒂回答他：「有些就只是呆坐著，有些坐著哭，有些鬼吼鬼叫，你不會想知道的。」

有時候他們恢復正常。

「你到他們房間巡房照顧了一年，他們還完全不認得你。然後有一天，他突然就說哦，嗨，我們什麼時候回家呢，突然之間他們又完全恢復正常。」

但往往持續不久。

「你心想，哇，他竟然恢復正常了。然後他們又瘋了。」她啪地一個彈指：「就像這樣。」

格蘭特以前教書的鎮上有間書店，他和菲歐娜一年會去一、兩次。格蘭特獨自去了一趟。他什麼也不想買，但是他列了張清單，挑了清單上幾本書，買了本偶然發現的有關冰島的書，十九世紀一位女士到冰島旅遊畫的水彩畫。

菲歐娜從沒學過她母親的母語，也對以冰島語保留下來的傳奇不太在意，那反而是格蘭特的教學和寫作內容，他現在也還在寫。菲歐娜稱冰島傳奇中的英雄為「尼歐拉老兄」[4]或「斯諾理老兄」[5]。但近幾年她對冰島本身產生了興趣，閱讀旅遊指南，讀威廉・莫里斯[6]的遊記，還有奧登[7]的遊記。她說不是真的打算去冰島，天氣太恐怖了。她又說，而且人都應該有個你知之甚詳，心心念念，卻始終無法造訪的地方。

---

4 指 Njal Saga，冰島十世紀左右的傳奇歷史人物。
5 指 Snorri Sturluson，冰島著名歷史人物，詩人暨編年史家。
6 William Morris，英國藝術家、小說家、詩人，英國社會主義早期發起人。
7 Wystan Hugh Auden，英美著名詩人。

格蘭特開始教盎格魯撒克遜與北歐文學時，班上都是一般學生。但幾年後，他注意到一個變化。已婚婦女開始回到學校，不是為了取得資格，找更好的工作，或甚至找任何工作，只是為了有比普通家務更有意思的事物可思考，為了豐富生活。或許自然而然，教這些事物的男人也成了她們豐富生活的一部分，在她們眼中，比起她們照舊為他燒飯、同寢的男人，更為神祕也更令人渴望。

她們通常選擇心理學、文化史或英國文學。有時有人選考古學或語言學，但等課程愈來愈繁重，她們便放棄了。選擇格蘭特課程的學生，可能像菲歐娜那樣有斯堪地納維亞背景，或從華格納的歌劇或歷史小說了解一點北歐神話。也有幾個以為他會教蓋爾特語而選課，對她們來說，與蓋爾特相關的一切都有種神祕的誘惑。

格蘭特站在講桌後方，以非常嚴厲的口吻對有這種想法的人說。

「如果想學悅耳的語言，去學西班牙語，到墨西哥還派得上用場。」

有人聽進他的警告，漸漸消失。其他人似乎私自為他嚴苛的語調所打動。她們意志堅定，走進他的辦公室，走進他規律而滿足的生活，帶著不可思議的成熟女性的溫順，她們顫抖著乞求認可。

格蘭特挑了一個叫賈姬．亞當斯的女人。她和菲歐娜相反——矮小、柔弱、黑眸、熱情洋溢，而且完全聽不懂他人的諷刺。婚外情持續了一年，直到她丈夫要調職。他們在她車裡告別時，她無法控制地顫抖，彷彿身體失溫。她寫了幾次信給格蘭特，但他覺得信中的語調有點神經質，不知怎麼回應。他拖過了回覆的時機，同時出乎意料地，和一個年輕到能當女兒的女孩開始交往。

在格蘭特忙著和賈姬來往時，另一種更令人糊塗的情況發生了。陸續出現穿著涼鞋的長髮年輕女孩走進他辦公室，一個個都表明了上床的意願。遇到賈姬時那種謹慎的試探、溫柔的含蓄告白都拋到九霄雲外。一陣旋風颳向他，也颳向許多其他人，讓他想行動，好讓自己知道是否錯失了什麼。但誰有時間後悔？他聽說有人同時和不同人有染，還聽說了野蠻大膽的體驗。醜聞如火燎原，慘情戲碼高潮迭起，不知怎地大家卻覺得這樣更好。有人報復，導致有人遭到開除。但遭到開除的人換到了比較小規模、相對寬容的學院或開放學習中心教書，多名遭到遺棄的妻子克服打擊，裝扮起來，跟誘惑她們男人的女孩學，擺出滿不在乎的性感姿態。學術聚會以往如此一成不變，現在卻變得暗潮洶湧。一股風潮爆發，如西班牙流感般傳開，只不過這次人人追求感染，從十六歲到六十歲，沒人想錯過。

不過，菲歐娜看來卻沒什麼興趣。她母親病危，有了在醫院照顧母親的經驗，她從原本學校註冊組的規律工作換到了新崗位。格蘭特本身沒有太過火，至少和他周圍的同事相比。他和其他女人從沒像和賈姬那麼親密。他最大的感受是身心健康都大幅提升了。他從十二歲起就胖墩墩的體型改變了，還一次爬兩格階梯。他以前從沒有這麼欣賞辦公室窗口望出去的景色——雲層破開、冬日斜陽照耀，欣賞鄰居客廳的古董檯燈從窗簾透出的光影，以及黃昏時小孩子在公園的叫喊。他在滑雪橇的山丘上流連忘返。夏天來了，他學會辨認各種花卉。聲音嘶啞的岳母教了他一陣子（岳母罹患的是喉癌），在課堂上，他大膽地朗誦莊嚴血腥的詩作〈首級贖金〉[8]，之後還著手翻譯。古冰島詩人寫作這首詩歌頌讚血斧王埃里克[9]，因為埃里克王下令處死詩人（後來因為這首詩，他釋放了詩人）。全班都鼓掌，連班上的反戰分子也不例外——稍早他還滿不在乎地嘲弄他們，問他們想不想先去走廊上等。當天或者另外一天，開車回家時，他腦海中轉的淨是一句荒唐又不敬的聖經經文。

而他的智慧和高度——

神和人喜愛他的心，都一齊增長。

當時他覺得不好意思，迷信讓他脊背一涼。現在依然如此。但只要沒人知道，這想法似乎也稱不上奇怪。

下次到米德湖時，格蘭特帶上那本書。這天是星期三，所以他去牌桌找菲歐娜，但沒看到她。

一個女人對他喊：「她不在這裡，她生病了。」她的聲音聽起來自負又興奮，很高興自己認出格蘭特，而格蘭特對她卻一無所知。或許也高興自己比他知道更多菲歐娜的事，更了解菲歐娜在這裡的生活。

「他也不在這裡。」她說。

格蘭特去找柯絲蒂。

格蘭特問菲歐娜發生什麼事。「沒什麼，真的，她只是今天想躺在床上，只是心情不好。」她說。

菲歐娜挺直身軀坐在床上。格蘭特之前來過房間幾次，卻沒有注意到床是醫院的病床，可以這樣立起。她穿著一件自己的高領少女睡衣，臉色灰白，不像櫻花而像麵團。

奧伯里在她身旁，坐在輪椅上，輪椅離床不能再近了。他今天穿的不是平常不三不四的開領衫，而是穿著外套，還繫了領帶，瀟灑的格子呢帽擱在床上，打扮猶如要出門談重要生意。去見律師？銀行主管？和葬禮策畫人見面討論？

不管他剛去做了什麼，他都心力交瘁了，他同樣臉色灰白。

兩人抬起頭看格蘭特，一臉僵硬、悲傷、聽天由命的樣子，但看到是他，表情雖說不上歡迎，卻也轉為放心。

不是他們以為的那個人。

他們緊握對方的手，現在也沒放開。

在床上的帽子，那外套和領帶——原來奧伯里不是從外頭回來。我們該問的不是他去了哪裡，和誰見過面，而是他正要去哪裡。

8 〈*Höfuðlausn*〉，英語又名〈*Head's Ransom*〉。

9 King Eric Blood-axe，西元十世紀的一位挪威國王。

格蘭特把書放在桌上，在菲歐娜空著的手那一側。

「這是和冰島有關的書，我想也許妳有興趣。」他說。

「啊，謝謝。」菲歐娜說。她沒望向書，他把她的手放在書上。

「冰島。」他說。

她說：「冰—島。」第一個音節成功抓住她一點興趣，但第二個音節就失敗了。總之，她得把注意力移回奧伯里身上，奧伯里正把他的大手從她手中抽出來。

「怎麼了？怎麼了，心肝？」她說。

格蘭特從沒聽她用過這個誇張的詞。

她說：「喏，沒事。噢，拿去。」她從床邊的面紙盒抽了一把面紙。

奧伯里哭了起來。他開始流鼻涕，又不想失態，尤其是在格蘭特面前。

「拿著，拿著。」菲歐娜說。她本來會替他擦眼淚鼻涕——如果兩人獨處，或許奧伯里也會讓她擦，但現在格蘭特在，奧伯里不會允許。他努力抓好面紙，笨拙地抹抹臉，還好抹得算乾淨。

奧伯里忙著擦臉時，菲歐娜轉頭向格蘭特。

她低聲說：「你有沒有辦法找他們談談？我看過你和他們談話——」

奧伯里發出聲音，不知是不滿、疲倦或生氣。然後他上半身前傾，似乎想投入她懷裡。她趕緊從床上半爬起來拉住他，將他扶好。格蘭特覺得現在幫她好像不太恰當，當然如果他覺得奧伯里快摔倒了，他剛才就會伸手幫忙。

菲歐娜開口：「別哭，噢，親愛的，別哭。我們可以去看對方，一定得要。我會去看你，你會來看我。」

奧伯里又發出同樣的聲音，臉埋在她的胸口。格蘭特除了離開房間，也不適合再做什麼。

柯絲蒂說：「我只希望他妻子趕快來，希望她趕快帶他離開，長痛不如短痛。不久就要吃晚餐了，如果他還在旁邊，怎麼有辦法讓她吞下任何東西？」

格蘭特說：「我應該留下來嗎？」

「留下來幹麼？你也知道她不是生病。」

「留下來陪她。」他說。柯絲蒂搖搖頭。

「他們得自己克服這些事。他們不會記得太久，事情通常不會太糟糕。」

柯絲蒂不是硬心腸的人。格蘭特和柯絲蒂這陣子相處，多少知道她的生活。她有四個孩子。她不知道她丈夫人在哪，但認為應該在亞伯達省。比較小的兒子有嚴重氣喘，一月裡一天夜裡，假如沒有及時送進急診室，可能活不成了。這個兒子沒吸毒，但大一點的那個她就不確定了。

對她來說，格蘭特、菲歐娜、奧伯里一定顯得很幸運，一生都沒遇上太多差錯。現在他們臨老要承受的，也不算什麼。

格蘭特沒再回菲歐娜的房間就離開了。他注意到那天風竟然很暖，烏鴉群起鼓譟。在停車場，一個穿格子西裝褲的女人從後車廂搬出一臺折疊式輪椅。

他沿街開下去，這條街叫黑鷹巷。附近所有街道名稱都取自舊國家冰球聯盟的隊名。這條街位於米德湖附近小鎮的邊緣，他和菲歐娜定期來鎮上採購，但除了主要街道，其他部分都不熟。

這些房子看上去都在同一時期興建，大約三、四十年前。街道寬敞有弧度，沒有人行道，讓人想起那個沒有人會想再多走路了的時期。格蘭特和菲歐娜的朋友有了孩子後，也搬到類似這樣的地方。一開始他們還因為搬家道歉，說自己是搬到了「烤肉鄉居」。

還有年輕的家庭住在這兒，車庫門附近有籃球框，車道上有三輪車。但有些原本的家庭住宅已經走下坡，院子印滿輪胎痕，窗戶貼著錫箔紙或掛著褪色的旗幟，成了出租房屋——租給單身的年輕男性，或再次單身的男性。

有幾棟房屋的住戶，似乎盡力保持剛搬進時這棟新房子的樣子。這些住戶沒有錢，或覺得不需要搬到更好的地方。灌木已經長成，彩色外牆塗漆褪去但無法重漆。柵欄或籬笆整整齊齊，看得出屋裡的小孩已經長大離開，父母也不覺得需要開放自家院子，讓附近新一代的孩子毫無阻礙地奔跑。

奧伯里和他妻子住的就是這樣的一棟房子，地址列在電話簿裡。屋前的走道鋪有石板，兩旁立著瓷花般僵硬的風信子，粉紅與藍色交錯。

菲歐娜並未克服悲傷。她在用餐時間沒吃，只是假裝嚥下去，把食物藏在餐巾紙。她必須喝營養補充飲料，一天兩次，還得有人看著她喝下去。她起床換好衣服，只是坐在房裡。要不是柯絲蒂、其他護理師，或格蘭特在探視的時候，陪她在走廊來回走動，或帶她到戶外，她完全不運動。

春光下，她坐在牆邊的長椅上，虛弱地哭泣。她還是很有禮貌，為自己哭泣道歉，別人的建議她從不爭論，有人問問題也會開口回答。但她會哭。哭泣讓她雙眼紅腫、目光渾濁。她的開襟毛衣（如果真是她的）釦子會扣錯。她還不致於沒梳頭髮、指甲髒汙，但可能也快了。

柯絲蒂說她的肌肉在惡化，如果不趕緊改善，他們會讓她用助行器。

「但你知道，一旦他們用助行器，就會依賴，從此就很少走路，只會走到必要的地方。」

「你要努力點幫幫她，試著鼓勵她。」她對格蘭特說。

但格蘭特進行得不大順利。菲歐娜好像討厭他，雖然她努力掩飾。也許每次看到格蘭特，她都會想起她和奧伯里在一起的最後幾分鐘，當時她向他求助，他沒有幫她。

現在，格蘭特覺得告訴她自己是她丈夫，已經沒有多大意義。

她不再沿著走廊走到打牌的地方（近乎原班人馬），也不再走進電視間或是溫室。她說她不喜歡大螢幕，害她眼睛痛。鳥的吱吱喳喳讓人心煩，而且她希望他們偶爾可以把噴泉關掉。

就格蘭特所知，她從沒翻過那本冰島的書，或任何一本她從家裡帶來的書（而且她帶的出奇得少）。她會去一間圖書室坐著休息，選那裡可能是因為幾乎沒人，如果他從書架拿了一本書，她會讓他讀給她聽。他懷疑這是因為能讓他的陪伴不再那麼累人，她可以閉上眼，沉陷在自己的悲傷裡。因為如果她忘記悲傷，即使只有片刻，等悲傷再度來襲，對她的打擊會更大。有時他想，她閉起眼睛是為了隱藏那副看透一切的絕望眼神，不讓他看到。

於是他坐著，為她朗讀舊小說，關於純潔的愛、失而復得的金銀珠寶。這些書可能是昔日村莊或主日學校圖書館不要的書。不像這棟建築其他地方的多數東西，圖書室的書顯然不打算跟上最新潮流。

書是軟皮封面，類似天鵝絨質地，有樹葉和花朵的壓紋，看起來像珠寶盒或巧克力盒。如此一來，女人（他想像應該是女人）可以把書像寶藏一樣帶回家。

米德湖主管把格蘭特叫進辦公室。她說，菲歐娜的健康不如預期。

「即使喝營養補充品，她的體重還是在減輕。我們盡全力想幫她。」

格蘭特說他明白他們很努力。

「重點是，我肯定你也曉得，我們一樓不做長期臥床護理。如果有人身體不舒服，我們會暫時這樣照護，但如果他們虛弱到無法走動或自理，我們便得考慮讓他們上樓。」格蘭特說，他覺得菲歐娜沒有經常躺在床上。

「確實沒有，但是如果她不能恢復體力就會了，現在她瀕臨那個處境。」

格蘭特說，他以為二樓是精神失常的人住的。

「那也是要擔心的問題。」她說。

他對奧伯里的妻子沒有印象，只記得在停車場看到她穿的格子西裝。她彎身向車子後車廂，外套尾端呈傘狀散開。印象中她腰部纖細、臀部寬闊。

今天她沒穿格子西裝，穿休閒褲繫棕色腰帶，上身是粉紅色毛衣。他對她腰部的印象沒錯，她刻意繫緊腰帶，強調腰身。但他覺得她沒繫腰帶或許比較好，因為她腰帶以上和以下都很凸出。

她可能比她丈夫年輕十至十二歲。她的短髮鬈曲，呈不自然的紅色，一雙藍眼睛（比菲歐娜淺的藍色，有點暗沉的知更鳥蛋藍或綠松石藍）因為略略浮腫有點斜挑；臉上很多皺紋，核桃色系的妝容讓紋路更明顯。不過也可能是在佛羅里達曬出的曬斑。

格蘭特說他不太確定該怎麼介紹自己。

「我之前常在米德湖看到妳丈夫，我也常去米德湖探視。」

「我知道。」奧伯里妻子說，下巴氣勢洶洶。

「妳丈夫最近好嗎？」

「最近」兩字是臨時改的，通常他會說：「妳丈夫還好嗎？」

「過得去。」她說。

「我妻子和他是朋友，相當親密。」

「我聽說了。」

「這樣的話，若妳有空，我想和妳談談。」

「我丈夫沒想和你妻子有什麼往來，你想說的是這件事嗎？他完全沒騷擾她，他沒辦法，而且也不會這麼做。就我聽到的情況剛好相反。」

格蘭特說：「不是，完全不是這回事，我來不是為了向妳抱怨任何事。」

「噢，這樣啊，抱歉。我以為你來是為了說這個。」她說。

寥寥幾句，她聽起來沒什麼歉意，而是失望且困惑。

她說：「那就進來吧，冷風從門口吹進來了。今天外面沒有看起來的暖和。」

所以對他來說，能進門也算是一種勝利。他沒想到事情會這麼難辦。他以為奧伯里的妻子會是那種驚慌失措的家庭主婦，很高興有人突然來訪，用親密的語調就可以讓她感覺飄飄然。

她帶他穿過門口到客廳：「我們得坐在廚房，這樣我才能聽到奧伯里的聲音。」格蘭特看到前面窗戶有兩層窗簾，都是藍色，一層薄紗一層絲綢，搭配藍色沙發及一條顏色慘澹的地毯，各種明亮的鏡子和飾品。

菲歐娜有個詞彙形容這類垂墜型的窗簾，是別的女人教她的，她們正經地使用，菲歐娜卻用來打趣。菲歐娜打理的房間總是簡單明亮，看到這麼多花俏的東西擠在狹小的空間裡，她一定會很驚訝。他想不起菲歐娜用的那個字了。

在廚房外一間類似日光室的房間（不過窗簾拉起來抵擋午後陽光），格蘭特聽得到電視的聲音。

奧伯里。菲歐娜日夜祈求見面的對象就坐在幾公尺外，聽起來像在看球賽。奧伯里的妻子看著他。她說：「你沒事吧？」然後虛掩上門。

「你也來杯咖啡吧。」她對格蘭特說。

格蘭特說：「謝謝。」

「我兒子去年聖誕節讓他迷上體育頻道，沒有體育頻道我不知道該怎麼辦。」

廚房流理臺上有各種裝置和電器——咖啡機、食物處理機、磨刀機，有些格蘭特不知道名稱或用途。每樣看起來都嶄新又昂貴，好像剛從外包裝裡拿出來，或天天都打磨拋光。

他覺得應該稱讚一下這些東西。他誇獎她正在用的咖啡機，說他和菲歐娜一直想買一臺。這完全是假話，菲歐娜一直很愛用家裡一臺一次只能煮兩杯咖啡的歐洲玩意兒。

她說：「我兒子和他妻子送的，他們住在卑詩省甘露市。他們送的東西多到我們處理不了，還不如把錢省下來，過來看看我們。」

格蘭特寬容地說：「我想他們有自己的生活要忙。」

「他們要是忙，去年冬天就不會去夏威夷了。如果我們身邊還有別的親人，也就算了，但只有他。」

咖啡煮好，她從桌上擺著的瓷製杯架拿出兩只棕綠相間的陶瓷馬克杯，倒進咖啡。

「人都會孤單。」格蘭特說，他覺得機會來了。「如果沒辦法看到自己關心的人，就會覺得悲傷，我妻子菲歐娜就是如此。」
「你不是說你會去探望她？」
「我是，不過問題不在我。」他說。
然後他鼓起勇氣，說出他此行的目的。她可否考慮帶奧伯里回米德湖，也許每週一天就好，去探望一下？只要開幾英里的車，肯定不會太麻煩。或者，如果她想休息一下，那他可以自己帶奧伯里去，完全沒問題。他相信自己能做到，她可以趁機休息一會。格蘭特之前沒想到這點，聽到自己說出這個建議有點惶恐。
他說話時，她闔起的雙唇和口中的舌頭也在動，好像在咀嚼有沒有可疑的味道。她拿來牛奶給他加進咖啡，還有一碟薑餅。
「自己做的。」放下盤子時她說，語氣像在下戰帖，而不像在招待客人。她就說了這句，然後坐下，把牛奶倒進咖啡裡攪一攪。
她拒絕了。
「不行，因為我不想讓他生氣。」
「這會讓他生氣？」格蘭特認真地說。
「對，他會，一定會生氣，絕對不行。帶他回家又送回去，帶回家又送回去，會讓他不知所措。」
「不過他應該知道只是回去看朋友吧？他難道不會習慣這種模式？」

「他的理解力沒問題。」她說話的態度好像覺得他羞辱了奧伯里。「但這還是會干擾生活。而且那表示我得把他打理好、把他弄上車，他個子很大，沒你想像中簡單。我得想盡辦法讓他上車，收好他的輪椅之類的，忙碌這一陣得到什麼好處？如果要這麼麻煩，我寧可帶他到有趣一點的地方。」

「不過我答應要幫忙了，對吧？」格蘭特說，讓語氣聽起來充滿希望與理性。「真的，我也不想麻煩妳。」

「你沒辦法。」她平淡地說。「你不認識他，處理不來。他不會答應讓你幫他做這些事。這麼麻煩，他能得到什麼？」

格蘭特覺得最好不要再提菲歐娜。

「帶他去賣場還比較有意思，他可以在那兒看看小孩之類的，只要他不要想到自己有兩個孫子，到現在還沒見過面，就生起氣來。不然現在湖上的船也能划了，可以讓他出去透透氣，看看船。」她說。

她站起身，從流理臺上方的窗戶邊拿香菸和打火機。

「你抽菸嗎？」她說。

格蘭特說不用了，謝謝，雖然他不知道她有沒有要給他。

「從來不抽，還是戒了？」

「戒了。」他說。

「多久以前的事?」

格蘭特想了想說:「三十年前,從此不抽了。」

他大概是和賈姬交往時戒菸的。不過想不起來了,他是先戒菸,然後覺得自己因此得到天大的獎賞,還是覺得既然有了這麼棒的事讓他轉移重心,該是戒菸的時候。

「我已經戒掉戒菸這事了。」她點菸後說道:「就下定決心,不再戒菸,就這樣。」

也許皺紋是這樣來的。有人(是個女人)告訴過他,抽菸的女人臉上會有特殊的細紋。但這也可能是曬太陽的關係,或她的皮膚本來就這樣,她頸間也有明顯的細紋。有細紋的脖子,充滿活力而堅挺的乳房。像她這種年紀的女性通常都有這些矛盾,缺點和優點,天生麗質或天生缺陷,都混在一起。少數人仍保有當初的風韻,菲歐娜就是。

但或許根本不是如此。或許他這樣想,只是因為他認識菲歐娜時她很年輕。或許要留下這種印象,便得在女人年輕時就認識她。

所以,奧伯里看著他妻子時,是不是看到一個高中女生,瞧不起人,出言不遜,知更鳥蛋藍的眼睛斜挑著散發魅力,噘著圓潤的嘴唇,叼著香菸?

「所以你妻子很憂鬱?你妻子叫什麼名字,我忘了。」她說。

「她叫菲歐娜。」

「菲歐娜。你呢?我好像沒聽你說。」

「我是格蘭特。」

她突然伸出手橫過桌子。

「你好，格蘭特。我是瑪麗安。」

「現在我們知道彼此的名字，我就實話實說了。我不知道他是不是還那麼執著要見你的……見菲歐娜。也許沒有。我沒問他，他也沒說，也許只是一時的迷戀。但我不想帶他回去，以免不僅止於此。我承擔不起。我不希望他變得難照顧，我不希望他不開心，一直悶悶不樂。我照顧他已經耗盡全部力氣，沒人幫忙，只剩我，就我一個。」

「妳有沒有考慮過——照顧他真的不容易，妳有沒有考慮過讓他一直留在裡面？」格蘭特說。他壓低聲音，近乎耳語。但她似乎不覺得有必要降低音量。

她說：「沒有，我就在這裡照顧他。」

格蘭特說：「這樣啊，妳人真好，心很高尚。」

他希望「高尚」這個詞聽起來不會諷刺，他無意諷刺。

「你這樣想？我想的可不是高不高尚。」她說。

「這樣照顧不容易，無論如何都很高尚。」

「是不容易。但就我的情況來說，我沒有太多選擇。如果我讓他留在米德湖，除非賣掉房子，否則我負擔不起。這房子就是我們僅有的了，除此之外我就沒有其他資金來源了。我明年會有退休金，我有他的退休金和自己的一份，但即便這樣，我也沒能力讓他留在那裡，又能保住房子。這房子對我來說很重要。」

「這房子很不錯。」格蘭特說。

「嗯，還過得去。我花過很多心血整修保養。」

「看得出來。你現在還是把房子打理得很好。」

「我不想失去房子。」

「當然。」

「我**不會**讓自己失去房子。」

「我明白妳的意思。」

「他公司拋下我們不管。我不知道一切的來龍去脈，但基本上他被排擠。最後公司說他欠他們錢，我想了解怎麼回事，他只是一直說這不關我的事。我猜他做了非常愚蠢的事，但我不該問，所以我也閉嘴。你結過婚，老婆也還在，你懂這事的。發現這件事的同時，我們得繼續和那些人一道旅行，擺脫不掉。然後旅途中，他因為一種從沒聽過的病毒生病了，陷入昏迷。結果他反而就此脫身。」

格蘭特說：「運氣不好」。

「我不是說他故意生病，事情就這樣發生了。他不再生我的氣，我也不生他氣，這就是人生。」

「說得沒錯。」

「對人生誰也無可奈何。」

她舌頭一舔上唇，像貓咪一樣乾淨俐落地舔掉餅乾屑。「我聽起來很像哲學家，是不是？那邊的人告訴我你以前是大學教授。」

「很久以前了。」格蘭特說。

「我不太聰明。」她說。

「我也不覺得我聰明。」

「不過我知道自己什麼時候該下定決心。我下定決心了，我不會放棄房子。也就是說我會讓他留在這裡，而且我不希望他有想搬到別的地方的念頭。也許當初讓他進去，好讓我自己休息一下，是錯誤的決定，不過機會可能不再有，我也就把握了。就是如此，而現在我懂了。」

她搖搖菸盒，再倒出一根菸。

「我敢說我知道你在想什麼，你在想這人真是唯利是圖。」她說。

「我不會這樣批判，這是妳的人生。」

「那當然。」

格蘭特想著最後該說點比較無關痛癢的話。於是他問，她丈夫還在念書的時候，是不是曾於夏季時在五金店工作。

「沒聽說過，我不是在這裡長大的。」她說。

開車回家的路上，他注意到路上之前映著整齊的樹幹陰影的積雪凹坑，現在則開滿鮮亮的苞葉芋，看上去近乎可食的新鮮苞葉，已長到盤子大小。亭亭玉立的花朵像燭焰，數目眾多，顏色黃純，在這樣的陰天，從地面往上投射出一片光彩。菲歐娜告訴過他，這種花也會自己發熱。她的手伸進暗袋翻動，說如果把手伸到蜷曲的苞葉裡，應該可以感受到熱度。她說她試過，不過不確定是真的感覺到熱，或只是她的想像。那股溫熱會吸引蟲子。

「大自然不會只為了好看浪費時間。」

他沒有成功說服奧伯里的妻子瑪麗安。他預先想過可能會失敗，但完全想不到會是這個原因。他以為他需要應付的會是對方的嫉妒，或因妒意而來的怨恨。

他完全沒想到她看事情是這種角度。然而這段對話聽起來也不陌生，這令他有點鬱悶，因為他憶起了過去和親戚的對話。他叔叔、他家人，甚至他母親，思考方式都和瑪麗安一樣。他們認為其他人不這樣想，是因為他們自欺欺人。他們過得太輕鬆，受到太好的保護，或讀太多書，所以腦袋不切實際。他們搞不清楚現實。受過教育的人、學者文人、有錢人如格蘭特信奉社會主義的岳父母，都搞不清現實狀況。因為他們運氣好到不公平，或者天生傻氣。至於格蘭特自己，他猜想，他們八成覺得兩個原因都有。

瑪麗安就是這樣看他，肯定是的。覺得他是笨蛋，腦中淨是無聊的知識，運氣好到不明白人生的真相，不必擔心如何保住房子，還有閒工夫想一些複雜事。他活得太輕鬆，有餘裕編織精密的計畫故作大方，自以為能讓另一個人開心。

真是個混蛋，她現在一定這樣想。

面對這種人讓格蘭特覺得絕望、憤怒，甚至淒涼。為什麼？因為他面對這種人無法堅持自己的想法？還是他怕說到底他們是對的？菲歐娜完全不會有這種疑慮。她年輕的時候，沒有人打擊她、限制她。她倒是覺得他的成長背景很有趣，覺得他們冷酷的觀念很新奇。

雖然如此，那些人說得也有道理（他彷彿能聽見自己怎麼和別人爭論，是和菲歐娜嗎），眼界狹窄也有優勢。瑪麗安或許很善於在危難中生存，能弄到食物存活下來，連街邊死屍身上的鞋子都可以脫下來穿。

想了解菲歐娜一直讓他備感挫折，像是在追蹤海市蜃樓；不，就像活在海市蜃樓裡。接近瑪麗安是另一種挑戰，像咬下一口荔枝，誘人的果肉彷彿人工做成，有股化學氣味與香氣，薄薄一層，底下包著大顆種子，一顆硬核。

想到這點，他其實很可能就娶了這樣的女人。如果他留在原先成長的環境，或許他已經娶了某個像這樣的女孩。她看起來還算誘人，不錯的胸部，大概有點愛調情。從她在廚房椅子上挪移臀部的方式、噘起的小嘴、刁難人時略顯造作的模樣，流露出風騷的小鎮姑娘影子，粗俗得近乎天真。

她一定有過盼望，才會選擇奧伯里。他英俊的外表，業務員的工作，成為白領階級的未來。她當時一定認為自己會過得比現在好。而這種事常發生在務實的人身上。儘管他們精打細算，發揮生存本能，結果不一定能達到原先合理的期望。當然這似乎不公平。

進到家中廚房，格蘭特一眼就看到答錄機的燈閃爍。他直覺反應打來的是他現在滿腦子掛慮著的菲歐娜。

他還沒脫外套就按下按鈕。

「嗨，格蘭特，希望我沒打錯。我剛剛想到一件事，鎮上的隊伍軍人要在週六幫單身的人辦舞會，我負責準備晚餐，所以可以免費帶一個客人入場。我想問你有沒有興趣？你方便的時候回我電話吧。」

女人念出一串當地的電話號碼。接著嗶一聲，又是同一道聲音。

「我剛想到忘了說自己是誰。不過你可能認出我的聲音了，我是瑪麗安。我還是用不慣這些機器。我想說我知道你不是單身，我沒那個意思，我也不是，不過偶爾出去透氣一下無妨。總之，說了這麼多，希望我真的沒打錯，答錄機的語音聽起來像你。如果有興趣再打給我，沒興趣就算了。只是覺得你可能希望出去走走。我是瑪麗安，嗯，我剛剛好像說過了。好了，再見。」

她在答錄機上的聲音，聽起來和不久前在她家時聽到的不一樣。第一通留言只是有點不同，第二通更明顯。聽起來有點緊張，裝作滿不在乎的口氣，急著說完，又捨不得結束。

她有點不一樣了。但是什麼時候開始的？如果是立刻發生，那他和她相處時，她藏得非常好。比較可能是漸漸發生，也許在他走後。她不一定是突然受到吸引，只是明白他是個希望，是個獨身的男人，差不多算是獨身，一個她也可以追隨的希望。

不過她主動的時候有點煩躁不安。她放手一搏，至於給出多少，他現在還沒把握。通常隨著時間流逝和事情的進展，女人會愈來愈脆弱不安。你一開始能判斷的只有現在是否已處於邊緣，之後將有增無減。

誘發出她的感情，讓格蘭特得意——何必否認？讓潛藏在她個性表面下的一點微光、一種曖昧湧起。她一口急促濃重的母音，隱藏得很好的乞懇。

格蘭特拿出雞蛋和蘑菇要做歐姆蛋吃。他想最好也倒杯酒。

一切都可能發生。真的嗎，一切都可能發生嗎？舉例來說，他能讓她就範，聽他的建議讓奧伯里回去看菲歐娜嗎？不只是探望，餘生都待在哪兒嗎？那股緊張不安會把事情帶往哪裡？攪亂她的計畫、讓她不再自我防衛？讓菲歐娜幸福？

這事不好辦，但辦成就是了不起的事，也是絕不能向人吐露的笑話——竟然認為做壞事是為了菲歐娜著想。

但他沒辦法真正好好思考。要是他真的認真考慮，他就必須搞清楚，送奧伯里到菲歐娜身邊後，他和瑪麗安之間會怎樣。行不通的——除非他能獲得的比目前所預見的更多滿足，找出她堅韌果肉下無可責備的自利核心。

沒有人知道這種事會怎麼發展。你大概知道，但永遠無法確定。

她現在大概坐在家裡，等著他打來。可能不會坐著，找點事讓自己忙。她看起來是閒不下來的女人，房子有辛勤保養的痕跡。而且還有奧伯里，也需要人照顧。或許她早早讓他吃了晚餐，配合米德湖的作息表，讓他早點休息，讓自己得以解脫一天的例行工作。（出去跳舞時，她要怎麼安置他？他可以一個人在家，還是得請人照看？她會告訴奧伯里她要去哪，並介紹她的舞伴嗎？她的舞伴得付看護費嗎？）

格蘭特買蘑菇開車回家的路上，她可能就在餵奧伯里了。現在也許正要讓奧伯里就寢。但她會一直留意電話，留意電話怎麼不響。也許她估算過格蘭特開車回家要多久時間。他的地址列在電話簿上，她大約知道他住哪兒。她會估算，再加上買晚餐的時間（推測獨居的男人得每天採買），等他到家忙完再抽空聽留言。但電話還是不響，她會設想其他的事，他回家前必須先辦的雜事，也可能他在外面和人約了晚餐，表示他晚餐時間根本不會回到家。

她會特別晚睡，清理廚房的碗櫃，看電視，和自己爭辯是否還有希望。

但這都是他單方面的臆測。她基本上是個理智的女人。她會照平常的時間就寢，心想反正他看起來也不是體面的舞伴，太僵硬，太學術模樣。

他坐在電話附近看雜誌，但電話再次響起時他沒接。

「格蘭特，我是瑪麗安。我剛剛到地下室去，把衣服放進烘乾機，聽到電話鈴響，但等我上樓已經掛斷了，不知道是誰打的。所以我想告訴你我在家，如果你人在家且剛剛是你撥的。因為我沒有答錄機，所以你沒辦法留言。就是這樣，只是向你說一聲。拜拜。」

現在時間是十點二十五分。

拜拜。

他會說自己剛到家，不必讓她知道自己就坐在這裡，衡量利弊。

帷幕。菲歐娜對藍色窗簾的用詞是帷幕。去又何妨？他想到那薑餅，形狀飽圓完美到她特別強調是自製的；還有陶瓷馬克杯，放在瓷製杯架上；塑膠布，他知道是保護走廊地毯用的。一棟發出光彩、井井有條而切合實際的房子，是他母親無法達到但會讚佩的境界，所以他心裡才感到這古怪而迷濛的感情？還是因為他多喝了兩杯？

她臉和頸間的核桃色曬斑（他現在知道應該是曬斑），很可能延伸到乳溝，乳溝很深，散發香味且性感。他想著這些，一面撥打已經抄下來的電話，還有她撩人的貓舌，寶石般的眼珠。

菲歐娜在房間裡，但不在床上。她坐在敞開的窗戶邊，穿著當季但極短且過度明亮的洋裝。一陣令人陶醉的暖風吹進窗內，窗外是盛放的紫丁香，院裡灑滿春肥。

她腿上攤開一本書。

她說：「你看，我發現這本漂亮的書，和冰島有關。沒想到他們會讓這種貴重的書隨便放在房間，有些住這裡的人手腳不乾淨。而且我想他們把衣服搞混了，我從來不穿黃色。」

「菲歐娜……」他說。

「你去了好久，出院都辦好了嗎？」

「菲歐娜，我帶給妳一個驚喜。記得奧伯里嗎？」

她盯著他看了一會兒，好像風一陣陣打在她臉上。吹進她的臉，她的腦海，把一切撕裂扯碎。

「我常搞混名字。」她的聲音有點刺耳。

接著那抹表情消失，她努力恢復促狹的優雅神態，小心放下書，站起身，抬起雙臂摟著他。

她的皮膚和呼吸微微散發出新的氣味，他覺得像是剪過的花莖在水中泡太久的氣味。

「看到你真好。」她說著拉拉他的耳垂。

「你大可以開車離開，完全不管我，走得遠遠的，就這樣把我拋下。拋棄，就此丟下我。」她說。

他臉貼住她的白髮，靠在她粉紅色頭皮、形狀優雅的頭骨上。他說，怎麼可能。

木馬文學79

相愛或是相守

Hateship, Friendship, Courtship, Loveship, Marriage

作者　艾莉絲 · 孟若 (Alice Munro)
譯者　王敏雯
社長　陳蕙慧
副社長　陳瀅如
總編輯　戴偉傑
特約編輯　翁仲琪
責任編輯　丁維瑀
行銷企劃　陳雅雯、汪佳穎
封面設計　鄭婷之
排版　宸遠彩藝工作室

出版　木馬文化事業股份有限公司
發行　遠足文化事業股份有限公司（讀書共和國出版集團）
地址　231 新北市新店區民權路 108-3 號 8 樓
電話　(02) 2218-1417
傳真　(02) 2218-0727
E-mail　service@bookrep.com.tw
郵撥帳號　19588272 木馬文化事業股份有限公司
客服專線　0800-221-029
法律顧問　華陽法律事務所　蘇文生 律師
印刷　前進彩藝有限公司

初版　2014 年 04 月
二版二刷　2023 年 11 月
定價　380 元
ISBN　978-626-314-276-3
EISBN　9786263142787（EPUB）、9786263142770（PDF）

國家圖書館出版品預行編目

相愛或是相守 / 艾莉絲 . 孟若 (Alice Munro) 著 ; 王敏雯譯 . -- 二版 . -- 新北市 : 木馬文化事業股份有限公司出版 : 遠足文化事業股份有限公司發行 , 2022.10

面 ; 14.8X21 公分 . -- (木馬文學 ; 79)

譯自 : Hateship, friendship, courtship, loveship, marriage

ISBN 978-626-314-276-3(平裝)

885.357 111014452